Monika Detering
Langeooger Liebestöter

LEDA

Monika Detering
Langeooger Liebestöter
Inselkrimi
1. Auflage 2012

ISBN 978-3-86412-002-2

Leda-Verlag, Rathausstraße 23, D-26789 Leer
info@leda-verlag.de
www.leda-verlag.de

Lektorat: Maeve Carels
Titelillustration: Carsten Tiemeßen
Gesamtherstellung: cpi books GmbH
Printed in Germany

Monika Detering

Langeooger Liebestöter

Inselkrimi

LEDA

Monika Detering arbeitete als Puppenkünstlerin mit Ausstellungen im In-und Ausland wie Washington, Philadelphia und New York – und auf einigen Nordseeinseln. Sie war als freie Journalistin tätig. Heute schreibt und veröffentlicht sie Romane und Krimis (Print und E-Books). In etlichen Anthologien ist sie mit Beiträgen vertreten. Neben Soloprojekten schreibt Detering gemeinsam mit dem Autor Horst-Dieter Radke Romane und Krimis. Ein weiterer Roman im Team mit der Autorin Silke Porath ist in Arbeit.

Mitglied bei den *Mörderischen Schwestern* und den *42er-Autoren*.

Mitte September

1.

Kommissar Nathan Töwer stand nackt vor dem Bügelbrett und plättete seine Jeans …

Es war ein Samstagnachmittag am Ende des Sommers. Die Luft schmeckte rauchig. Im Inselwäldchen leuchtete ein Apfelbaum mit rotgelben Früchten, andere standen schief, waren entwurzelt durch den letzten Sturm. Sonja Mittag spürte noch Nathan auf ihrer Haut. Träge drehte sie sich um.

Schon rutschte die Sonne vom Himmel und Nebel schwamm über dem Boden. Sonja setzte sich auf einen Baumstamm, Gras hing strähnig, dazwischen buckelten Erdhügel. Möwen kreisten. Ein schöntrauriger Grönemeyer-Song saß wie ein Ohrwurm in ihrem Kopf, und von St. Nikolaus läuteten die Glocken.

Zwischen Disteln und Stängeln, vor einem windschiefen Baum, entdeckte Sonja drei Stühle, so kleine, wie für Puppen.

Kinder aber hatte sie auf ihrem Spaziergang nicht gesehen. Sonja stand auf und ging auf die scheinbar vergessenen Spielsachen eines Mädchens zu.

Grau-schwarz gestreifte Fleischfliegen schwirrten brummend. Neben jedem Stuhl flackerten kaum sichtbar Grablampen, auf den Sitzen waren rote Servietten ausgebreitet und auf ihnen bebte Wabbeliges und schien auf allen das Gleiche zu sein.

Pudding? Als Köchin dachte sie an Essbares.

Nein.

Sie beugte sich vor. Und schüttelte sich. Gehirne? Gehirne! »Warum denn Gehirne?«, fragte sie laut.

An den Grablampen klebten Fotografien. Schwarz-weiß, mit Zackenrand. Sie zeigten Gesichter von alten Männern.

Schmeißfliegen setzten sich sirrend zwischen Sonjas Haare. Schwerfällig kreisten sie um ihr Gesicht und setzten sich vor den Nasenlöchern ab. Sonja presste den Mund zusammen und hielt den Atem an.

Weg! Nur weg.

Abrupt drehte sie sich um und rannte los. Unterwegs ritzten ihr die Dornen der Heckenrosen die Haut auf.

Während sie ins Gestrüpp kotzte, klopfte ein Specht mit seinem Schnabel gegen einen Baumstamm.

***

Beim Bügeln trank Nathan Töwer Kaffee und träumte sich fort von der Insel. Sah sich auf einem riesigen Balkon mit Putten; blickte auf Venedig und wünschte sich dazu ein köstliches Mahl. Neben ihm Sonja, die alles für ihn gekocht hatte und sich an ihn lehnte. Dort würde er vergessen, dass er in Aurich mit der Frau eines anderen unangenehm aufgefallen war. Er würde auch vergessen, dass er, seit Sonja in sein Blickfeld geraten war, kontinuierlich an Pfunden zunahm. Und natürlich würde er vergessen, ihr die Wahrheit darüber zu sagen, warum er auf Langeoog war.

In dem Moment klingelte das Handy. Jegliches Beichtvorhaben war dahin.

»Du spinnst doch«, sagte er, legte auf, und zog sich hastig an.

Das könnte man ebenso schnell wieder vergessen, dachte er, als er mit dem Fahrrad angerast kam. Dann aber stand er in seiner Eigenschaft als Hauptkommissar vor Sonjas Fund. Nackte Gehirne, ohne Reste vom Schädeldach. Er fand das widerlich. Mit Grablampen. Was sollte das? Hätte Sonja nicht wieder mal dieses alberne Ichmussjetztalleinsein gepackt, hätte er an seinem freien Samstag zu Ende bügeln können.

Schwitzend sah er sich um. So weit Nathan sehen konnte, fand sich nichts Auffälliges. Wäre er an Land gewesen, hätte er einen Kriminalisten der Tatortgruppe gerufen. Rufen müssen. Aber auf einer Insel war vieles anders. So telefonierte er mit dem Kollegen von der Polizeistation an der Kaapdüne. Nathan war eben auch nach Langeoog geschickt worden, um den Polizeioberkommissar Jürgen Stadler während der lange andauernden Saison zu unterstützen.

Als Stadler eintraf, holte er mit bedeutsamen Blicken eine breit strahlende Taschenlampe hervor, hellte die beginnende Dämmerung auf und begann, nach Fasern zu suchen.

»Jürgen, hier findest du nichts«, sagte Nathan. »Wo willst du im Gras Brauchbares finden? Gehirne! Wahrscheinlich sind das Überreste einer eigenartigen Schnitzeljagd.«

Schon schoben sich Kinder durch das Gestrüpp und Unterholz. Hinter ihnen lamentierte eine dicke Frau. »Ist das ein neues Spiel?« Was sie damit meinte, blieb unklar.

Es gab nichts zu erklären und Nathan schickte die Kinder und die Frau fort, sagte streng: »Kein Spiel. Geht alle nach Hause.«

Aber durch die Anwesenheit des Inselpolizisten und des neuen attraktiven Kommissars entstanden sofort Gerüchte, und verteilten sich wie ansteckende Viren auf der Insel.

»Ihr müsst die schon einpacken, ich mach's nicht«, sagte Sonja, als sie wieder ohne Zuschauer waren. Aus tiefblauen Augen blitzte sie ihren Freund und auch Jürgen Stadler an. Sie wusste, dieser Blick wirkte. Die sattrote Lockenpracht tat ein Übriges. Die witzigen Sommersprossen passten gut zu ihrer hellen Haut und die paar zusätzlichen Pfunde standen ihr.

»In dich könnte man wie in einen leckeren Apfel beißen«, hatte Nathan fröhlich gesagt, als sie sich kennenlernten.

Jetzt aber murrte er nur: »Sicher packen wir das Geglibbere ein. Warum spazierst du auch hier rum und findest so was? Trotzdem – lasst uns erst überlegen. Noch sind wir unter uns.«

»Zu spät, ich hab's schon Olaf erzählt. Der war hier, bevor ihr kamt.«

»Dann müssen wir offiziell werden. So ein Mist auch.« Olaf war die lebende *BILD*-Zeitung von Langeoog.

»Mach zu«, wies Nathan Stadler an, »die Dinger müssen gekühlt an Land. Danach kümmerst du dich um die Fahrraddiebstähle vom Hauptstrand und ich mich um die Gehirne.«

Stadler tippte sich an die Stirn. »Hättest du wohl gern. Hast aber noch eine Beschwerde wegen Ruhestörung auf dem Schreibtisch. Und die Sache mit dem Schaf. Leint da ein Scherzkeks das Tier vor dem Rathaus, da am Fahrradständer an. Hat alles zugeköddelt.«

Zum Verpacken der Fundsachen lieh sich Nathan Sonjas Fahrradkorb und ihre Strickjacke und radelte mit dem Kollegen ins Büro an der Kaapdüne. Während er eine Rechtsmedizinerin in Aurich informierte, fand Stadler Kühlkissen, steckte die Gehirne in große Einmachgläser und klebte mit Tesaband die Kühlung darum, stellte alles in den Kühlschrank. Einmachgläser standen immer mal im Nebenraum, weil Stadlers Mutter ab und zu was für die »hungrigen Polizisten« vorbeibrachte. Deshalb roch es im Büro an manchen Tagen nach Bratkartoffeln.

Jürgen Stadler rief den für Langeoog zuständigen Rettungshubschrauber Christoph 26, der kurze Zeit später auf der Kaapdüne landete. Schnell wurde das Provisorium in eine Kühlbox umgepackt. Gehirne von Menschen? Oder von Tieren? Und wir kriegen eins auf den Deckel wegen der Kosten, überlegte Nathan.

***

Die Gerüchte mutierten.

»Eine Leiche.«

»Da hamse jemanden ausgeweidet.«

»Köpfe lagen im Wäldchen. Das auf einer Urlaubsinsel. Ich werde mich bei der Kurverwaltung beschweren. Das ist doch eine kinderfreundliche Insel und dann so etwas!«

Mütter beschworen für den Rest des Tages und auch an den folgenden ihre Kinder, sich ja nicht weit zu entfernen. Manche flüsterten: »Wir reisen ab.«

Mit der Abendfähre kam ein Kamerateam vom NDR. Wer ihnen den »heißen Tipp« gegeben hatte, verrieten die Reporter nicht.

Und schon tummelten sich Neugierige auf dem Wanderweg, den Seitenwegen und Pfaden. Da keiner von ihnen Auffälliges fand, wurde aus Enttäuschung die Geschichte mehr und mehr ausgeweitet.

***

Drei Tage später gab Nathan eine Kurzmeldung an die Zeitungen heraus: Bei den sichergestellten Gehirnen handelt es sich um die von Schweinen, die dem menschlichen sehr ähnlich sehen. Inzwischen sind sie ordnungsgemäß entsorgt. Die Männer auf den Fotos konnten noch nicht identifiziert werden.

Diese Meldung machte den Fund überaus real, bestätigte diffuse Ängste und sorgte für eine weitere fantasievolle Ausschmückung der Geschichte; so mancher Urlauber glaubte die offizielle Version nicht. Dachte, dass da doch sehr viel mehr hinterstecke. Kaum einer ging noch in das Wäldchen hinein und Kindern wurden neugierige Exkursionen verboten, soweit sie sich etwas verbieten ließen. Ein poetisch veranlagter Insulaner taufte den Ort »Wald der toten Gedanken«.

2.

Sonjas Fantasie drehte auf. Sogar in ihrer Wohnung sah sie Gehirne und Schädel, die zu Köpfen mit Augen, Mund, Nase, Ohren wurden. Ekelhaft.

Warum brennende Grablichter und Fotos mit alten Männern? Ein bizarres Ritual?, überlegte sie. *Aber von wem denn? Hier gibt es keine Leute mit merkwürdigen, vielleicht okkulten Ideen. Eigenartig, dass ich niemanden gesehen habe. Hätte aber sein müssen. Wahrscheinlich, wenn ich nur wenige Minuten eher da gewesen wäre. Hat mich jemand aus dem Gebüsch heraus beobachtet? Warum sagt Nathan nichts? Hält sich so bedeckt … Darf er nichts erzählen oder ist es so harmlos, dass es nichts zu erklären gibt?*

Sie radelte gern durch das Wäldchen. Am liebsten, wenn die Saison zu Ende ging, die Nordsee wieder nach Meer roch, Sonnenöl, Schweiß und Hitze verflogen waren. Wie jetzt im September. In diesen Wochen begann die Luft anders zu riechen, bittersüße Wehmut umgab einen und niemand wusste, warum. Noch war der Himmel blau, milchige Streifen machten das Licht so transparent, dass man glaubte, zu schweben.

Diese frühherbstlichen Stimmungen wurden durch die Erinnerung an die Gehirne massiv gestört, sie begleiteten Sonja bei der Arbeit, sie träumte davon und erzählte es niemandem. Weder Nathan noch ihren Kollegen. Gerade die Kollegen würden ihr womöglich ein Hirn in die Küche legen und sich darüber schlapplachen.

Schon deswegen war sie froh, dass sie sich in Berlin beworben hatte. Sie wollte ihre Kenntnisse erweitern, um dann – vielleicht – auf die Insel zurückzukommen. Diese Pläne waren es, die sie zwangen, ihre Beziehung zu Nathan zu überdenken. Inzwischen war er geschieden, sie fragte sich auch, komisch, sind eigentlich alle Kommissare geschieden? Waren sie nicht bindungsfähig?

Sonja fürchtete sich vor Gewöhnung. Vor Bequemlichkeiten. Vor Ansprüchen. Würde er womöglich ein Mann, der nur noch wenig Lust auf sie hatte? Und sie auf ihn? Wollte sie mit ihm älter werden? Nathan, der in seiner Auricher Dienststelle außerordentlich viel Zeit für Gespräche mit Verdächtigen und Bekümmerten aufgewandt hatte? Sich mit der Frau eines Kollegen …? Nathan, der davon träumte, groß herauszukommen. Das möglichst allein und nicht im Team, als Deutschlands Superkommissar. Jedenfalls hatte er das so ähnlich in einer schwachen Stunde erzählt.

Ich zwei Jahre in Berlin? Soll ich dabei prüfen, wie Fernbeziehungen sind? »Meine Güte, bin ich romantisch.« Sonja seufzte, dann lachte sie, bis ihre Pfunde mitlachten. *Weiß ich, was mit Nathan nach seinem Inseleinsatz passiert? Aber er findet es ja ganz gemütlich in seiner Pension. Wird rundum betüddelt. Das gefällt ihm wie jedem Mann.*

Sie öffnete den Kühlschrank. Griff nach einem Schälchen und starrte auf eine blassgelbe Masse. Holte tief Luft, murmelte dann: »Jetzt werde ich albern«, kippte das Zeug ins Klo, und warf das Schälchen in den Müll.

Nathan hatte ihr gestern Vanillepudding, den sie so gerne aß, als Liebesgabe vorbeigebracht. *Dreh ich schon wegen so etwas durch? Nathan würde schallend über mich lachen.*

Sie machte *Radio Ostfriesland* an. Ina Müller. Klasse, diese Frau! Laut sang Sonja den Refrain mit:

»Ich möchte nie wieder achtzehn sein,
so niedlich, dumm und klein
so ’ne kichernde Backfischbraut,

die dumm aus der Wäsche schaut.
Geklaute Meinung, verpeilter Stil,
antiseptisch und steril.
Lieber Orangenhaut als gar kein Profil …«

Das war besser als die Ansage zum Unkrautzupfen hinterm Haus. Der Hauswirt hatte ihr gesagt, dass das Beet verwildere und sie dran wäre. So sei es schließlich bei ihrem Einzug ausgemacht.

»Ich hab lieber Orangenhaut, als gar kein Profil …« Sie ergänzte: »Ich hab keine«, verdrängte die Gehirne und dachte an Berlin.

Mitte Oktober

3.

Das mit Dornengestrüpp zugewucherte Wäldchen war ein ehemaliger Flugplatz und ließ sich nur auf dem Kreuz der einstigen Landebahnen durchqueren. Im gleichmäßigen Rhythmus joggte die Frau über die großen Betonplatten, die von den Briten gesprengt worden waren. Sie kam jetzt an den alten Abstellflächen der Flugzeuge vorbei, den sogenannten Ranchen, den Schrebergärten der Insulaner. Nördlich davon waren alte Soldatenhäuser und in östlicher Richtung ehemalige Kasernengebäude wie die Kommandantur, die später als Schule genutzt worden war.

Das wütende Bellen eines Hundes machte sie nervös. Die Dunkelheit des Herbstabends wurde dichter und das hektische Belfern hallte hinter ihr her.

Lea Wanders kam zum dritten Mal an ihrem Fahrrad vorbei, das sie am Zaun einer Insulanerranch abgestellt hatte. Sie rutschte, fand Halt, blendete Hund und Finsternis aus, lief weiter und verrannte sich in ihrem Gedankenkäfig.

Sie hielt an. Horchte. Endlich war der Hund ruhig. Sie öffnete eine Tür, hatte noch den Schlüssel dazu, weil sie im Frühjahr einen freigewordenen Garten gemietet und inzwischen wieder abgegeben, aber den Ersatzschlüssel dafür behalten hatte.

Reglos stand sie, als dürfe sie nicht das kleinste Geräusch verursachen. Dann ging sie über den Rasen zu den drei Vogelscheuchen und zupfte ihnen die Kleidung zurecht. Ob der Hut schief saß oder die Jacke offen stand, war eigentlich ziemlich egal. Die Gestalten trugen Fischerkleidung und sahen aus wie drei alte Männer, die sich Dönekes erzählten.

Niemand wusste, wer sie aufgestellt hatte.

Hinter dem Gartenhaus zog sie unter einer Schubkarre eine Flasche mit einer hellen Flüssigkeit hervor. Ging zu den Vogelscheuchen, legte ihnen eine Paketschnur um, rollte die aus und befestigte die Enden an einem Rohr an der Hütte. Sie nahm die Flasche, öffnete sie, roch daran, verzog das Gesicht dabei und träufelte den Inhalt gleichmäßig über die Vogelscheuchen. »Damit ihr auch gut riecht!« Nach weiterem Hantieren schloss Lea Wanders das Tor wieder ab, und lief die letzte Runde.

Als sie zurückkam, roch sie es. Sah Rauchwolken über dem Schrebergarten mit den Vogelscheuchen. Böse knisterte und knackte es. Und sie sah, wie die Männerfiguren lichterloh wie einst das Paulinchen im Struwwelpeter brannten. Die Flammen griffen prasselnd auf den Schuppen neben dem Gartenhaus über. Eine Katze floh schreiend in die Sanddornbüsche.

Sie schmeckte Rauch, hustete, und schon kamen Leute eiligst angeradelt. Da rief sie über ihr Handy die freiwillige Feuerwehr an. Und nur weil Ostwind herrschte, konnte die Wehr das Ausbreiten der Flammen verhindern.

***

Es stank noch am anderen Morgen nach Rauch. Und weil der Himmel tief, grau und schwer über dem Gelände hing, sagte Lea: »Eine Stimmung zum Umbringen.«

Die stämmige Rancherin Erika mit dem bunten Kopftuch schüttelte energisch den Kopf. »Quakelatütt. Sie kennen doch den Himmel hier. Aber gestern war wohl ein Feuerteufel unterwegs. Oder haben die drei sich von alleine angezündet? Komisch. Irgendwie ist das komisch. Das hätte ganz anders ausgehen können. Mein Garten wäre abgefackelt und einige andere auch. Eine einzige Drehung des Windes

– ja, wie gut, dass Sie gerade vorbeikamen.«

»Ist ja meine Laufroute.«

»Sie hatten doch mal hier einen Garten? War wohl nix für Sie?«

»Meine Arbeit als Pflegerin lässt mir so viel Zeit doch nicht. Und für eine schöne Ranch hier braucht man Zeit.«

»Sind Sie nicht bei diesem Pflegeverein aus Esens? Der mit dem seltsamen Namen? *Himmel&Erde*? Wie kann man sich nur so nennen! Da denke ich ja gleich ans Grab.«

Lea lächelte. »Nein. Ich arbeite als ambulante Pflegerin und versorge mit meiner Kollegin hilfsbedürftige Senioren auf der Insel. Also, die noch gut zu Hause zurechtkommen und nur ein wenig Unterstützung brauchen. So wie die Bewohner der Kukident-Lounge. Na, Sie wissen, das Backsteinhaus am Schniederdamm. Inzwischen nennen es die meisten so. Dabei entstand der Name aus einem Jux heraus.«

»Jo, die kenn ich. Die sind ganz zufrieden mit allem. Hier, ein paar Kräuter. Ich bin die Erika. Und du?«

»Lea.«

»Prösterken.« Erika wedelte mit den Kräutern. »Was Alkoholisches hab ich nicht. Und wenn es einmal bei mir nötig wird, melde ich mich. Du siehst aus, als kämst du gut mit den Älteren zurande. Jedenfalls hast du nicht diesen unsäglichen Diakonissenblick.«

»Bisher sind Gärtnerinnen noch nicht meine Zielgruppe.« Lea Wanders lachte.

***

»Bewerte doch nicht alles über«, sagte er zu Sonja. »Wahrscheinlich hat jemand auf diese Weise die Vogelscheuchen entsorgen wollen.«

»Nathan, vergiss die Sache mit den Gehirnen nicht. Habt ihr eigentlich auf den Fotos jemanden identifizieren können?«

»Die Aufnahmen sind noch aus den Fünfzigern, liebste Miss Marple. Sie stammen aus einem Fotoalbum. Eine damals gebräuchliche Fotoecke klebte noch dran.«

»Und weshalb macht sich irgendjemand diese Mühe? Für einen Witz? Wie kommt man an Gehirne von Tieren?«

»Da gehst du am besten zum Schlachthof oder zum Bauern. Bei denen von Menschen ... hm. Ich weiß zum Beispiel von der Uniklinik Münster, dass die dort Gehirne für Untersuchungen und Gewebeproben aufbewahren. Kommst du aber nicht so ohne weiteres dran.«

***

Vor einem Haus an der Heerenhusstraße nahm ein Baum die Sicht auf ein Zimmer im Erdgeschoss. Er hätte schon im letzten Herbst gefällt werden sollen. Die Wurzeln hoben den Boden an und verursachten Risse in den Wänden.

Ein Fenster stand auf Kipp und der Rollladen war zur Hälfte heruntergelassen.

Dieser Oktober war sonnig. Lichtstreifen wanderten tief in den Raum und beleuchteten eine Hand, die auf der Sessellehne lag, die Fingernägel traten aus dem Nagelbett hervor und wirkten ziemlich lang.

Von außen sehen konnte man das nur, wenn man auf einer Leiter stand und sein Gesicht dicht gegen das Fenster presste.

Auch jener Gast hatte das nicht gesehen. Er hatte unten geklingelt, um nach einer freien Ferienwohnung zu fragen. Es hatte ihm keiner aufgemacht. Aber er hatte dieses Fenster entdeckt. War hochgesprungen, aber hatte nur das rote Signal des Anrufbeantworters blinken sehen. Später schellte er noch bei den beiden alten Damen im ersten Stock. Weder hatten sie Räume zu vermieten noch wussten sie, ob die Erdgeschosswohnung an Urlauber vermietet wurde. Dass ein Fenster offen stand, fanden sie nicht ungewöhnlich. »Der lüftet eben gern und lange. Gehen Sie besser zur Zimmervermittlung, die haben sicher was …«

Die Frauen waren selbst ehemalige Gäste der Insel, die sich vor einiger Zeit entschlossen hatten, auf Langeoog ihren Lebensabend zu verbringen. Hilfe erhielten sie durch die Pflegerinnen Manja Schally und Lea Wanders. Die kauften ein, kochten und putzten. Die alten Damen, die aus einem Kaff bei Hamm kamen, wollten nie wieder an Land.

Ende November

4.

Das Schneetreiben wurde dichter. Der Wind kam aus Nord, drehte in alle Richtungen, als wüsste er nicht, was er wollte. Flocken rieselten in den offenen Hemdkragen des alten Mannes und fegten von vorn auf den grauen Pullover, denn der Anorak war nicht geschlossen. Die Mütze, die auf seinem Kopf wie eine Melone thronte, zog der Mann tief über die Ohren. Seine eigene hatte er verloren, verlegt, jedenfalls war sie heute früh wieder einmal nicht dagewesen. Aus diesem Grunde trug er Rosannas Gestrick, das er im Hausflur gefunden hatte, auch wenn die Mütze knallorange war und erbärmlich kratzte.

Er trug einen Plastikbeutel, der gegen die Oberschenkel schlenkerte. In dem schmalen unrasierten Gesicht hingen die Mundwinkel und wer ihn angeschaut hätte, der hätte das Hilflose in seinem Blick bemerkt. Aber es sah ihn niemand an. Bei dem Wetter befanden sich nur wenige Menschen am Anleger von Bensersiel.

Er wartete auf die Fähre. Seit dem Mittag lief er herum, fror, ging immer mal wieder in die Schalterhalle, um sich aufzuwärmen, stellte sich dann vor das gläserne Terminal, unter das Schild: *Nach Langeoog*. Er hatte während seiner Hin- und Herrennerei nicht gemerkt, dass die frühe Nachmittagsfähre längst weg war. Irritiert starrte er auf die Uhr und rief mit erbittertem Tonfall: »Alles wird einem geklaut!«, hustete anhaltend und schrie gegen den Wind: »Mein Name ist Kurt Waltemathe. Wann kommt endlich das Schiff?«

Die Kälte machte die Beine taub und Kurt war müde geworden. Ein Arbeiter, der ihn kannte, sagte: »Kommt um siebzehndreißig. Hamwer jetzt. Guck, da ist es schon …«

»Moin. Die Fahrkarten!«

Kurt fummelte in seinen Taschen.

»Mal wieder keine. Gib mal deine Geldbörse.«

»Darfst du das denn?« Kurt guckte besorgt.

»Sicher. Haben wir doch schon ein paarmal exerziert. Und renn nicht wieder nach oben. Nachher müssen wir dich noch aus dem Wasser ziehen. Würde nicht so bekömmlich sein.«

Nach einer halben Stunde legte das Schiff im Langeooger Hafen an. Während er auf die Inselbahn zuging, sah er zwei, die ihm zuwinkten.

»Hierher, Kurt, huhu!«

Er entdeckte die wilde weiße Mähne von Rosanna Lörsen. Es gab nur eine Frau auf der Insel, die solche Haare hatte, die zu allen Zeiten des Jahres mit Schnürstiefeln, Kniebundhose und Norwegerpulli und bei Kälte mit einer dicken Daunenjacke bekleidet war.

Die kesse Rosanna mit den Hörgeräten. »Wen geht's was an«, hatte sie mal dazu bemerkt und damit war das Thema für sie erledigt. Sie fand es scheußlich, wenn andere ihre Geräte wie Pflastersteine an den Ohren hängen ließen, nicht damit umgehen konnten und weiterhin schlecht hörten. Der Mann neben ihr war Otto Töwer senior, mit Bauch und einem listigen Lächeln hinter goldgefasster Brille, und war der Vater von Nathan, dem Kommissar. Sie wohnten wie Kurt Waltemathe in der Kukident-Lounge.

»Wo warst du bloß? Wir dachten schon, du wärst Fischfutter geworden.« Rosanna lachte schallend. »Du solltest doch mit der Mittagsfähre zurückkommen. Hast du die Fasanen?«

»Guck mal.« Bibbernd hielt er ihr den Beutel hin. »Meine Gedanken sind wie Schneeflocken. Hab Sirup im Kopf.« Kurt riss sich die Mütze herunter und versuchte, sie Rosanna überzustülpen. Sein weißes Haar lag platt am Schädel.

»Lass, gib her. Rein in die Bahn.« Sie hakte sich bei ihm

unter. »Läufst mit offener Jacke, willst dir wohl den Tod holen!«

»Der steht schon da«, nuschelte Kurt und zeigte zu dem gelben Waggon.

Otto zog ihn ins Abteil. »Was hast du gesagt? Sprich lauter und setz dich. Die Schally vermisst dich schon. Du hattest mit ihr einen Termin zum Putzen ausgemacht. Na, sie wird längst gewirbelt haben.«

»Mir ist die Lea Wanders viel lieber«, sagte Rosanna. »Die Schally, die Manja, ich weiß ja nicht.«

»Ist aber 'ne Hübsche.« Otto grinste breit. »Lea hat immer so einen lieblichen Blick. Nä. Ist ja nicht zum Aushalten. Und dann die schiefe Nase. Boxen. Muskeln statt Busen. Müssen nun Frauen auch boxen?«

»Die Frau hat Kondition.« Rosanna blitzte ihn an. »Und ihr nicht.« Ihr Parfüm verströmte den Duft von Mandeln und Zitrusfrüchten.

Otto rückte neben sie, bis sich Pullover und Jacke berührten. »Du riechst gut. Aber so rennen wie die Lea kannste auch nicht.«

»Und du möffst nach Zigarre«, flüsterte sie und sagte laut: »Aber alles ist besser als so eine ökonomische Käfighaltung mit Pflegerobotern. Stellt euch das mal vor – so etwas wollen sie einführen. Das werden die Zukunftsplaner spätestens dann bereuen, wenn sie selbst von Robotern den Hintern gesäubert und die Wange gestreichelt kriegen. In Japan gibt es schon Roboter-Hunde und -Katzen und für uns Alte so High-Tech-Humanoiden.«

»Aussteigen. Ich will keinen Vortrag übers Hinternstreicheln hören«, murrte Otto. »Was für Dingens kriegen wir?«

»Verstehst du nicht, jedenfalls sollen wir Alten nur noch verwahrt werden.«

Otto neigte ihr seine rechte Gesichtshälfte zu. »Wie?« Er hasste Hörgeräte und vertrat die Ansicht, dass er, seit seine

Frau gestorben war, solche »Dinger« nicht brauchte, er sei ja allein.

»Otto, es geht generell ums Helfen.«

»Aber wir helfen uns doch. Und wir haben Manja und Lea.«

»Noch«, sagte Rosanna. »Wie wird es in zwei oder fünf Jahren sein?«

»Dann bin ich tot.« Otto sah traurig aus. »Altwerden kann schlimm sein.«

Rosanna stieß ihn an. »Kann, muss aber nicht. Solange wir einigermaßen gesund bleiben. Ja, das müssen wir schon. Sonst – sind wir alle aufgeschmissen. Deshalb musst du dich auch mehr bewegen, abnehmen solltest du besser auch. Trainiere dein Gedächtnis, lass Gefühle zu und genieße einfach das, was du nicht mehr tun musst und das, was du gern machst.«

»Ja, Frau Doktor, ich könnte dich küssen. Küssen verringert die Faltentiefe und fördert die Gehirndurchblutung.«

»Ich bin doch nicht deine Fitnessküsserin! Außerdem sollten wir als Hausgemeinschaft, also du, Otto, der Kurt, Elise und ich das freie Zimmer unterm Dach wieder vermieten. Ansgar ist ja verreist. Das Bad liegt doch gleich daneben und damit hätten wir ein paar Euro Einnahmen mehr. Die können wir schon gebrauchen – wenn erst mal wieder die Stromkosten abgerechnet werden! Ihr Männer habt sowieso viel zu lange das Licht in euren Wohnungen an. Das kostet!«

»Du, wir haben aber die Dachwohnung für die Pflegerinnen reserviert. Falls mal eine über Nacht bleiben muss. Jedenfalls haben wir das letztens so beschlossen. Schon wieder vergessen?«

»Mecker nicht. Bisher haben die Damen die Wohnung noch nie genutzt. Soll das einfach so leer stehen? Übrigens, wenn der Ansgar doch wieder ins Ausland zurück will, machen wir seine Wohnung zur Ferienwohnung. So, lass uns weitergehen. Hier am Bahnhof zieht's jedes Mal so erbärmlich.«

Das Bahnhofsgebäude lag verlassen da. Jetzt gab es kein Ein- und Ausladen, Koffersuchen und auch nicht das Scheppern der Rollwagen, die Urlaubergepäck transportierten.

Kurt rief: »Kann man das essen?« und öffnete den Beutel. »Ob Lea die uns fertig macht?«

»Schrei nicht. Lass mal riechen.« Rosanna griff nach der Tüte. »Ach du je«, entfuhr es ihr. Das Erste, was sie entdeckte, war Kurts Schal. Und dicke Socken, aus denen zwei Schachteln Zigaretten, eine flache Packung mit der Aufschrift *Der sinnliche Spaß* und drei Kilotüten Zucker rausrutschten. Er kaufte ständig Zucker, weil er gern Süßes aß und nie daran dachte, wie sehr er damit seinen Insulinspiegel durcheinanderbrachte. Rosanna fand noch ein feuchtes, papierumhülltes Päckchen. »Hühnerschenkel«, sagte sie zu Otto. »Er hat doch Fasanen mitbringen sollen.«

»Lass ihn.« Otto legte beruhigend die Hand auf Kurts Schulter. »Huhn esse ich auch mal ganz gern.«

Sie gingen durch die Hafenstraße und stemmten sich gegen den Wind. Als sie in den Schniederdamm einbogen, murrte Kurt: »Keinen Meter geh ich mehr, keinen Meter, ihr habt mich stundenlang durch die Gegend gejagt …«

Er stand und rührte sich nicht.

»Keiner hat dich gejagt«, schimpfte Otto. »Komm weiter, ich will ins Warme.«

»Können wir nicht zu deinem Sohn? Die Polizei, dein Freund und Helfer?«

»Können wir nicht«, sagte Otto. »Nathan hat zu tun. Kurt, nun komm endlich.«

»Kann ich wenigstens die schöne Sonja sehen? Dann wird mir warm. Ich kann nicht jeden Tag alte Weiber gucken. Ist gar nicht gut fürs Gemüt.«

»Meinst du, alte Männer wären erbaulich?«, fragte Rosanna spitz.

Otto prustete. »Wir haben doch knackige Pflegerinnen, Kurt!«

»Was hab ich davon? Die sollten wenigstens einmal wöchentlich strippen. Und sonst auch Nettes machen. Ich brauch was fürs Auge. Gerontologen sagen doch, dass die Gehirntätigkeit angeregt werden soll. Das gehört zur modernen Pflege!« Kurt blickte biestig und zitterte vor Kälte. »Auch in Ostfriesland.«

Rosanna griente. »Guck einmal an, bei solchen Themen kannst du richtig flüssig reden. Ich stell für mich einen Antrag bei der DAK. Die sollen mir ein Attest ausstellen, damit ich für zwischendurch eine Leihgabe bekommen kann, einen jungen, schönen, knackigen Mann.«

»Heißt das, ich wäre dir gegebenenfalls zu alt?«, fragte Otto besorgt.

»Wer weiß das schon?« Sie ging zu einem Grundstück, fand eine Schubkarre und kam damit zurück.

Ein Insulaner hastete vorbei. »Moin. Willste bauen?«

Unbeeindruckt sagte Rosanna zu Kurt: »Rein mit dir. Aber flott. Otto, guck nicht so. Oder willst du ihn tragen?«

Ächzend quälte sich Kurt in die Blechmulde. Seine Begleiter rollten ihn wegen der Glätte vorsichtig über die Straße.

»Ich krieg einen Krampf in der Wade«, jammerte Kurt. Er zappelte in der Schubkarre wie ein frisch gefangener Fisch.

»Und du bringst die Karre wieder zurück«, befahl Rosanna dem erstaunten Otto.

***

Das Mauerwerk der Kukident-Lounge war jetzt grau und sah langweilig aus. Aber im Sommer rankten Rosen in Rosa und Rot. Kurz vor Ostern wurden blau gestrichene Bänke vor das Haus gestellt. Wenn die Narzissen blühten, klingelten Gäste und dachten, die Kukident-Lounge sei ein Inselcafé. Der Name glänzte weithin auf einem Schild.

Kurt drückte Rosanna den Beutel mit dem Sammelsurium in die Hand, und verschwand in seiner Wohnung.

»Bei ihm weiß man nie, ob er nicht kann oder nur gnadenlos faul ist. Hat man sich mit ihm abgeschleppt und dann hüpft er nur so aus dem Blech.« Rosanna öffnete die Tür zur großen Küche, dem Treffpunkt aller, die in der Kukident-Lounge lebten. Eigentlich gehörte die Küche zur Wohnung von Ansgar Heiger. Er hatte ihnen den Raum angeboten. »Was soll ich damit, bin doch viel zu selten hier.«

***

Rosanna klopfte an Ottos Tür.

»Komm rein.«

»Also, wir sollten unser geplantes großes Essen um eine Woche vertagen. Erst mal möchte ich sicherstellen, dass wir die Fasanen überhaupt kriegen. Außerdem es ist es draußen irre glatt. Und wenn wir Paul Herrmann dazu einladen, sollten wir auch Hannes Roth dabei haben. Den habe ich schon länger nicht gesehen. Männer versumpfen, wenn sie allein leben. Er pichelt auch ganz schön. Hängt ziemlich oft im *Sturmeck* rum.«

»Wenn ich das höre, werde ich nur traurig. Ich hab einen leichten Burgunder. Lass uns den genießen, wer weiß schon, wie lange es noch geht.«

»Sei nicht so pessimistisch! Stell dir vor, wir müssten im Altersheim wohnen!«

»Kann ich mir nicht leisten«, stellte Otto fest. »Ich bleibe bis zum Ende meiner Tage in unserer Kukident-Lounge. Basta. Findest du nicht auch, dass Lea so von einer geheimnisvollen Aura umgeben ist? Wenn ich nachts nicht schlafen kann, denke ich daran.« Otto hustete.

»Aura?« Rosanna drehte ihr Weinglas in der Hand. »Du denkst an sie. Sag's doch gleich und fasel nix von einer Aura. Gib mir lieber noch etwas Wein.«

»Ich kann so was sehen. Manchmal.«

»Du Spökenkieker. Was hat denn die Aura zu bedeuten? Bist du Esoterikern in die Arme gefallen?« Rosanna funkelte Otto an. »Also, ich sehe bei Lea nichts Auffälliges. Sie ist nur sehr zurückhaltend, also, wir wissen wenig über sie. Aber – was kennen wir eigentlich von Manja?«

»Dass ihre Eltern in Köln wohnen, sie geschieden ist, keine Kinder hat, mal bei der Polizei war und noch während der Ausbildung ausschied oder gegangen wurde. Was weiß ich. Dann war sie Taxifahrerin, Küchenhilfe in Bensersiel, Beraterin in einem Eheinstitut, ehe sie Altenpflegerin wurde.« Otto grinste triumphierend.

»Woher weißt du das alles?«

»Vertraulich, alles ist hochvertraulich.« Otto lächelte breit und legte seinen Finger an den Puls.

»Beobachte dich nicht ständig. Hast du noch einen Schluck?«

»Wenn der Puls rast, werde ich aber unruhig.« Er schloss die Augen.

Rosanna legte die Hand auf seinen Arm. »Bin ich so aufregend, dass dein Puls schneller geht?«

»Glaub ich nicht«, sagte Otto in seiner direkten Art. »Weißt du, die Manja, die hat so einen melancholischen, fast grausamen Charme. Dieses Weib hat was …«

»Ich finde sie nur arrogant«, stellte Rosanna fest.

»Und ich die Lea zu nett. Übernimmt viele Arbeiten extra …«

»… die Manja für unter ihrer Würde hält.«

»Hat Lea ein Helfersyndrom? Oder nur keinen Freund?«

»Weiß ich nicht. Auf jeden Fall läuft da was zwischen Ansgar und ihr.«

»Hast du die zwei gesehen?« Otto hustete.

»Bist du erkältet?«

Gereizt wedelte er die Frage weg. »Jedenfalls will ich nicht mehr, dass Lea bei mir so oft saubermacht. Die hat doch einen Putzfimmel. Und immer dieser verfluchte Durchzug. Soll ich mir den Tod holen? Ist es das, was sie will? Bei dieser Kälte reißt die Frau stundenlang die Fenster auf. Manja arbeitet flotter, muss ja nicht täglich rumgeschrubbt und der Fußboden abgeleckt werden. Manja hat jedenfalls immer Zeit für einen Kaffee. Oder geht mit mir ins *Sonneneck.*«

»Vergnüg dich doch in der Sauna, wenn Lea feudelt. Dann erkältest du dich auch nicht.«

»Dazu bin ich zu alt.«

»Du bist zu allem zu bequem. Guck dir deinen Bauch an. Lea ist eben gründlich und aufmerksam. Wahrscheinlich hätte Manja nie den toten Frosch im Spinat entdeckt, sondern einfach alles durchgerührt. Bei der muss doch immer alles flottiflott gehen.«

»Hör mit dem Frosch auf«, sagte Otto, »bis zum Ende meiner Tage werde ich nie wieder Spinat essen.«

Rosanna bekam einen ironischen Zug um den Mund.

»Wir sollten aber mehr über Lea wissen.« Otto klang heiser. »Wenn man sich fast jeden Tag sieht. Da erzählt man doch über sich.«

»Sie boxt.«

»Boxen, dieses blöde Boxen, Boxen muss man nicht als Pflegekraft. Aber sie darf alles über uns wissen oder wie oder was?« Otto schenkte sein Glas wieder voll. »Mir gefällt das nicht. Wo haben wir Ihre Bewerbungsunterlagen? Die schau ich mir aber noch mal genau an.« Nachdenklich nahm er einen Schluck Wein.

»Lass das Grübeln«, sagte Rosanna. »Lass uns das Leben genießen, morgen sind wir tot.« Schwungvoll hob sie das Glas.

***

Rosanna schaute zu ihrer Kuckucksuhr hoch. Sie fand, dass der Vogel bockig geworden war. Er kam, wann er wollte, und in der letzten Zeit blieb er fast immer drinnen. Wenn er sich überhaupt zeigte, rief er nicht so oft, wie er sollte. Auch seine Stimme hatte sich verändert, sie klang unangenehm gnatzig. Das war, seitdem sie ihn nicht mehr fotografierte. In einem Schrank lagerten ihre Kameras. Sie säuberte sie regelmäßig, putzte behutsam die Linsen – und doch. Es war, als sei sie schon der Nachlassverwalter ihrer selbst.

Das Ticken gehörte zu den Geräuschen der Wohnung, auch das Schnarren, wenn der Kuckuck sich gnädig zeigte. Manchmal sprach sie mit dem hölzernen Vogel. Wie jetzt. »Hör mal, was soll ich davon halten? Otto ist doch ein alter Mann. Aber ich mag ihn. Aber das kann doch nichts mehr werden. Oder meinst du doch? Antworte!«

Und da öffnete sich das bunt bemalte Türchen. »Kuckuck, Kuckuck.«

»Siehst du. Geht doch. Wenn du nicht mehr mit mir sprichst, dann schicke ich dich zurück in den Schwarzwald. Übrigens, mit dem Kurt wird es schlimmer. Die Pflegerinnen sollten ihm seine Musik lassen und nicht immer abdrehen. Vielleicht mache ich doch noch eine Fotoserie von allen? Ehe es zu spät ist. Soll ich?«

Der Kuckuck rührte sich nicht mehr.

»Sprich mit mir! Mit wem soll ich sonst so etwas Privates bereden?«

Sie nahm einen Schuh und warf. Der Kuckuck rief zwölfmal. Dabei war es erst sieben Uhr abends.

»Ich kann auch nicht rufen, wie es mir gefällt, du olle Schwarzwalddrossel!«

Ein langer Abend lag vor ihr.

5.

»Mit 66 Jahren, da fängt das Leben an. Mit 66 Jahren …« Elise Brockmüller sang laut, gern und falsch. Sie war Mitglied bei den »Likedeelers«, war Chorstimme und da konnte sie die Töne auch halten. »Udo Jürgens! Bei dem kriegste Sternkes inne Augen«, erklärte sie und seufzte genüsslich.

Sie begann zu tanzen, es wurde etwas holprig, aber dazu erklärte sie nur: »Früher hab ich mit Schmackes Rock 'n' Roll getanzt. Mit Überschlag und so …«

Rosanna prustete. »Du?«

Elises »Ich war 'ne richtige Wuchtbrumme« klang etwas pikiert. »Sag mal, sollen wir die Fasanen lieber selbst braten? Oder will die Schally kochen? Vom richtigen Würzen versteht sie ja rein gar nichts. Außerdem werden die Vögel bestimmt zäh und trocken. Die Frau hat doch keine Ausdauer, die setzt das Fleisch in den Ofen und denkt, den Rest machen die Vögel mit dem Backofen allein ab.« Ihr Doppelkinn bebte in vorauseilender Empörung und die kurze Perlenkette würgte den üppigen Hals.

»Wir kochen«, entschied Rosanna. »Solange die Frau uns einschwatzt, wir hätten das Charisma eines Drei-Phasen-Reinigers, und unser Lebenssinn seien ausschließlich Haftcremes und Stützstrümpfe, braucht sie nicht für uns zu kochen. Wahrscheinlich ist sie mal wieder so überheblich, weil sie einen neuen Strahlemann, so einen wie den Rüttgers, an der Hand hat.«

»Hand? Wenn schon, doch wohl im Himmelbett? Och. Manchmal hätte ich das auch ganz gern. Jedenfalls ab und an.« Elise lachte. »Die Schally versprüht so einen Eisbombensex. Den lieben manche Männer.«

Rosanna kicherte. «Sie soll sich mehr um Kurt kümmern, seine Vergesslichkeit nimmt zu.«

»Ja. Ja. Ja. Wer kauft denn nun den Rest ein?« Elise piekte mit dem linken Ringfinger in die Luft. Den Finger zierte ein auffallend großer Brilli. »Vonnen schnuckeligen Heinrich aus Dortmund!«

»Ja. Dein Heinrich. Erinnerungsmäßig liebst du ihn mehr als zu seinen Lebzeiten. Damit du es auch weißt: Das Essen haben wir um eine Woche verschoben. Paul Herrmann kommt auch. Sogar der Kommissar mit seiner Sonja wird mit uns tafeln. Otto soll Hannes einladen. Ist dann ein Aufwasch. Schließlich sind wir dran.«

»Ist das mit der Köchin, mit dieser Sonja, was Ernstes?«

»Keine Ahnung. Die weiß jedenfalls, was sie will«, sagte Rosanna.

»Und wie kommt Paul zu uns?«, fragte Elise mit einem Augenaufschlag, der sorgenvoll wirken sollte.

»Der hat doch seinen Elektrorolli. Damit fährt er doch sonst auch.« Rosanna schüttelte den Kopf. »Wer hat eigentlich den Wäscheständer mit den Unterhosen in den Flur gestellt? Wir haben doch einen Trockner. Sieht ja hier aus wie bei Hempels.«

»Ich war's nicht. Wenn ich so an Paul denke …«, sinnierte Elise laut. »Wie konnte er bloß in seinem Haus wohnen bleiben. Jetzt ist er auf Hilfe angewiesen und hängt rum. Wenn's keine Fasanen gibt, nimm Ente. Ente ist immer lecker.«

»Essen kannst du ja gut. Heute Abend gibt's ein Witwensüppchen«, sagte Rosanna.

»Wie bitte?«

»Sag ich doch. Keine Ahnung hast du. Das ist köstliche maltesische Küche, mit Bohnen und geschmolzenem Schafs- und Ziegenkäse. Man nannte es so, weil sich das Gemüse dafür sogar eine arme Witwe leisten konnte. Nie davon gehört?« Über Rosannas Gesicht zog ein feines ironisches Lächeln.

»Hast du dir doch ausgedacht. Irgendwie hört sich

der Name giftig an. Willst du grünen Knollenblätterpilz daruntermischen, à la Schafskäse an Knollenblätter?« In dem Augenblick blitzten Elises Augen schon giftig.

»Deine Phantasie! Erstens sind wir längst Witwen und zweitens würde ich das nicht vorher ankündigen. Schon hätten wir Kommissar Nathan Töwer im Haus. Ich meine, er kann ruhig kommen – er hat so etwas Gewisses ... ja, Beruhigendes an sich.«

»Heute früh schmiss Kurt Kartoffelsalat aus dem Fenster. Und danach – nein, du glaubst es nicht ...«

»Was denn?«, fragte Rosanna.

»Nee. Glaubst du nicht.«

»Sag schon!«

»Als er mich sah, schrie er: ›Jippieheije‹, ließ über seinen Kopf eine Windel kreisen und warf damit nach mir, die alte Sau«, schimpfte Elise.

Rosanna drehte sich um, als sie hinter sich ein Geräusch hörte.

»Er hat eben seine Eigenarten«, sagte Lea Wanders, die hereinkam, ausrutschte und ihnen auf ihrem muskulösen Hintern mit dem dünnen Flickenteppich entgegenkam. »Und so schlimm war das auch nicht. Außerdem habe ich mich stets um Herrn Waltemathe gekümmert. Ausgiebigst!«

»Aber die letzten beiden Male haben Sie ihn vergessen, meine liebe Frau Wanders«, erwiderte Elise spitz.

***

Paul Herrmann trommelte. Mit den Fingern trommelte er seine Melodie des Vergessens auf seinem Tisch aus Kirschbaumholz, an dem er an manchen Tagen ohne ein Gefühl für die Zeit saß. Heute fielen ihm, wie ausgeschüttet, die schönen und angenehmen Gespräche ein, als er nach draußen blickte und den Schnee sah. Schnell machte Paul einen Knoten in sein Taschentuch, damit er die Vorfreude nicht vergaß. Dann schaute er aus dem Fenster, so lange, bis die Augen tränten.

***

Elise reckte ihre molligen Einsachtundfünfzig. Ihr Haar wehte im Wind. »Rosanna! Komm mal schnell! Es ist endlich da.«

Als die Gerufene aus dem Haus rannte, zeigte Elise auf ein Schild mit blauer Emaille. In weißer Schrift stand darauf: *Kukident-Lounge*.

»Aber wir haben doch schon eins«, stellte Elise fest. »Was soll das denn?«

Die Frauen betrachteten das Schild mit so tiefem Interesse, als hätten sie endlich den Sinn des Lebens gefunden.

»Das andere hat so Roststellen, sieht nicht mehr so schön aus. Wenn es uns nicht gefällt, kommt es eben wieder weg.« Rosanna strich sich die Haare aus dem Gesicht. »Weißt du noch, dass du mal auf ›Abendfrieden‹ bestanden hast? Elise! Hattest sogar ›Sonnenuntergang‹ vorgeschlagen. Hier weiß jeder, dass wir über uns lachen können. Im Übrigen – am Älterwerden kommen nur die wenigsten vorbei.«

»Ist ja gut. ›Abendfrieden‹ klang aber so gediegen.« Elise zog eine offene Tüte mit gelatinestrotzenden Gummibärchen hervor. Während sie quietschgelbe zerbiss, nuschelte sie: »Jetzt hab ich es. Nun ist es aber zu spät. ›Zauberberg‹ hätte sich aber auch gut gemacht. Klingt so vornehm.«

»Dann hättest du in eine Seniorenresidenz ziehen müssen«, antwortete Rosanna. »Dort könntest du bis zum unseligen Ende schrumpeln. Dort kriegst du auch deinen Treppenlift. Wolltest du doch beim Einzug haben. Treppenlift! Bin ich hundert? Jetzt haben wir unser Haus, mit barrierefreien Wohnungen und nirgends Tapeten mit Kringelmustern und Staubfängerteppiche mit Fransen wie deine Nichte. Die mit ihrem salbungsvollen Getöne! Lad die bloß nie wieder ein!«

»Du weißt ganz genau, dass ich mir eine Residenz nicht leisten kann. Und mach meine Mareike nicht schlecht. Sie hat einen guten Charakter.«

»Ja. Der eignet sich bestens für Seniorennachmittage!«

»Aber Mareike ist immer so geduldig, so gelassen«, seufzte Elise.

»Ach. Die hat ein Fliehkinn. So was kann ich nicht leiden. Lass uns wieder reingehen. Es zieht.«

In der Küche griff sich Rosanna den nächsten Stuhl, setzte sich, schlug die Beine übereinander und lehnte sich lässig zurück. »Sollen wir diese Woche Erbsensuppe kochen? Mit Pfötchen, wie früher?«

»Dafür müssen wir aber nach Esens fahren. Kriegste bei uns nicht. Ich möchte lieber Fisch. Ist gut fürs Gedächtnis, meine Liebe. Morgen will ich sowieso mit Frau Wanders wegen der Kocherei sprechen.«

»Warum sagst du nicht Lea zu ihr?«

»Personal duzt man besser nicht. Dann entstehen nur Vertraulichkeiten.« Elises blondgefärbter Pagenkopf machte ihr Gesicht viereckig. Noch im Frühjahr hatte sie einen knallroten Hormonersatzschnitt getragen und hatte nach einer teuren Farb- und Typberatung beschlossen, das exzentrische Friseurergebnis wieder wachsen zu lassen.

»Albernes Getue. Wenn ich nicht wüsste, dass du im Kohlenpott aufgewachsen und das Kind eines Hüttenvorarbeiters gewesen bist, könnte man meinen, du hättest bei den Krupps gegessen.«

»Wenn ich wat nich abhaben kann, dann sind dat besserwisserische Klugscheißer wie du. Meine Omma hat in schlechten Zeiten bei Krupps gefeudelt. Na und?« Elise schnaufte. »Hat Frau Schally heute frei? Die is auch son richtigen Schlickefänger. Die Blumen müssen begossen werden! Die nasse Wäsche gammelt und im Flur hat jemand Kaffee oder Tee vergossen. Sieht aus wie … du weißt schon.«

»Das war der Kurt mit seiner Plörre. Aber die Wäsche kannst du doch in den Trockner stecken. Beweg dich mal, du musst sowieso abnehmen.« Rosanna blickte Elise herausfordernd an.

»Aber mein Bein!«

»Das braucht Bewegung, meine Liebe, Bewegung. Und Manja wickelt es doch morgen wieder.«

»Die Schally soll mal sehen, datt es besser wird. Weißt du schon, dass ich eine Matratze bei eBay bestellt habe? Super Schnäppchen mit Zertifikat und ganzheitlich von Orthopäden getestet. Da hab ich endlich keine Knübbelkes mehr unterm Dingns da.«

»Ich glaub's nicht. Sobald du ›ganzheitlich‹ hörst, kann man dir alles andrehen. eBay!«, schnaubte Rosanna. »Nachher hast du dir sonst was bestellt wie letztens diese Generetika und so überteuerte Vitamine. Da kannst du dir ja gleich Botox spritzen lassen. Nur lachen solltest du dann nicht mehr.«

»Blahblah. Und Kurt, der hat sich im Onlineshop Potenzmittel bestellt. Wenn's wirkt, steht dat Männeken alleine mit seinem Fidibus da.«

Rosanna guckte, Elise zitterten die Mundwinkel, sie gackerten los und konnten kaum wieder aufhören.

6.

Pfefferscharfer Ostwind trieb sie vom Anleger aus vorwärts. Niemand holte sie ab. Innerlich fluchend kämpfte sie sich durch bis zur Herderstraße. Gut, dass Bensersiel kein großer Ort war.

Ein Mann blieb vor ihr stehen. Auch das noch! »Mach hinne!« Er schwankte, und sie roch seine Fahne. In diesem Moment erinnerte er sie an ihren Vater. Der Mann atmete sie an, krallte sich im Ärmel ihrer Jacke fest, gurgelte grauenvoll und sein Rotz landete auf ihren Mund.

Von der Wucht ihres Seitwärtshaken knickte er taumelnd ein. »Musst schon wissen, dat is een Klacks för mi!«

***

Sie öffnete die Tür zu ihrer Wohnung, zog sofort die gefütterten Stiefel mit den dicken Profilsohlen aus. Stellte sie nebeneinander so auf die schon morgens ausgebreitete *Nordwest-Zeitung*, dass die Schneereste abtropfen konnten. »Zur Hölle mit solchen Typen.«

Sie duschte ausgiebig, Wasserdampf beschlug Spiegel und Fliesen, sie hielt die Brause vor ihren Mund, um das Gesabber auszuspülen. Aber der Ekel hatte sich festgesetzt, sie hätte kotzen können. »Unerträglich«, gurgelte sie. Ihre feingliedrigen, aber kräftigen Finger wühlten im Mund, um das Gefühl von Schleim wegzukratzen.

Später schlüpfte sie in eine bequeme Hose und einen Nicki. Der war so weich, dass man mit Willen und guter Vorstellungskraft glauben konnte, jemand streichle sie. Ihre Pantoffeln klapperten leise, sie ging hin und her und das Geräusch wirkte auf sie beruhigend.

Im Wohnzimmer warfen zwei Stehleuchten scharf begrenzte Lichtkreise auf braunes, glänzendes Parkett. Sie setzte sich vor den niedrigen Tisch, saß reglos und täuschte eine Ruhe vor, die sie nicht besaß. Aber mit dieser Körpersprache hatte sie ein geheimes zweites Leben entwickelt.

Ihre Hände strichen über die glatte Tischoberfläche. Kein Krümel, keine Unebenheit störte. Sie überprüfte die Linien des Tisches von der Seite aus, musste ihn ein wenig rücken, denn nicht mehr als fünfundzwanzig Zentimeter Abstand vom roten Ledersofa sollten es sein.

In der Küche griff sie nach einem Stapel gelber Haftzettelblöcke und zog mehrere Zettel davon ab.

Mittwoch: Kaffee, Milch, Butter, Schinken, Brot einkaufen

Zweiter Zettel: *Mittwoch: 6:30 aufstehen, warme Sachen anziehen.*

Dritter Zettel: *Mittwoch: um 6:00 Wetterbericht hören*

Der erste kam an die Flurtür, der zweite auf das Zifferblatt des Weckers, der auf einem Schränkchen neben ihrem Bett tickte. Den letzten klebte sie an die Kaffeemaschine. Hier lagen auch einige mit sämtlichen Telefonnummern, die ihr wichtig waren. Vor allem war ihre eigene Handynummer mehrmals aufgeschrieben und dick unterstrichen.

Türen und Regale sahen wegen der unzähligen Zettel inzwischen wie gelb gestrichen aus.

Mit einer schon gestern vorbereiteten Sauce machte sie sich eine Portion Salat, aß dazu zwei Brote, spülte das Geschirr, trocknete ab und stellte es zurück in den Schrank. Begann das Spülbecken zu putzen, den idiotisch glänzenden Wasserhahn noch glänzender zu reiben und die Tassen auf dem Bord über ihr mit den Henkeln geradeaus zu richten. Das war ihr wichtig.

Wer sie jetzt beobachten würde, dächte an eine besonders ordentliche Hausfrau. Das täuschte.

Überhaupt konnte sie großartig täuschen.

Während des Putzens entspannte sie sich, ihr Mund wurde weich, und der Amorbogen sah hübsch, wie nachgezeichnet, aus.

Es schneite und Bensersiel leuchtete, es schien, als würde der Ort schweben und langsam abheben.

In ihr Tagebuch schrieb sie:

Niemand wird verstehen, was ich tun muss. Ich muss der Angst entgehen.

Dann strich sie alles wieder durch, machte fünfzig Liegestütze, schwitzte, keuchte, rieb sich mit einem großen Handtuch trocken, zog die Boxhandschuhe an und schnürte sie.

***

Spät ging sie ins Bett. Sie freute sich auf den kommenden Tag, sie freute sich auf die Stunden der größten Hilfe, die sie nun zu geben bereit war.

Im Traum trieb sie ein eigenartiger Geruch hoch. Entsetzt verharrte sie, fürchtete sich, saß starr, bis der Geruch verflogen war.

Sie kannte ihn. Hatte ihn schon einmal gerochen. Bevor ihr Vater starb. Ihre weit auseinander liegenden Augen glänzten.

Als sie gegen halb sechs Uhr aufwachte, wollte sie im Bett bleiben. Dann sah sie sich die Uhr genauer an und las einen gelben Haftzettel.

7.

Langeoog war eingeschneit. Die Häuser trugen Puderzuckerdächer und Kinder sausten mit ihren Schlitten durch die Dünen. Die Meteorologen erwarteten in den nächsten Tagen weitere lang anhaltende Schneefälle und heftigen Sturm von Nordnordost.

Doch es kam auch einer jener Tage, von denen Paul Herrmann ahnte, er könnte seiner werden. Endlich, der perfekte Tag zur Erfüllung seiner Wünsche – er kam.

Denn diese Frau machte ihn verrückt. Sie war verteufelt anziehend, gab sich manchmal andere Namen und heute hieß sie Elaine. Erotisch, fand Paul.

Neben ihrer Sanftheit bewunderte er fasziniert die Unverfrorenheit, mit der sie alles anging. Sie hatte gesagt, ich fahre dich zur Düne, da, wo Kinder nicht rodeln und kaum einer vorbeikommt. Warum auch. Ist ja alles glatt und zugeschneit. Aber dort kannst du den Schnee anschauen, solange du willst, meinetwegen bis er taut, wenn er dich so glücklich macht. Und aufs Meer schauen, ja, das kannst du auch. Gelacht hatte sie dabei, dunkel und warm.

Sonst lachte sie anders.

Paul hatte mit keinem über das Vorhaben gesprochen. Er war auch nicht mehr zur Kukident-Lounge gefahren. Obwohl es gegangen wäre. Der Schniederdamm war gestreut und bis zum Polderweg, da, wo er wohnte, war es nicht weit. Er hätte Otto auch anrufen können. Aber Paul glaubte eben nicht, dass jemand seine tiefe Sehnsucht nach dem Schnee und nach einer Frau verstehen würde. Und deshalb mochte er mit niemandem darüber reden.

Mit Elaine verabredete er sich am Ende des Süderdünenrings. »Zum Dünenweg, da am WC-Häuschen, dahin kommst du dann. Ich mag's einfach nicht, von einer Frau durchs Dorf geschoben zu werden. Außerdem – wozu habe ich den Elektrorolli?«

Als sie kam, kam er sich so alt vor. Paul verfluchte die Krankheit, verfluchte die Abhängigkeit vom Rollstuhl, verfluchte all jene, die mit einer Geliebten das Bett teilten, er fluchte, bis seine Hände endlich unter der Jacke, unter dem dicken roten Pullover, auch den zu engen und abgetragenen Pulli fühlten. Da erst beruhigte er sich. Denn dieses Kleidungsstück hatte Antje, seiner verstorbenen Frau, gehört.

Elaine schob ihn durch hohen Schnee. Immer wieder rutschte der Rollstuhl weg. Sie sah sich um und beobachtete alles genau. Kein Mensch war zu sehen.

Der Schnee hatte die Dünen und den hartgefrorenen Sand bedeckt. In wenigen Stunden würde die Flut kommen.

»Gestern fuhr Rosanna auf Skiern zum Einkaufen durch die Hauptstraße. Ein tolles Weib!«, erzählte Paul.

Elaine schob den Rollstuhl in eine Dünenmulde. Von hier aus konnte Paul die Nordsee sehen. Der Schnee blendete so, dass er nach seiner Sonnenbrille griff. Die Luft war eisig und das Meer schien für Sekunden erstarrt.

Wind fegte ihm Schnee ins Gesicht, er fühlte sich wie scharfe Eisstückchen an und Paul genoss es, als Elaine stehen blieb und ihm das Gesicht streichelte. Er war nicht rasiert, fragte sich, was fühlt sie wohl dabei, und blickte in ihre weit auseinanderstehenden Augen, grau wie Nebel, grau wie Wasser. Sie hatte ihm den Schnee versprochen wie eine Wetterhexe, er war wirklich gefallen und liegen geblieben.

Er lauschte dem Klang ihrer Stimme, sah ihren Mund und vergaß darüber ihr Gesicht, während Schneewolken sich am Horizont zusammenschoben.

Es war wie in einem Film, jene mit langsamen Schnitten und langsamer Musik, bei denen die Handlung mit jeder

Minute intensiver wurde. Paul griff nach ihrer Hand, betrachtete sie und war erstaunt, dass sie ihm nicht behagte, diese Hand, die ihn noch eben gestreichelt hatte, diese Hand, die er doch kannte.

Ihre Stimme klang anders als sonst, sie hatte einen falschen Ton. Paul verzog seinen Mund und ließ Elaines Hand los.

Aber all das war egal, auf diese Stunde hatte er ewig lange gewartet, Paul wollte alles, was eigentlich vorbei war, aber sie hatte ihm versprochen, du wirst Sex haben und vielleicht die Lust von früher spüren.

***

Die Sonne schnitt in die Augen. Elaine bückte sich, formte Schneebälle und warf sie nach ihm. Angestrengt lachte Paul darüber und drehte den Kopf zur Seite, es war harter Schnee. Am liebsten wäre er aufgestanden, und hätte die Frau eingeseift, ausgezogen, und sie in den Schneedünen gefickt, gebumst, gevögelt wie ein Achtzehnjähriger und drei Minuten lang inbrünstig geliebt.

Aber er konnte nicht einmal mehr laufen.

Das war vorbei.

Mit siebzig war manches vorbei.

An manchen Tagen vergaß er viel. *Hab ich Schneetreiben im Gehirn?* Er hasste auch die Gedanken, dass sich Elaine vielleicht noch heute zu ihrem Liebhaber legen und über ihn, den Alten, lachen würde.

»Hör«, sagte sie, »Hör, wie der Schnee knirscht.«

Ja. Er konnte es hören, obwohl er von Monat zu Monat tauber wurde. Er spürte dieses dumpfe, lang schleifende Geräusch wie Schallwellen und Erinnerungen halfen ihm dabei. Schnee unter den Füßen. Schnee in den Händen und im Gesicht.

***

Sie wickelte die Decke fester um ihn. Er steckte seine empfindungslos gewordenen Finger darunter. Sie rieb sich die Hände. Dabei schaute sie Paul an, als wüsste sie etwas, das er nicht wusste. Und er wusste nicht mehr, was er ihr sagen sollte. In seiner Wohnung konnten sie über vieles reden. Da hatten sie ausgiebig über diesen Ausflug gesprochen.

Er räusperte sich mehrere Male, und seine Stimme hörte sich brüchig an. Es dauerte eine Weile, bis Paul sich gefangen hatte, während ihn Elaine beobachtete.

»Ich hab eiskalte Füße, du hast mir keine warmen Socken angezogen. Fang an! Und hilf mir. Bitte.«

Flink setzte Elaine ihre Maske der Freundlichkeit auf. Genau die mochte er nicht. Sie zog etwas aus einer Seitentasche des Rollstuhls raus. Dann kniete sie sich, löste die Bänder seiner Schuhe, und streifte die dünnen Baumwollstocken von seinen Füßen. Sie rieb, bis sie warm wurden, dann zog sie ihm dicke Wollstrümpfe über, die Schuhe, und verknotete die Bänder. »Geht es?«

Paul nickte ungeduldig. »Mach schon. Nachher gibt's noch Schneesturm.«

»Ach wo. Werden wir ja sehen«, sagte Elaine, »aber dann sind wir auch nicht mehr hier.«

Der Himmel zog sich zu.

»Tanz!«, forderte Paul sie auf.

Elaine drehte sich und ihre Fußspuren ergaben sinnlose Muster. So schnell es ging, zog sie den Reißverschluss ihrer dicken Wetterjacke hinunter, streifte sie ab, warf sie hin, zog den Pullover aus, zerrte an den Stiefeln, und entledigte sich hastig der Jeans. Darunter war sie nackt. Sie kam näher, griff in eine Tasche, die an den Rollstuhl gehängt war, zog einen Hut hervor und verhüllte ihr Haar mit rotem Filz und Schleier, tänzelte um Pauls Gefährt, so dass er den Kopf ständig drehen musste.

Dabei griff er in ihre kräftigen glatten kalten Oberschenkel, genoss die Ansicht ihres dunklen Dreiecks, das sich von der milchigen Helle ihres Körpers und der bläulich schimmernden Fläche scharf umrandet abhob. Flocken schmolzen auf ihren Schultern.

Schon griff sie nach ihrer Hose, »Es ist wahnsinnig kalt!«, So schnell es ging, zog sie sich wieder an. Den Hut behielt sie auf. Elaine beugte sich zu ihm, und begann ihn zu küssen. Pauls Lippen waren kalt und zusammengeschrumpft.

Sie spielte mit ihm und er ließ mit sich spielen, sie spielte mit seiner Zunge, eine ganze Weile. Er zuckte zurück, dachte, irgendetwas habe ihn gestochen. Aber was wusste er schon. Paul hatte ewig lange keine Frau mehr geküsst.

Dann hörte Elaine auf. »Hast du geglaubt, es ändert sich noch was? Deine Jugend ist vorbei. Vorbei ist vorbei. So ist das, Paul!« Sie quatschte sein Elend zusammen und gestern hatte sie sich noch ganz anders angehört. In ihm grollte das Wissen, wie es einst mit seinen Frauen gewesen war.

Er entdeckte ein Lächeln um Elaines Mund. Ein Lächeln, wie angeschraubt. Barsch sagte er: »Nimm den Hut ab, hol deine Wollmütze, nachher holst du dir noch den Tod.«

»Ich?«

***

»Willst du immer noch Schnee sehen?«

Paul nickte.

Sie steckte sein Handy ein. Er bemerkte es nicht.

»Ich geh noch mal ins Dorf. In einer halben Stunde hole ich dich ab.«

Möwen kreischten und segelten im Wind.

8.

Die Luft war so salzig und so kalt, dass sie brannte. *Das wird ein schlimmer Winter*, dachte Paul. Er spürte, wie die Temperatur fiel und es roch nach neuem Schnee. Seine Zunge pappte am Gaumen. Er fürchtete, dass sie festfrieren könne. Die Kälte kroch unter die Haut und in die Adern. Er tastete sich zu dem Pullover von Antje vor. Vielleicht gab der etwas Wärme ab, Antjes Wärme. Fast glaubte er, ihren Herzschlag zu spüren. Obwohl sie schon viele Jahre tot war.

Er wiegte sich vor und zurück und wusste, Elaine würde nicht wiederkommen. Wütend und frustriert hieb er gegen seine Stirn und fluchte: »Was tut man nicht alles für ein bisschen Fantasie.«

In der Dämmerung leuchtete der Schnee und ein runder orangefarbener Mond zitterte im Wasser.

»Ich muss sofort nach Hause, sonst erfriere ich. Warum kommt denn niemand vorbei? Ich verdammter Idiot.«

Er versuchte, mit dem Rollstuhl aus der Mulde zu kommen. »Ich brauche dann nur noch den Weg runterzufahren.«

Er ruckelte die Räder hin und her, machte den Motor an, die Räder rutschten, drehten und er rollte wieder zurück. Paul wurde immer unruhiger. Er suchte nach seinem Handy. Wusste genau, dass er es eingesteckt hatte.

Mit steifen Fingern zupfte er an der Decke, deren Enden in den Schnee fielen, als wollten sie nur den wärmen. Paul rief: »Hilfe, Hilfe!«, aber seine Rufe nahm der Wind mit.

Der Himmel war jetzt dunkel und man konnte die Möwen nur noch als Schatten erkennen. »Elaine«, schrie Paul, und noch einmal »Hilfe«, so lange, bis er vollkommen erschöpft war. Er ruhte sich ein paar Minuten aus, dann stemmte er sich hoch und ließ sich nach vorn fallen. Auf den Knien

kroch und rutschte er, verlor die Richtung, mit großer Mühe schob er sich durch den Sand.
Paul wurde übel. Kalter Schweiß brach aus. Vor seinen Augen flimmerte es. Mit allergrößter Anstrengung schaffte er ein paar Meter vorwärts. Dann rutschte er über die glatte Schneedecke und blieb im hartgefrorenen Sand liegen.

Stöhnend setzte er sich. Oben, in der Dünenmulde stand sein Rollstuhl. Er umschlang sich mit den Armen, um sich zu wärmen. »Ich will in mein Bett. Ich will ...« Wieder verließen ihn die Gedanken und er wusste nicht mehr, was er wollte.

Bis auf die Möwen hörte ihn niemand. Und denen war es egal, was ein Mensch rief.

***

Über der stillen, bläulich schimmernden Landschaft schwebte der Mond. Paul sah plötzlich Bilder, Ereignisse und Menschen aus seiner Kindheit und Jugend. Alle tauchten sie auf, die Eltern, sein Bruder und Antje. Was für Geschichten, seltsam, dass sie gleichzeitig erschienen, noch seltsamer, dass er sich als Jungen und Erwachsenen zugleich sah, er entdeckte sogar Elaine, die ihn hierher gebracht hatte. Ihr wahrer Name löste sich auf, ehe er ihn festhalten konnte. Aber es war, als wolle sie ihm Wichtiges erzählen.

Irgendwann glaubte er, dass es wärmer wurde. Sogar die Kälte aus den Gelenken, den Füßen, den Fingern verschwand. Heiter und mit einem Mal sehr gelassen reckte er sich, zog den Reißverschluss der Jacke hinunter, und versuchte, sie auszuziehen.

Paul sah ein weißes Licht. Die Sterne waren heller denn je, Himmel und Meer verschmolzen und aus der Entfernung beobachtete er sich selbst.

Seine Augen wurden glasig. Die Atmung unregelmäßig. Und auf der Düne sah der schneebedeckte Rollstuhl wie ein Königssitz aus.

Die Außentemperatur lag jetzt bei siebzehn Grad minus. Pauls Körpertemperatur sank um sechs Grad.

Hinter den geschlossenen Lidern war es weiß.

Und dann – war da nichts mehr.

9.

In dem Haus am Waldrand roch es nach Kaffee und nach Hund.

»Lässt du Merkel raus?«, fragte Imke Thiede und schlug ihren Mann kameradschaftlich auf die Schulter.

»Hör auf mit diesem blöden Puckern. Verdammt, ich bin schon wieder zu spät.«

Sie zeigte ein aufmunterndes Lächeln. Bei ihr standen wie bei Hinnerk die oberen Zähne vor.

Der Hund mit dem großen Kopf und dem fetten Rumpf sprang an ihr hoch, lief dann zu Hinnerk, der ihm die Haustür öffnete. Merkel streckte sich. Soweit das mit diesem Körper und den kurzen Beinen ging. Dann rannte er mit fliegenden Ohren über den Weg, schnupperte, drehte sich tollkühn im Schnee, raste durch die Büsche, und ward nicht mehr gesehen.

»Halt!«, rief Hinnerk. »Zurück!«

Minuten später hörte er das aufgeregte Bellen.

»Ich bin das leid. Jedes Mal macht er so einen Aufstand um was weiß ich.«

Imke schlurfte im Schlafanzug nach draußen und schaute auf die Uhr. Kurz vor acht. »Ein Reh? Gestern liefen welche an der Diakonie entlang.«

Hinnerk spurtete in Gummistiefeln, rutschte, fiel, stand auf und fluchte derart unflätig und laut, dass Krähen in die nächsten Baumwipfel flogen und zurückschimpften.

»Merkel! Hierher! Sofort!« Mit Seitenstichen stapfte er über den mit Bohlen ausgelegten Pfad. Der Hund bellte. Wahrscheinlich rannte er zum Strand.

Er drehte, rutschte und kläffte erneut wie toll vor einer Erhebung.

»Hierher, bei Fuß!«

Auf die Rufe seines Herrn reagierte das Tier nicht.

Erstaunt entdeckte Hinnerk neben Merkel ein Paar Schuhe, die aus einer Jeans ragten. Alles Übrige war vom Schnee fast vollständig bedeckt.

Behutsam schob er Schnee vom Kopf, bis er in das bläulich verfärbte Gesicht sah. Die Augen waren halb geschlossen. Neben dem Menschen lag eine Winterjacke.

»Warum liegt er denn im Pullover da?«, murmelte er. »Hallo! Sie können hier nicht liegen bleiben. Stehen Sie bitte auf, in der Kälte erfrieren Sie doch! Geht's Ihnen nicht gut?«

Er betrachtete ihn jetzt genauer und dann erkannte er ihn. *Mensch, das ist ja Paul Herrmann. Wie kommt er denn hierhin?*

»Hallo! Herr Herrmann!«, rief er laut, um seine Furcht zu übertönen.

Er konnte den Liegenden nicht schütteln. Der Körper war steifgefroren.

Hinnerk hatte sein Handy nicht mit. Er kniete sich hin und legte sein Ohr an Paul Herrmanns Mund. Nichts. Er suchte den Puls am Hals.

***

Manja Schally hatte Dienst bei den alten Damen aus Hamm. Ein um die andere Woche wechselte sie sich mit Lea Wanders ab. An manchen Tagen arbeiteten sie auch zusammen.

Als sie das Haus betrat, kam ihr eine dunkelhaarige Frau entgegen. Neugierig betrachtete Manja deren zeltartige Bluse aus Wollstoff.

»Haller. Ich bin Ilona Haller.« Sie steckte sich eine Zigarette an. Manja drehte den Kopf zur Seite.

»Die Heizung ist ausgefallen. Ich habe schon den Handwerker-Service angerufen, weil der Herr Roth nicht öffnet. Eigentlich ist er als Hausbesitzer ja dafür zuständig. Im

Moment wärme ich mich vor dem Backofen auf. Ich habe seit Stunden nur noch Eisfüße!« Hastig redete sie weiter. »Der Herr Roth bewohnt doch die Eckwohnung? Oder? Wissen Sie, bei dem steht ein Fenster offen. Der Rollladen ist zwar ein Stück runter, aber sehen kann ich das trotzdem. Ich meine, damit Sie mich nicht falsch verstehen, aber wenn nun noch die Heizung ausgefallen ist ... Ob er verreist ist? Im Briefkasten steckt keine Zeitung und auch keine Post, soweit ich das sehen konnte. An manchen Tagen picken Vögel ans Fenster. Sieht aus, als wollten sie rein.« Sie streifte die Zigarettenasche auf den Kunststeinboden, nickte Manja zu, als erwarte sie für ihre Berichterstattung ein Lob.

Manjas Gesicht blieb unbewegt. Sie fand, dass es im Flur unangenehm nach gedörrtem Fleisch roch und starrte auf die Zigarette in Frau Hallers Hand. »Entschuldigen Sie mich ...« Sie wies nach oben. »Im Sommer habe ich Herrn Roth mal helfen müssen. Aber dann ging es ihm wieder gut. Er freute sich auf eine Auslandsreise. Im letzten Jahr war er ja für längere Zeit in Almeria. Wahrscheinlich hat er vergessen, das Fenster zu schließen. Haben Sie bei ihm mal geklingelt?«

»Ja. Sag ich doch. Aber er macht nicht auf. Riechen Sie es auch? Hier riecht es penetrant nach eklig süß frischem Brot. Ständig habe ich den Geruch in der Nase.«

***

Die Inselärztin grüßte knapp und fragte: »Wo ist die Unfallstelle? Ich muss wieder in die Praxis.«

Nathan ging mit ihr zum Fundort.

Hinnerk Thiede murrte: »Wegen ihm habe ich das Schiff verpasst. Will das nächste kriegen, ich muss heute auch noch arbeiten.«

Der Hund umkreiste Stadler, sabberte und stierte ihn an, fletschte gelbe Zähne und roch nicht besonders.

Stadler starrte den Hund an. Aus der Hundekehle kam ein

tiefes Knurren. »Halten Sie den Köter fest. Wir brauchen Ihre Personalien.«

»Sei nicht so förmlich, Jürgen, du kennst mich doch«, sagte Hinnerk.

»Das hier ist dienstlich und da muss ich dich siezen.«

»Sollen wir selbst absichern?«, fragte Nathan Töwer seinen Kollegen. »Ich meine, ehe die Auricher da sind? Dauert doch. Hier muss was passieren.«

»Weiß nicht. Ruf lieber an. Sonst gibt's Ärger.«

»Ist doch blöd«, sagte Nathan, »das können wir doch auch.«

»Mach eine Meldung. Nun mal zügig«, drängte Stadler.

»Du bist der Hausherr.«

Während er begann, den Fundort abzusichern, während die Ärztin eine Taschenlampe auf Paul Herrmanns Pupillen richtete, und feststellte, dass sie sich nicht zusammenzogen, telefonierte Stadler mit Wittmund.

Wieder begann es zu schneien. »Das angesagte Tief Keziban kommt rüber«, sagte die Ärztin, und legte behutsam die Hände unter Paul Herrmanns Kopf und drehte das Gesicht in beide Richtungen. Rechts. Links. Die Augen bewegten sich nicht, der okulozephale Reflex blieb aus. Dr. David wusste, dass ihre Maßnahme heikel war. Wenn die Augen in den rechten und umgekehrt in den linken Augenwinkel gerutscht wären, würde das Stammhirn noch arbeiten, der Mann noch leben und sie hätte ihm unter Umständen ein heftiges Schleudertrauma verpasst.

Sie stellte eine Vita minima fest, also minimale Lebenszeichen und das Fehlen sicherer Todeszeichen.

Sie führte ein elektronisches Thermometer mit besonders langem Messansatz in Paul Herrmanns Rektum ein. Die Temperatur zeigte eigentlich seinen Tod an. Trotzdem leitete sie die Reanimation ein. Der Hauptkommissar rief den Rettungshubschrauber, der Paul in das Wittmunder Krankenhaus bringen sollte.

Dr. David wollte es jetzt ganz genau wissen und maß zusätzlich die Umgebungstemperatur.

»Ist schweinekalt, merken Sie doch auch so«, murrte Stadler. »Machense doch nicht so'n Trara.«

Der Wind knallte in die Gesichter und alle Anwesenden zogen ihre Rollmützen tiefer ins Gesicht und sahen wie Bankräuber aus.

»Der Mann ist extrem ausgekühlt«, sagte sie zu Nathan.

»Ist schon klar«, murmelte er.

»Die Außenwerte betragen immer noch minus acht Grad. Insofern kann ich nicht seine echte Körpertemperatur messen. Wahrscheinlich wird's eh ein Fall für den Staatsanwalt.« Das Kriminalkommissariat Aurich rief zurück.

Stadler nahm das Gespräch auf seinem Handy an. »Moin. Der Mann ist schon unterwegs ins Krankenhaus. Jajaja, wir haben abgesichert. Meinetwegen, wenn Sie es nicht lassen können, kommen Sie mit der nächsten Fähre. Eigentlich habe ich für solche Fälle den Kollegen Töwer hier. Wie es aussieht, ist bei uns ein alter Mann erfroren, die Ärztin sagt, möglicherweise noch minimales Leben, also, ist alles im grünen Bereich und hier frieren Sie sich nur die Ohren oder sonst was ab. Wiedersehen.«

Während das Absperrband mit der Aufschrift Polizei flatterte, violette Kreise an der Fundstelle leuchteten, war Paul Herrmann endgültig tot. Das giftige Violett stammte vom Farbspray, mit dem Nathan Pauls Körperumrisse markiert hatte.

Stadler benachrichtigte Aurich. Und sagte danach: »Nathan, und du sprichst jetzt mit dem Hinnerk Thiede. Du findest mich im Büro.«

***

Wieder sprach Otto Töwer sen. mit dem Anrufbeantworter von Hannes Roth. Wahrscheinlich sitzt er unter Palmen und beglückt eine braunhäutige Geliebte.

»Reiß dich zusammen«, schimpfte er sich selbst aus. »Deine Zeit ist vorbei. Aber wenn Hannes eine Freundin hätte, wäre ich schon neidisch.«

Ein Gedanke elektrisierte ihn. »Um Gottes willen!« Sofort rief er Nathans Dienstnummer an, erreichte seinen Sohn aber nicht. Aufgeregt tippte er die nächste und sprudelte Stadler, der am Telefon war, seine Befürchtungen entgegen.

»Wann hast du den Hannes zuletzt gesehen?«, fragte Stadler. »Aha. Krankenhaus? Adresse der Tochter? Hast du nicht? Nathan ist im Einsatz. Und ich habe einen wichtigen Fall. Geh mal die paar Schritte zum Hannes und klopf an die Tür, ja?« Stadler legte auf und schimpfte: »So geht das nicht. Ist ja gut, wenn er aufmerksam ist, aber er hat nun schon einige Male für unnützen Aufruhr gesorgt.«

***

Otto Töwer überlegte und beschloss, Rosanna zu einem gemeinsamen Besuch bei Hannes zu überreden.

Mit ihr konnte er sich sehen lassen. Sie strahlte weder verkniffene Ältlichkeit noch damenhafte Spießigkeit aus. Nie hätte er sie kennengelernt, wenn er sich nach seiner Umzieherei ein Haus an Land gekauft hätte. Das war mal eine fixe Idee gewesen. Heute war er froh, dass er in der Kukident-Lounge wohnte, und außerdem war sein Sohn hier.

Er wurde schläfrig, er träumte, sah das Meer, Sand und Wolken, hörte die Möwen kreischen, er sah sich, er sah Rosanna und sie beide waren so herzzerreißend jung.

***

Personalausweis, etwas Bargeld und diverse Zettel fand

Nathan Töwer in Paul Herrmanns Anorak. Aber keinen Hinweis auf Kinder oder andere nahe Verwandte, die im Falle eines Unglücks oder seines Todes benachrichtigt werden mussten.

Er ging zu Hinnerk, der missmutig losschimpfte: »Jetzt brauch ich auch nicht mehr los. Der Tag ist total vermasselt. Und Sie wissen doch schon alles: Merkel hat den Alten gefunden.«

»Wer?«

»Der Hund.«

»Ein bisschen respektvoller dürfen Sie ruhig über den Verstorbenen sprechen. Wer war außer Ihnen noch dabei?«

»Wer wohl? Niemand. Hab ja bloß den Köter gesucht.«

Der Kommissar ließ sich den Hergang noch einmal erzählen und machte sich Notizen. »Sie können jetzt die nächste Fähre nehmen.«

»Mein Chef sagt, ich kann's für heute lassen. Unbezahlter Urlaubstag.«

»Na gut, kommen Sie um fünf zur Kaapdüne. Fürs Protokoll.«

Das allerdings fand Hinnerk aufregend.

»Dann möchte ich auch mit Ihrer Frau sprechen.«

»Von mir aus. Ich geh mal eben zum Kiosk und hol mir'n frischen *Harlinger.*«

Nathan klopfte. Imke Thiede öffnete.

»Jetzt könnte ich einen heißen Tee gut vertragen.«

»Ich hole Tassen«, sagte sie krampfhaft munter. »Wollen Sie Kuchen dazu? Lebt der Mann noch?«

***

Schnee und Wind hatte alle Spuren verweht. Nathans Handy vibrierte. Dr. David. »Den Verdacht auf nichtnatürlichen Tod habe ich im Totenschein vermerkt.«

»Sie müssen wissen, der Paul Herrmann war ein Freund meines Vaters. Denken Sie auch an einen Suizid?«

»Möglich. Spannen Sie den Staatsanwalt ein. Der Kollege vom Krankenhaus hat schon wegen der gerichtlichen Obduktion im Kommissariat Wittmund angerufen.«

Er überlegte: *Wie hat Paul den steilen Weg bei der Glätte raufgeschafft? Auch ein Elektrorolli rutscht dann weg und die Räder drehen im Schnee durch. Allein geht das gar nicht.*

***

Er rief die Staatsanwältin Porath in Aurich an. Er mochte sie. Ihre langen Beine regten ihn immer wieder angenehm auf.

Und der ehemals so liebeshungrige Paul Herrmann wurde in die Rechtsmedizin gebracht.

10.

Auf der Polizeistation sortierte Nathan die alltäglichen Dinge. Einmal wöchentlich kam nachmittags Gerda Langfeld als Aushilfssekretärin. Was sonst noch anfiel, teilten sich die Polizisten.

Das Büro war in einem gemütlich wirkenden Backsteingebäude untergebracht. Mit Vorgarten und weiß gestrichenem Holzzaun. Im Sommer blühten Stockrosen und Sonnenblumen. Jetzt lagen Garten und der Eingang unter der Schneedecke. Ein Haus wie viele der Einfamilienhäuser auf der Insel mit seinen 2100 Einwohnern.

Die Kaapdüne lag unterhalb des Wasserturms, dem Wahrzeichen Langeoogs, der zwischen 1908 und 1909 erbaut worden war. Mit Unterstützung des alten Wasserwerkes hatte er einst als Wasserspeicher die Insulaner mit Trinkwasser versorgt. Heute war er nach einer aufwändigen Renovierung ein sehr beliebter Aussichtsturm geworden.

Er blickte auf die dünnen Ordner auf seinem Schreibtisch, schüttelte unwillig den Kopf und sehnte Frau Langfeld herbei. Er stand auf, und zog den dunkelblauen Troyer über den deutlich sichtbaren Bauch. Wenn er nachdenken wollte, ging er gern nach draußen. Hell knirschte der Schnee unter den fellgefütterten Stiefeln. Fester, feiner Schnee. Während er auf dem mit Splitt gestreuten Bürgersteig ging, empfand er auch das, was Gäste und Inselbewohner von dem Haus dachten. Gemütlich. Hier passiert nichts. Nichts Gefährliches. Eine sichere Insel. Und dann hat man eine Leiche mit unklarer Todesursache. *Mord*, flüsterten seine Gedanken.

Jetzt stand er unterhalb des Wasserturms. Im Sommer war er bis zur Plattform hinaufgestiegen. Eigentlich litt er an Höhenangst. Aber er durfte sich nicht lächerlich machen und die dreiundzwanzig Meter hatte er locker geschafft. Der Ausblick über die Insel bis hin zum Festland und zur Hauptschifffahrtslinie war ein wenig Herzklopfen wert gewesen. Der Himmel war blassblau, und Wolken zogen mit dem Wind. Keine Autos, keine Verkehrsprobleme, einfach nur Ruhe. Großstädtischer Lärm und Enge waren nichts für ihn. Nathan war in Aurich in der Nähe des Ems-Jade-Kanals aufgewachsen. Der Stadt, der Küste, den kleinen Orten in der Gegend gehörte seine Zuneigung. Eine Stadt wie Aurich mit gerade mal gut vierzigtausend Einwohnern reichte ihm vollkommen.

Hätte ich bloß nicht dieses Techtelmechtel angefangen. Aber wie Frauen nun mal so sind ... Diese jedenfalls hatte eine Menge mehr daraus gemacht, als es je gewesen war. Und so etwas fällt in einer kleinen Stadt auf. Und als KHK konnte, sollte, durfte er sich so etwas nicht leisten und hätte schon auf Grund seinen Berufes daran denken müssen, dass, wenn so eine Affäre aufflog, es Ärger geben konnte.

Er hatte an der Polizeiakademie Niedersachsen studiert und war bis zu seinem Langeooger Einsatz als KHK in Aurich gewesen. Obwohl er mit der Dienststelle in ständiger Verbindung stand, wollte er den Fall allein klären. Was dem Teamgeist widersprach. Und der Zusammenarbeit mit Jürgen Stadler.

Nathan bekam das Bild des Toten nicht aus dem Kopf. So viele Mordfälle hatte er in seiner Laufbahn noch nicht gehabt. Mehr Schreibtischarbeit als das. Eigentlich hatte Paul friedlich dagelegen. Warum zog er seine Jacke aus? Wurde sie ihm ausgezogen?

Während er zurückschlenderte, hörte er das Telefon. Er rannte ins Haus, schlitterte durch den Flur, weil Eisstückchen unter den Stiefelsohlen hafteten, stieß sich den Kopf an der Tür, fluchte unflätig und nahm ab. »Töwer!«, keuchte er.

»Hier auch. Ich kann den Hannes Roth nicht erreichen. Hab's deinem Chef schon erzählt. Was bist du außer Puste, Junge?«

»Welchem Chef?«

»Na, dem Stadler, dem Jürgen.«

»Wie du meinst. Ruf aber nun nicht in Aurich an und mach da unnützen Wind!«

»Nathan. Sei nicht immer so empfindlich. Also, der Hannes ...«

»Vadder! Du mit deinen Vermutungen. Dein Freund ist bestimmt verreist, Senioren sind doch ständig unterwegs. Erinnere dich bitte daran, dass wir in diesem Frühjahr schon zweimal durch dich diesen Zirkus hatten. Du dachtest, es sei was passiert, dabei weilte dein Freund in Spanien. Wir haben eine Leiche, mehr brauche ich im Augenblick nicht.«

»Leiche? Wo? Wer?«

»Am Strand.«

»Ein Kind?« Wenn es darauf ankam, konnte Otto sich kurz fassen.

»Der Paul Herrmann.«

»Entschuldige mal, das stimmt so nicht. Bei dem Wetter sitzt Paul in seiner Wohnung und liest. Der kann ja gar nicht zum Strand. Ich habe gesehen, wie sein Elektrorolli letzte Woche im Schnee wegrutschte. Ist bestimmt ein Urlauber?«, fragte Otto hoffnungsfroh. Seine Stimme aber hatte schon einen zittrigen Klang bekommen.

»Er ist es. Leider.«

»So alt war er doch nicht.« Otto seufzte.

»War etwas anders als sonst bei ihm?«

»Nein. Weiß nicht. Habe nicht besonders darauf geachtet. Das ist doch alles überhaupt nicht wahr.«

Nathan hörte die Hilflosigkeit, betrachtete den Schreibtisch, den Teepott mit den braunen Rändern, das glitzernde Adventsgesteck auf der Fensterbank und den Teller mit dem

Marmorkuchen, die Stadlers Mutter Irmgard gebracht hatte.
Er wartete so lange, bis sein Vater nicht mehr weinte.

***

»Ein Leben mit dir …« Laut sang Kurt mit.

Nein, dachte Lea Wanders. *Lätzchen umbinden und Sabber abwischen …*

»Gib mir die Hand …« Er bückte sich und zog die gerade angezogenen Winterstiefel wieder aus. »Ist das lange her. Der Witthaker. ›Gib mir die Hand‹ – damals habe ich noch Karins gefühlt. Da ging's mir gut. Jetzt ist keine mehr da, die mir zuhört. … ohne dich, Goodbye Johnny … Taramtamtam.«

Er schniefte. Scheel schaute er zu dem silbergerahmten Foto seiner Eltern rüber, an die er sich kaum noch erinnerte.

»Ziehen Sie die Schuhe wieder an. Wir gehen jetzt zum *Seekrug*. Ich habe dort Fasanen bestellt. Die holen wir jetzt zusammen ab.«

»Ich will aber nicht. Ich will Musik hören. Fasanen, pffh, mag ich gar nicht. Federvieh, nachher sind da Salmodingens drin.«

»Salmonellen, Herr Waltemathe! Und der *Seekrug* hat einwandfreie Ware, reden Sie doch keinen Unsinn daher!«

Hier stinkt es! Lea ging ins Bad und stopfte Windeln in einen grauen Müllsack, kam zurück und riss die Fenster auf. Kurt schloss sie wieder.

»Es muss frische Luft rein! Herr Waltemathe!« Lea holte Brille, Jacke, Schal, Handschuhe. »Frische Luft! Riechen Sie es denn nicht?« Sie brachte auch einen Kamm mit.

»Nix da. Ich und Hustenentzündung. Heute den Brustwärmer?« Er zeigte auf seine schwarze, dicke, gefütterte Wolljacke. »Mich anziehen. Also. Die Tabletten habe ich genommen. Fragen Sie bloß nicht schon wieder danach! Ich krieg noch das Kotzen hier. Ich warte und warte, auf was bloß? Auf meinen ewig dauernden Tod? Und hören Sie mir auf mit der Betüddelei. Ich kann's nicht mehr ertragen. Bin ich bekloppt? Ich will zum Konzert vom Shantychor. Und wieder tanzen. Jawoll!« Kurt holte pfeifend Luft. »Was ist heute für ein Tag? Warum laufen Sie in meiner Wohnung rum? Wenn das meine Frau sähe!«

Er griff in den Zuckertopf und warf eine Handvoll zu einem gerahmten Foto. Stumm holte Lea Handfeger und Kehrblech und stellte es vor ihn hin. Er nahm den Handfeger und strich damit über seine Haare.

»Auffegen, nicht kämmen!«

***

Als sie an Ansgar Heigers Tür vorbeikamen, fragte Lea: »Wissen Sie eigentlich, wann er aus dem Urlaub zurückkommt?«

»Wer ist das?«

»Dem Heiger haben Sie doch zugehört, wenn er im Haus der Insel aus seinen Reportagen vorlas. Interessanter Typ ...«

Kurt strahlte. »Dann ist er bald wieder zurück?«

»Will ich wohl meinen.«

***

Um das Haus an der Heerenhusstraße kreisten Möwen und pickten gegen das Fenster. Unten, in der Eckwohnung.

***

Der weiße Wasserturm bildete mit den weißen Dünen ein riesiges Aquarell und die Häuser sahen wunderbar altmodisch aus.

Otto wusste nicht, was er machen sollte. Alle anderen Hausbewohner waren unterwegs. Mit keinem konnte er sprechen und die schreckliche Nachricht von Pauls Tod weitergeben. Erfroren. Warum denn bloß?

Als er rausgehen wollte, wurde die Haustür geöffnet. »Wir müssen noch den Essensplan für die nächste Woche aufstellen!«, sagte Lea Wanders, die mit Kurt hereinkam.

Erleichtert sagte er: »Dann gehe ich später«, vergaß für den Moment, wo er eigentlich hinwollte, sagte auch: »Ich setze mal Tee auf, die anderen sind im Dorf und dann haben wir noch die Hühnerschenkel.«

»Ja, Hühner, da hätte ich jetzt richtig Hunger drauf«, sagte Kurt. »Dann komme ich gleich wieder.«

Während das Wasser heiß wurde, begann Otto zu weinen.

»Früher habe ich nie geheult. Schrecklich. Ein Mann und so eine Schnieferei! Hängt es mit dem Alter zusammen? Wissen Sie, unser Freund Paul Herrmann ist tot. Er gehörte doch auch zu Ihren Klienten.«

»Aber ich will doch nachher zu ihm! Das kann nicht sein. Woher wissen Sie das überhaupt?«

Otto erzählte und währenddessen spülte Lea akribisch die Warmhaltekanne aus, wischte sie mit einem feuchten Lappen von außen ab und einem Handtuch trocken, und goss den Tee um. Sie stellte die Kanne mit einer Tasse vor Otto hin. Otto schluckte, stieß sich an dem Kieferntisch, und schimpfte: »Der wackelt ja immer noch, Haben Sie nicht gesagt, Sie wollten ...?«

»Ihr erwartet von mir zu viel. Was habe ich Ihnen nicht schon alles gemacht, Lampen ausgewechselt, Regale und Bilder aufgehängt, Steckdosen erneuert ... Das ist ja nun meine Arbeit nicht. Meine Güte, der liebe Herr Herrmann«, seufzte sie.

»Kurt und ich helfen Ihnen«, sagte er verlegen.

»Das Thema hatten wir. Und Kurt ist letztens die Leiter runtergefallen. Oder Manja muss mehr übernehmen«, überlegte sie laut. »Und damit Sie nicht an so einem traurigen Tag allein in Ihren Wohnungen hocken, koche ich gleich für alle.«

Während sie vorbereitete, machte Otto einen Spaziergang zu Pauls Haus, dass von einem Kriminaltechniker durchsucht wurde. Otto rief durch die offene Tür: »Paul hat einen Sohn.

Den Matthias. In der Schublade unter dem Telefonschränkchen im Flur liegt seine Adresse und all das.«

Nathan kam raus. »Ich darf dich nicht reinlassen, es tut dir auch nicht gut. Geh spazieren, Vadder, ich komme später mit Sonja bei dir vorbei.«

Langsam ging Otto und wollte noch einmal bei Hannes Roth klingeln. Manja Schally kam ihm entgegen.

Otto schellte. Klopfte an das auf Kipp stehende Fenster. Seine Gedanken überschlugen sich. Keinen konnte er behalten, sie verknäulten sich zu einem heillosen Wirrwarr. Dabei hatte er den toten Paul vor Augen, obwohl er ihn ja tot nicht gesehen hatte. Aber seit er sich um Hannes sorgte, musste er mehr und mehr an den Toten denken. Er wusste, dass Paul nicht nur so erfroren war, auch wenn sein Sohn ihm kaum etwas über die Ermittlungen in dieser Sache erzählte. Das fühlte er, das war da und bedrückte ihn. Und wie er so vor der Haustüre stand, fühlte er sich verlassen und auf eine eigenartige Weise bedroht.

11.

Der *Harlinger* und die *Nordwest-Zeitung* schrieben:

Langeoog/Aurich. Am Strand in der Nähe der Süderdünen wurde ein siebzigjähriger Mann tot im Schnee aufgefunden.

Der 70-jährige Paul H. wurde am frühen Morgen des 3. Dezembers durch den Hund eines Insulaners entdeckt. Auf der Dünenkuppe stand sein Rollstuhl. Die Polizei fand in den Taschen, die sich am Rollstuhl befanden, in einem Karton ein Gehirn aus Plastik. Dies verdient insofern Aufmerksamkeit, als im September dieses Jahres in einem Gebiet unweit des Langeooger Wäldchens drei Schweinegehirne gefunden wurden.

Das Todesermittlungsverfahren ist inzwischen eingeleitet. Paul H.s Leichnam wurde von der Staatsanwaltschaft Aurich beschlagnahmt.

Der alte Mann befand sich im Frühstadium einer Altersdemenz und konnte seit einem Unfall nicht mehr selbständig gehen.

Kriminalhauptkommissar Nathan Töwer, der seit dem Frühjahr der Polizeistation Langeoog zur Unterstützung zugeteilt wurde, sagte: »Es stellt sich die Frage, wer den Senioren mit dem Rollstuhl durch den Schnee auf die Düne fuhr. Theoretisch konnte er allein mit seinem Elektrorolli fahren, nur bei dem aktuellen Wetter war das nicht so ohne Weiteres möglich. Die genaue Todesursache wird bei der Obduktion geklärt, die für Montag angesetzt ist.«

Dazu ergänzte der hiesige Polizeioberkommissar Jürgen Stadler: »Der heftige Schneefall und Wind erschweren die Suche nach Spuren. Sollte sich der Grundverdacht auf ein Kapitalverbrechen verstärken, werden wir eine Mordkommission einrichten und gemeinsam mit den Auricher Kollegen den Fall übernehmen.«

Wer hat einen Rollstuhlfahrer auf dem Bohlenweg in der Nähe der Süderdünen allein oder mit anderen am Donnerstag gesehen? Zweckdienliche Hinweise bitte dringend an das Kriminalkommissariat Wittmund oder an die Polizei Langeoog.

***

Die Zeitungen stürzten sich auf den Fall. Einzelheiten aus Pauls Leben wurden ausgeschlachtet. Wer die erzählt hatte, wusste niemand. Es wurde auch geschrieben, dass die Inselbewohner ihre Türen des Nachts wieder abschließen würden.

12.

Elise rutschte die Tasse mit frischem Kaffee aus der Hand. Sie starrte auf die Plörre, auf die Scherben, wischte mit Küchenkrepp auf und verteilte dann ihre Tränen. »Paul? Unser Paul? Wäre er doch bloß bei uns eingezogen. Aber er wollte ja seine hundertprozentige Selbständigkeit. Die hätte er auch hier gehabt. Er war doch erst siebzig. Das ist doch kein Alter zum Sterben!«

Rosanna unterdrückte ein komisch aufsteigendes Lachen, das eher ein Schluchzen war. »Und wir hätten beobachten können, wer ihn gefahren hat. Nie ist Paul da allein hochgekommen. Ach Paul … Was ist bloß geschehen?«

»Nie mehr werden wir sein Lachen hören«, sagte Otto. »Übrigens. Mein Sohn will uns alle noch befragen. Was wir von Paul wissen. Und wenn uns so ein Tod passiert? Ich habe gehört, der Thiede, der muffelige Hinnerk, scheint da irgendwie mit drinzuhängen.«

»Ja, wie denn? Red dir nichts ein«, sagte Rosanna. »Sein Hund soll den Paul gefunden haben. Mehr ist da nicht.«

***

Paul Herrmann wurde das Thema auf Langeoog. Man hatte ihn gemocht. Hinnerk Thiedes Haus wurde auffallend häufig besucht und auch jenes Strandstück war der ganz besondere Ausflugsfavorit. Kinder kamen mit Schlitten, Gäste stapften – jeder ein selbsternannter Sherlock Holmes – mit Vergrößerungsgläsern herum, und erklärten jeden Krümel Sand für bedeutsam. Fremde klopften an Hinnerks Tür und wollten Kaffee und Kuchen.

***

Sie räumte die Spülmaschine aus und schaute dabei auf ihr Handy. Keine Nachricht, keine SMS.

Merkel schlug an. Es klingelte.

»Moin. Darf ich reinkommen?«

Sie öffnete einen Spaltbreit. »Herr Töwer.« Imke Thiede sah unwillig aus. »Besser ist, Sie klopfen sich die Schuhe ab. Noch besser, Sie ziehen sie aus. Hier stehen Pantoffeln. Ich habe eben gewischt.«

Imke war bei ihrer hausfraulichen Morgenarbeit. Nathan blieb im Flur. »Haben Sie eine Alarmanlage?«

»Nein. Wieso auch? Das ist eine friedliche Insel. Hier gibt es kaum was zum Stehlen. Meine Güte, auf Langeoog wird nicht eingebrochen.«

»Haben Sie Kinder?«

Sie schüttelte den Kopf.

»Ich möchte wissen, ob Ihnen noch Kleinigkeiten eingefallen sind, die für unsere Ermittlungen Bedeutung haben könnten. Manchmal vergisst man so etwas vor lauter Aufregung. Ich kann das gut verstehen.«

»Also, da war nichts. Ich habe nichts gesehen. Ganz sicher.« Trotz ihrer Zurückhaltung wirkte sie beunruhigt.

Er bemerkte, dass sie um die Augen herum ziemlich rot und verschwollen war. Als hätte sie lange geweint.

»Ich bin auch gleich wieder weg.« Er bückte sich, zog die die nassen Schuhe aus, schlüpfte in die weiten Filzpantoffeln, die hinten schlappten und seine Autorität minderten. »Sie wirken traurig. Geht Ihnen der Tod von Paul Herrmann so nah? Ist ja immer noch etwas anderes, wenn man den Betreffenden kennt.«

Sie schüttelte den Kopf.

Ein paar Sekunden lang war er still, sah Imke nur von der Seite aufmerksam an. »Meinen Sie, Sie hätten etwas verhindern können?«

»Nein.«

»Oder einfach nur die normalen ehelichen Missverständnisse?«

»Und wenn schon – was geht Sie das an?« Imke wies zur Küche. Die Tür stand weit offen. Nathan ging hinein. Imke hinter ihm her.

An den Wänden hingen Kräuterbilder und über dem Herd ein Männerakt, der nach Hobbyfotografie aussah. Er grinste. Ansonsten war es eine Küche mit hellblauen und blassgelben Resopalmöbeln, sicher über fünfzig Jahre alt. Imke bewegte sich zwischen Kaffeemaschine und Essplatz. »Ohne dem geht nichts.«

»Meinen Sie ohne ihn?« Er zeigte auf das Foto. Mit den Fingerspitzen strich er durch sein dunkelblondes Haar. Seit dem Sommer ließ er es wachsen. »Sehr italienisch«, hatte Sonja noch letztens dazu gesagt.

Imke lachte rau.

»Stellen Sie sich noch einmal den Tag vor Paul Herrmanns Tod vor. Wir haben Zeit. Entspannen Sie sich.«

»Den Paul kannte ich ja vom Sehen. Wie man die meisten hier kennt. Aber sonst?« Imke zog die Schultern hoch. »Sie machen mich nervös, wenn sie so polizeilich gucken.« Sie knipste die Küchenbeleuchtung an, stellte zwei Becher auf den Tisch und goss den Kaffee ein. Das mattbraune Haar fiel ihr strähnig ins Gesicht.

Nathan wischte Hundehaare von der Sitzfläche, bevor er sich auf einen roten, mit Kunstleder bezogenen Sessel setzte. Er wartete. Er würde so lange warten, bis Imke redete. Stille machte Leute nervös, die konnten sie nicht aushalten und meinten, sie müsse mit Worten zugeklebt werden. Er wartete. Imke sollte es ihm nicht so schwer machen. Erst lügen die Leute – und dann? Der Weg zur Wahrheit war wie oft mit Lügen gepflastert.

»Den Paul habe ich häufig mit seinem Rollstuhl in der Hauptstraße gesehen. Immer freundlich, der Mann. Mit dem neuen Modell ist er prima zurechtgekommen. Er zeigte mir, wie schnell er damit fahren konnte. Ich hab so gedacht, vielleicht sah der verschneite Weg ganz anders für ihn aus?«

»Mit dem Rollstuhl war es zu schwierig, allein durch den Schnee zu kommen. Herr Stadler hat es ausprobiert. Jemand muss ihn geschoben haben. Sie sagten doch, dass Sie am Nachmittag am Strantjepad waren? So eine Frau wie Sie sieht doch viel.«

Weil es an dem Abend und in der Nacht, in der Paul Herrmann erfroren war, geschneit hatte, waren sämtliche Spuren verweht. Nathan wusste, dass Befragungen mit jedem Tag schwieriger wurden, Zeugen veränderten ihre Wahrnehmungen und bewerteten Gesehenes nach ein paar Tagen völlig anders. Die Spontaneität verschwand.

»Ich brauche Ruhe. Ich bin krankgeschrieben.«

Er setzte seine Brille auf. Das dunkle Horn gab ihm ein strenges Aussehen.

Imke kraulte den Hund, der fett stöhnte, und knibbelte im Wechsel die Haut an den Fingernägeln ab.

Er zog einen Notizblock hervor, blätterte, las, runzelte die Stirn, unterstrich Geschriebenes, setzte Fragezeichen. Imke war sechsunddreißig und ausgebildete Krankenschwester. Ihre Personalien waren seit der ersten Zeugenbefragung gespeichert und in seinem PC abrufbar.

»Was heißt hier: ›So eine Frau wie Sie?‹ Meinen Sie, ich gehe spazieren – in der Hoffnung, einer würde umfallen oder den anderen erschießen, damit ich einen aufregenden Tag habe?«

Ihr Handy meldete sich. Imke guckte aufs Display, drückte den Anruf weg und wirkte enttäuscht.

»Stand gestern an Ihrem Haus ein fremdes Fahrrad?«

»So ab fünf bin ich noch kurz mit Merkel raus. Der macht einem sonst die Hölle heiß. An unserer Hauswand lehnten sogar zwei Räder, aber das ist nun nichts Besonderes.

Obwohl – bei dem Schnee ... Gegen acht kam dann mein Mann nach Hause.«

Er überprüfte die ergänzten Notizen. Nichts wich in ihrer Aussage davon ab.

»Ich verstehe nicht ganz, warum Sie so viel fragen. Paul Herrmann ist doch erfroren? Oder?«

»Bei einem Todesfall mit unklarer Ursache ermitteln wir nach allen Seiten. Wo steckt denn Merkel?«

»Wollen Sie ihn auch vernehmen?«

Bei »Merkel« wurde die Tür aufgeschoben, der Hund trug etwas im Maul, tappte zu Imke und blieb mit der Trophäe vor ihr stehen. Sie war es gewohnt, dass er Dinge mitbrachte, Strümpfe, Schuhe, tote Mäuse und Vögel, was er im Haus und auch draußen fand. Die Beute legte er vor ihre Füße.

»Wo hast du das denn her?«

Nathan beugte sich vor. Imke starrte erst den Hund und dann die Morgengaben an – ein weißer BH und ein einzelner schwarzer Handschuh mit halben Fingern. »Verstehe ich nicht. Wer hat den denn verloren?«, fragte sie verblüfft und errötete. »Oder haben Sie das alles ausgelegt, um mir was unterzujubeln? Schließlich sind Sie nicht von hier. Fremde glauben ja, sie wüssten alles besser.«

»Frau Thiede! Meinen Sie, wir haben Tütchen mit Spuren bei uns, verstreuen sie bei Zeugen, wenn wir nicht weiterkommen? Glauben Sie, Herr Stadler und ich haben nichts anderes zu tun?«

Das Tier rollte sich zusammen und schloss die Augen.

»Geben Sie mal her«, sagte er und betrachtete den BH, Größe 75C, von Esprit. An den Nähten und in den Körbchen hingen dunkle Krümel, die nach gewöhnlicher Erde aussahen. Sonja trug 85D. »Ist Esprit eine gängige Marke?«

»Ja.« Imke unterdrückte ein Kichern, weil sie sich mit dem wichtigen und aufmerksamen Kommissar bei Kaffee und schnaufendem Merkel über BH-Marken unterhielt. Sie griff nach dem Zuckertopf und schüttete zwei Teelöffel in ihren Kaffeerest. »So was kann man verlieren. Und Handschuhe hängen hier so manches Mal in den Sträuchern.«

»War der Hund heute allein draußen?« Bei »Hund« knurrte Merkel böse.

»Mit meinem Mann. Der hätte gesehen, wenn er was Neues gefunden hätte. Also, so etwas bestimmt.« Sie gluckste erneut. »Meiner ist es nicht. Falls Sie das denken. Sicher von einer Urlauberin – in den Dünen und am Strand ist ja im Sommer einiges los. Merkel muss beides in seinen Korb eingewühlt haben.«

Der Kommissar ging zum Fenster und schaute nach draußen, fand, dass es etwas nach Stall und Tieren roch. So hatte es in seiner Kindheit bei einer Tante gerochen, die Ziegen, Hühner und ein Schwein gehalten hatte. Duftmarken dieser Art bekam man selbst nach Jahren schwer aus den Wänden und Räumen heraus. Ein böig auffrischender Wind fegte Graupel und Schnee vor sich her.

»Ich nehme die Sachen mit.«

»Für Ihre Freundin?«, fragte Imke. Der Hund bellte. »Ruhig, Merkel!«, beruhigte sie ihn gackernd.

Forschend sah er sie lange an. Hinter dem Gelächter hörte er Imke weinen.

Sie nahm die Tassen vom Tisch und stellte sie in die Spüle. Er zog Beweismitteltüten hervor, blies sie auseinander und ließ die Fundstücke hineingleiten.

»Wenn ihr Hund weitere interessante Dinge anschleppt, rufen Sie mich an oder kommen eben im Büro vorbei. Eine letzte Frage: Sind Sie glücklich?«

Imke gab keine Antwort.

»Warum heißt das Tier Merkel?«

»Ist das wichtig?«

»Wahrscheinlich nicht. Tschüss denn.«

Als der Kommissar weg war, tippte Imke eine Nummer ins Handy. Es sah aus, als hätte sie diese Zahlen schon oft eingegeben, so schnell ging das. Sie rief »Hallo, Hallo«, bis die Mailbox ansprang, die ihr nur stockendes Atmen aufnahm. Danach saß sie noch lange da, auf dem roten Stuhl in ihrer Küche.

Draußen rieselte der Schnee.

13.

Ein alter toter Mann war eine Nachricht, die nur kurze Aufmerksamkeit in der Öffentlichkeit hervorrief, wenn nicht etwas ganz Besonderes mit ihm geschehen war.

Aber auf der Insel fürs Leben wurde er so schnell nicht vergessen.

Auf dem Weg zum Hafen, zur Kajüte bekam Nathan Hunger auf Backfisch mit Kartoffelsalat. Und auf Sonja. Seine Freundin hatte er seit dem Fund vernachlässigt und sie noch nicht einmal angerufen.

»Moin.« In dieser Jahreszeit gab es freie Tische. Er bestellte, die schwarzhaarige Bedienung brachte ihm ein Jever und Kartoffelsalat. Im Hintergrund hörte er Sonjas Stimme. Sie arbeitete hier.

Aber – er konnte nicht einfach an die Küchentür klopfen. Die Freundin war im Dienst und so gut kannte man ihn in diesem Lokal noch nicht.

Während Sonja die Nachricht *Dein Polizist ist da* zugesteckt bekam, gingen ihm so einige Überlegungen durch den Kopf. *Was dachte Paul in seiner letzten Stunde? Wie verzweifelt ist er gewesen, als er aus dem Rollstuhl kippte? Hat er versucht, zurück zu kriechen? – Wurde er gestoßen?*

Er spürte einen warmen Atem im Nacken. »Na, Herr Kommissar?«, lachte Sonja hinter ihm. »Dann sehe ich dich wenigstens hier. Noch eine Portion?«

Verlegen nickte er. Ehe sie sich umdrehte, hielt er sie fest. »Ich mach's heute Abend wieder gut!« Er schaute auf ihr appetitliches Dekolleté und sah, dass andere auch dahin schielten.

»Und wie?«, fragte sie.

»Das zeig ich dir. Vielleicht mit Eiswürfeln.«

»Untersteh dich. Habe ich denn Zeit?«

»Hast du nicht?«

»Komm gegen zehn. In dein Pensionszimmer geh ich aber nicht mehr. Dumme Blicke brauche ich nicht. Weißt du schon mehr über Paul?«

»Hm.«

»Ist ja gut«, lachte Sonja, »ich muss dann mal wieder …«

Merkels Fundstück blieb eine Spur, die ins Leere führte. Dessous waren üblicherweise keine Mordinstrumente, schließlich war Paul Herrmann nicht erdrosselt worden. Das Teil war höchstens ein amüsanter Schönheitsfehler in dem ungeordneten Puzzle der bisherigen Überlegungen.

Und der Handschuh? Den hat jemand verloren. Nur im Krimi ist so etwas dann die überaus heiße Spur. Er bestellte sich eine dritte Portion Kartoffelsalat.

***

Die Obduktion hatte in Aurich stattgefunden. Nathan war froh, dass er nicht dabei sein musste. Der Befund lautete: Erfroren. Trotzdem blieben Fragen offen.

Aber der Leichnam war nun zur Bestattung auf dem Langeooger Dünenfriedhof freigegeben und der Obduktionsbericht ging wie immer an den Auftraggeber, den Staatsanwalt.

Matthias Herrmann, Pauls einziger Sohn, hatte seinen Vater identifiziert. Er war allein aus Dortmund angereist. »Meine Frau hat gerade entbunden«, erklärte er.

Nie war Paul in psychiatrischer Behandlung gewesen, sein Hausarzt wusste nichts über Depressionen oder eine plötzliche schwere Erkrankung, die an einen Freitod denken ließ. Es gab keinen Abschiedsbrief. Von Nachbarn und Freunden wurde er als freundlicher und umgänglicher Mensch geschildert.

Staatsanwalt Dr. Storm hatte den Fall übernommen, die Kollegin Porath lag mit Schweinegrippe im Bett.

Nathan bat um ein Gespräch.

»Da müssen Sie schon herkommen«, ordnete Storm an. »So weit ist Aurich nun auch wieder nicht.«

Die Unterredung verlief so, wie der Kommissar dies aus Erfahrung kannte. Möglicherweise war es ein Problem zwischen den Körperhöhen. Der Staatsanwalt war ein bulliger untersetzter Mann und nicht größer als einsfünfundsechzig. Dass er seinen Kopf bei jedem Gespräch in den Nacken legte, hochreckte, von der Haltung ganz sicher Kopfschmerzen bekam, war eben seine persönliche Eigenart. Nathan überragte ihn um fünfzehn Zentimeter. Und damit wurde Storm höchstwahrscheinlich nicht fertig. Vielleicht sagte er deshalb: »Ich werde weitere Ermittlungen anordnen, wenn ich es für nötig befinde. Und ich halte es augenblicklich noch nicht für eine herausragende Notwendigkeit, Herr Töwer.«

Damit ließ er dem Kommissar ein Türchen offen. Indirekt konnte er es so interpretieren: Kümmere dich darum, wenn du nichts Dringenderes an den Hacken hast. Und das hatte Nathan nicht.

***

Er blätterte in der Akte »Herrmann«, sortierte die bisher zusammengetragene Geschichte, sah sich an der Pinnwand Fotos vom Fundort und dem Toten an.

Pauls Handy war verschwunden. Er habe eins besessen, sagten sein Sohn und auch die beiden Pflegerinnen. In Pauls Kühlschrank hatte sich eine angebrochene Flasche Krimsekt befunden, aber keine benutzten Gläser. Die Wohnung war außerordentlich aufgeräumt. So, dass man sich fragte, zu aufgeräumt?

Wer hatte ein besonderes Interesse daran oder gar Vorteile dadurch, ihn dem Kältetod zu überlassen? Und so sah eigentlich kein Unfall aus. Ohne Jacke. Nur im Pullover.

***

Stadler kam. »Dein Vater hat angerufen. Er sorgt sich mal wieder.«

»Um was?«

»Warte.« Der achtunddreißigjährige, eher magere Stadler mit den kurzen schwarzen Haaren suchte. »Hier. Er macht sich wieder einmal Sorgen um Hannes Roth. Der sei nicht erreichbar.«

»Das hat er mir auch schon gesagt. Vielleicht kommt das jetzt wegen dem Paul.« Er dachte an seinen Vater, sah ihn mit Sauerstoffmaske und Schläuchen. Spürte auch die Besorgnis des alten Mannes. Irgendwann kann so etwas kommen. Ich muss mich mehr um ihn kümmern.

***

Inzwischen lebte Otto seit fast vier Jahren auf der Insel. Da hatte es vorher die peinliche Geschichte mit der weiblichen Internetbekanntschaft gegeben. Otto hatte sich mit der sehr viel jüngeren Frau in seiner Wohnung getroffen, geglaubt, er könne noch mal eine Liebe anfangen. Nur hatte die Frau ihm K.-o.-Tropfen in den Wein getan und natürlich hatte er das nicht bemerkt. Wie auch? Das Zeugs bekam ihm nicht, er musste ins Krankenhaus. Aber seine Sparbücher waren seitdem verschwunden. Und Name, Adresse der Dame waren falsch.

Über Otto hatte man gelacht, ziemlich lange sogar. Aber sein Sohn, der hatte ihm geholfen, viel mit ihm darüber gesprochen und ihn überredet, an die Nordsee zu kommen. Nathan wusste von dem Seniorenprojekt am Schniederdamm und sagte, schau es dir einfach an, vielleicht ist noch eine Wohnung frei.

So hatte er Elise Brockmüller, Kurt Waltemathe, Rosanna

Lörsen und Ansgar Heiger kennengelernt, die sich gerade in der Kukident-Lounge einrichteten. Er freute sich, dass Ansgar noch sehr viel jünger war, noch im Berufsleben stand, so interessant schien. Und die anderen mochte er auch. Rosanna, Elise und Kurt hatten das Haus günstig erworben. Eine Wohnung stand noch zum Verkauf frei. Otto entschied sich schnell, ihm gefiel auch die Lösung mit den ambulanten Pflegekräften. Ihm wurde nichts aufgezwungen. Die gut aussehenden Frauen mit sehr ansprechenden Figuren waren einfach ein willkommener Anblick. Gerade, wenn einen der eigene Körper mehr und mehr im Stich ließ. Die Haut schlaff und faltig wurde. Kleine Streitereien während der Eingewöhnungsphase gab es überall. Dadurch, dass sein Sohn in der Nähe war, bekam er das beruhigende Gefühl von Familie und Sicherheit.

***

Gegen Abend traf sich Nathan mit Matthias Herrmann.

»Mein Vater verkaufte vor sieben Jahren seine Baustoffhandlung und zog nach Langeoog. Finanziell ging's ihm prächtig. Er besaß Anteile an einer Großimmobilie, hatte zwei Mietshäuser in München und ein Ferienhaus am Luganer See. Sein Testament hatte er vor sechs Monaten mal wieder geändert. Und in dieser Fassung wird diese Lea Wanders großzügig berücksichtigt. Ist, beziehungsweise war, seine Entscheidung. Vielleicht hat er der anderen Pflegerin, der Frau Schally, zwischendurch Bares rübergeschoben oder ihr Aktien geschenkt. Bei attraktiven Frauen konnte er großzügig sein, für sie hatte Vater eine ganz besondere Schwäche. Wissen Sie, Herr Töwer, ich hole mir aus seiner Wohnung nur persönliche Andenken. Möbel und Küche lasse ich für den nächsten Mieter drin. Ansonsten kann alles auf den Sperrmüll.«

***

Wegen der Kälte hatte Lea einen Wollschal um den Hals und vor den Mund gebunden. Sie hörte das Meer und ihre eigenen Schritte. Spürte Eisbuckel unter dem Schnee. Sie setzte sich auf eine Bank am Kavalierspad, dachte an Klienten, die ihr grässlich auf die Nerven gingen. Wie die Elise mit den ordentlichen Hosen, die die Frau täglich bügelte. Oder Kurt. Auch ihre Kollegin ging ihr auf die Nerven. Sah sie manchmal so komisch an. Sie dachte auch an Ansgar. Und dabei lächelte sie.

Aber – die Arbeit auf der Insel war letztendlich reine Erholung im Vergleich zu der Tätigkeit in jenem Heim im Ruhrgebiet, wo die Bewohner zum ›eigenen Schutz‹ vor den Demenzkranken nachts eingeschlossen wurden. Sie hatte gekündigt, weil sie in jenem Haus die Sache mit dem Geruch verfolgt hatte.

Sie steckte die Hände in die Jacke und freute sich auf das Training im Boxsportverein.

Lea fand es von Vorteil, dass kaum einer wusste, wie sportlich sie war. Nur im Sommer sah man ihre Oberarmmuskeln und die auf dem Schultergürtel. Sie fühlte sich sicher und stark, zumindest so lange, wie sie ihre immer wiederkehrende Angst in Schach halten konnte.

»Moin.« Nathan Töwer stand vor ihr. Lea hatte ihn nicht kommen sehen. »Eine Kälte, was? Zum Strand kommt man gar nicht erst hoch. Ich bin da hingeknallt und auf dem Arsch wieder runtergedonnert.« Er setzte sich neben sie. »Wie der Paul das bloß geschafft hat. Der musste unglaublich gut mit seinem Elektrorolli zurechtgekommen sein.«

Lea schwieg.

»Ich meine, Sie kannten ihn ja. Er kam gut zurecht?«

»Meist rollte er doch durchs Dorf.«

»Auch bei dem Wetter?«

»Auch. Aber sicher hatte er vergessen, dass es glatt war. Paul vergaß ja eine Menge.«

»Und Sie haben ihn nicht an jenem Tag gefahren?«

Sie blickte ihn kühl an und ihre Augen waren blass wie helles Wasser. »Nein.«

***

»Gib mal meine Zeitung zurück«, sagte Otto zu Elise. »Ich hab doch einen Leserbrief an die Redaktion geschrieben. Der blöde Hinnerk, der bellt mich doch glatt an. Dieser Dösbaddel!«

»Hinnerk bellt?« Rosanna lachte. »Seit wann? Deine Zeitung habe ich nicht. Setz lieber Teewasser auf.«

»Nee. Ich bin nicht dran. Koch du Kaffee. Nathan trinkt keinen Tee.« Er rieb an seinen Knien. Bei Kälte schmerzten sie mit inbrünstiger Gemeinheit. Er durfte nicht daran denken, wie leichtfüßig er noch vor ein paar Jahren spazieren gegangen war. »Hör doch mal, der Hinnerk hat mich angebellt, weil ich mich vor seiner hässlichen Töle versteckt habe. Wegrennen ging ja nicht. Zu viel Schnee. Lässt der so ein Vieh frei rumlaufen. Den Kerl, den zeige ich an.« Otto kniff die Augen hinter den Brillengläsern zusammen.

Rosanna prustete. »Otto. Mach kein Heckmeck.«

»Deine Zeitung lag im Flur und ich hab sie mit Bücklingsresten entsorgt.« Elise grinste süffisant.

»Die ist weder für Fischreste noch für Lokuspapier gedacht. Kauft euch selbst eine.« Otto guckte mit steiler Senkrechtfalte zwischen den Augenbrauen ziemlich giftig.

***

Nathan öffnete die Haustür. Schwerer, fettiger Grünkohlgeruch legte sich auf seine Zunge. Sofort begann er, durch den Mund zu atmen. »Wie kann Leckeres derart riechen!«

Rosanna kam die Treppen herunter. Sie trug einen tomatenroten Norwegerpullover, der ihr fantastisch zu den eisgrauen Haaren stand. Sie trug das Jahr über immer den gleichen Stil, dieselben Sachen, und kaufte sich nichts.

»Ihr Vater wartet schon«, empfing sie ihn. »Warum wollen Sie mit uns sprechen? Der Paul, der ist doch erfroren. Damit regen Sie alle nur unnötig auf. Wie kann ein Mensch hier erfrieren? Aber wir machen uns Sorgen um den Hannes. Vielleicht auch mehr als nötig, weil doch der Paul … Jedenfalls hätte Hannes doch einem von uns gesagt, wenn er wegfahren würde. Ist doch komisch. Seinen Zweitschlüssel hat er weder bei uns noch bei den anderen Nachbarn hinterlegt.«

Otto kam. »Hab's dir schon ein paarmal gesagt, mit dem Hannes, da stimmt was nicht. Dann rufe ich jetzt mal die anderen zusammen.«

Nathan sah, dass sein Vater immer kleiner wurde. »Lass mal, Vadder. Die wissen schon Bescheid.«

Alle Hausbewohner hatten nach ihrem Einzug beschlossen, niemals in einem Pfarrsaal bei Kaffee und Kuchen zu basteln, zu häkeln, zu singen und einem überarbeiteten Referenten zu Fragen nach der Patientenverfügung, dem Testament, Beihilfen und einem freiwilligen Tod und dem Sterben an sich zu lauschen. Das alles womöglich in Mehrzweckräumen mit zweckmäßigen Mobiliar, zweckmäßigen Bildern, zweckmäßigem Geschirr, koffeinfreiem Kaffee und kaufreundlichem Kuchen. Sie hatten sich selbst vorbereitet. Sie bestimmten ihr Älterwerden selbst.

Und Otto dachte inzwischen: vielleicht auch den Tod.

14.

Alle drängten sich um die dunkle Anrichte, das Ledersofa mit den bestickten Kissen, und warteten. Die Tür zu Ottos Schlafzimmer stand offen und sie konnten die froschgrüne Decke auf seinem Bett sehen und einen Nachttisch mit Büchern und Brillenetuis.

Otto nahm die Zigarre aus dem Mund. Das Fenster stand offen. Vorhänge wehten. Der Himmel war grau. Mit einem energischen Knall schloss Elise das Fenster. »Wird kalt!«

»Und? Das ist mein Fenster.«

»Werd nicht albern, Otto. Mir ist nicht nach Schweinegrippe. Die Viren kommen rein.«

»Die besiedeln dich doch nicht!« Otto blickte sie herausfordernd an und pustete Asche von seinem dunkelblauen Pullover ab.

»Anscheinend hast du keine Ahnung über die Schwere dieser Grippe, du Gesichtsrentner!«

»Die mag alte Weiber sowieso nicht. Und nimm dich in Acht mit deinen Ruhrpottwörtern!«

»Knalltütenjongleur!«

Auf dem Kapitänstisch standen gerahmte Fotos. Otto, seine Mutter und er, Nathan. Das andere zeigte ihn am ersten Schultag, als schmalen Knaben mit riesigen Augen, die neugierig in die Kamera blickten.

»Zigarre aus!« Nachdrücklich scharrte Elise mit grauen Filzpantoffeln. »Sonst gehe ich.«

»Schrumpelschnepfe«, murmelte Otto, ging in sein Schlafzimmer und knallte die Tür hinter sich zu.

»Komm aus deinem Kabüffken wieder raus«, rief Elise.

Nathan verkniff sich eine Bemerkung, verkniff sich das

Lachen und sagte nur: »Wir warten noch auf die anderen. Bitte, setzen Sie sich.«

Kurt nickte. Er nickte immer, wenn ihm keine Antwort einfiel.

»Lassen Sie den Toten ruhen. Sie stochern in seinem Leben rum. Meinen Sie, der Paul, der hätte das gewollt?« Dabei spitzte Elise den Mund, als würde sie gleich flöten. »Ist doch nur Seelenfledderei.«

»Ich verstehe Sie ja«, begann Nathan. »Ganz sicher will das niemand. Aber Paul Herrmann soll in Frieden ruhen, er soll in Frieden den Seewind über seinem Grab spüren, wenn er es könnte. Aber ihm wäre ganz sicher daran gelegen, dass die Umstände seines Todes aufgeklärt werden, denn ich glaube, dass er ermordet wurde. Obwohl ich noch keine handfesten Beweise habe.«

***

Manja Schally erschien in dunkler, enger Jeans und schwarzem Rolli.

Ungeduldig rief Kurt: »Beeilen Sie sich.« Er klatschte in die Hände. »Die Herbstkollektion ist eingetroffen. Wir müssen ordern.« Er patschte Manja auf den Hintern und begann Elvis' *Love me* zu singen.

Manja sah ihn streng an. »Lassen Sie das gefälligst!«

Kurt faltete sich wie ein Klappmesser zusammen und sang nicht mehr.

»Lass ihn doch«, sagte Lea und setzte eine außerordentlich liebe Miene auf.

»Nein. Werde ich nicht. Halt du ihm doch deinen Hintern hin, wenn's dir Spaß macht.«

Otto kam aus seinem Schlafzimmer und zog einen Schwall Nikotin hinter sich her. »Ich rauche gleich weiter, bin noch nicht fertig damit«, murmelte er.

Nathan sah, dass die Gesichtshaut seines Vaters wie dünnes

Papier wirkte, das bald reißen würde. Die blauroten verästelten Äderchen auf der Nase stachen deutlicher als sonst hervor. Er sah auch die Mandarinen in einer Glasschale, auf denen grüner Schimmel wuchs. *Ich dachte, die Pflegerinnen machen auch sauber …*

»Unterhalten wir uns über Paul Herrmann«, begann er. »Und zur Klärung benötige ich ein wenig Vorgeschichte und möchte auch wissen, wann der Mieter Ansgar Heiger von seiner Reise zurückkommt. Etwas muss er ja vor seiner Abreise gesagt haben. Er ist ja schon wochenlang unterwegs. Ein interessanter Mensch.«

Er hatte einiges über ihn in Erfahrung gebracht.

Deutscher Journalist norwegischer Abstammung. 1951 in Bergen/Norwegen geboren. Heiger wuchs bis zu seinem zehnten Lebensjahr unter Fischern auf. Danach Übersiedlung der Familie nach Hamburg. Jahrelange Auslandsaufenthalte wiesen ihn als begabten Abenteurer aus, und er machte sich mit spannenden Reportagen in den Achtzigern einen Namen. Dass er Tankerkapitän wurde, in Calabar, einer Hafenstadt in Nigeria landete, dort als Hafenmeister arbeitete, konnte nicht hundertprozentig bestätigt werden. Lange Jahre galt er als verschollen.

»Sie kennen ihn doch alle. Und Sie wissen sicher einiges aus seinem Leben. Da frage ich mich, warum zog er nach Langeoog, und warum ausgerechnet in dieses Haus? Das passt doch nun gar nicht zu so einem Mann!«

»Wegen der schönen Frauen«, sagte Otto und zwinkerte Manja zu. Die lachte verstohlen zurück.

»Dem gefiel der Name!«, rief Elise dazwischen. »Ansgar machte Urlaub, kam, klingelte, und unterhielt sich mit mir!« Bei den Worten errötete sie. »Danach entschied er sich spontan, die eine Wohnung zu mieten. Kaufen wollte er später, sagte noch, wenn ich sesshaft werde, bleibe ich hier. Aber in diesem Jahr bin ich noch mal für einige Zeit im Ausland.«

»Was du alles weißt! Im September schickte er uns Mails. Manche mir ganz persönlich. Weihnachten will er zurück sein«, erzählte Otto. »Ich glaube, weil ihm die Manja so gut gefällt. Kann ich ihm nicht verdenken. Ich glaube auch, dass unsere Frauen ihn sehr mögen. Mir guckt keine mehr hinterher. Wie schade.« Ottos Augen blitzten verschmitzt. »Aber seit September haben wir nichts mehr von Ansgar gehört.«

Bei der wiederholten Nennung des Namens »Ansgar« strich sich Elise nachdenklich durchs Haar.

Sie vergaß bei Ansgar ihr Alter, dieser Mann erzeugte angenehme Fantasien. Noch im Sommer hatte er ausführlich über die Liebe gesprochen, es allein durch sein Reden geschafft, den Frauen aus der Kukident-Lounge die Lust auf sexuelle Begegnungen wiederzugeben. Ein charmanter Gedankenverführer.

Dabei hatte es eine Zeit gegeben, in der das Thema Sex Elise gelangweilt hatte. Ach Ansgar! Er wäre zur Erfüllung neuerwachter Wünsche nicht der schlechteste Kandidat. Denn die nähere Umgebung bot Elise nichts Angemessenes, so fand sie. »Wenn Ansgar wieder hier wohnt, ist endlich frisches Leben im Haus. Dann haben wir einen richtigen Kerl und nicht nur Tattamusche.«

»Werd nicht frech. Tattamusche? Hinfällige Greise? So siehst du uns? Pass mal auf, wie ich dich sehe. Im Übrigen frage ich mich, was soll ein Mann wie Ansgar mit dir? Der hat andere Eisen im Feuer und ganz sicher Sehnsucht nach …«

»Wem?«, mischte sich Nathan ein, der das Geplänkel neugierig verfolgte.

Manja lachte. »Weiß doch jeder im Dorf. Nach der Imke Thiede. Jedenfalls haben die noch im Sommer … Na ja, ich hab sie im Pirolatal gesehen. Süß, die beiden.«

»Sonst siehst du doch nie etwas«, sagte Lea. »Ziehst dir da Geschichten aus dem Ärmel ...«

»Bist du eifersüchtig?«, schlug Manja zurück.

»Mit der auch?«, fragte Otto. »Gott ja, wenn man jünger ist ... Schade, schade, dass ich's nicht mehr bin ... Was für ein Jammer.«

»Freut euch, dass er bald kommt, wenn schon der Paul dahingegangen ist.« Während Elise das sagte und ihren Worten nicht befehlen konnte, einfach mal im Mund zu bleiben, sah sie Ansgars Gesicht vor sich. So hanseatisch und sonnengebräunt.

»Hat Paul sich umgebracht?«, fragte Kurt.

Nathan war erstaunt über die Wendung des Gespräches. »Gab es denn nichts mehr für ihn zu tun in diesem Leben?«

»Er hatte noch einiges vor«, sagte Otto. »Ja sicher. Obwohl er manches Mal gesagt hat: ›Ob dies wohl mein letztes Jahr wird?‹ Ahnte er sein Sterben? Gibt es so etwas? Trotz seiner Behinderung mochte er doch sein Leben. Sich selbst töten? Nein – das wollte er sicher nicht.«

Was für ein Platzhirschgetöse!, registrierte der Kommissar und wandte sich Manja zu. »Was können Sie mir über Paul erzählen?«

»Muss ich drüber nachdenken.«

»Und ich habe ihn zwei Tage vor seinem Tod angefaucht, weil er ständig mit Kurts Eisenbahnanlage zugange war, und laute Ansagen über einen Lautsprecher machte – alles bei offener Tür – und die Männer Schlager von Annogustav grölten«, erzählte Rosanna.

»Watt war der Paule aufgekratzt«, erklärte Elise, »richtig euphorisch war er. Ich hatte ihn besucht, da machte Frau Schally gerade bei ihm sauber.«

»Ja, das erzählten Sie schon. Hat er gesagt, warum?«

»Es wäre vielleicht wichtig für Sie zu wissen«, begann

Manja und schaute den Kommissar intensiv an. Ihre tief geschnittenen Augenlider gaben ihr einen lasziven und glitzernden Ausdruck, der Männer fesselte und Frauen warnte. »… dass Herr Herrmann sich in seinen letzten Monaten sehr in der Vergangenheit befand. Nicht wahr, Lea? Du hattest dir ja richtig Gedanken um ihn gemacht.«

Lea entfernte Flusen von ihrem Kaschmirpullover und warf das Haar nach hinten. »Ja, sicher«, antwortete sie. »Wenn es sonst kein Mensch tut.«

Nathan sah, wie verkrampft sie im Sessel saß. Wie ihr Blick weit wurde, sich scheinbar ins Leere verlief.

»Der Opa Herrmann.« Manjas Ton war knapp und scharf. »Du hast ihn nie so genannt, er war für dich immer der Paul. Für mich war er Opa Herrmann, auch wenn er recht jugendlich wirkte. Letztendlich aber – Opa bleibt Opa, egal, wie viele Jeans wir ihm über seinen Faltenbauch und den abgeheilten Dekubitus gestülpt haben.«

»Wie du über ihn sprichst …« Empört schaute sie Manja an. »Er hat sich nichts angetan. Wie denn? Er ist erfroren. Manchmal befand er sich in einer depressiven Stimmung, weil er viel vergaß. Er hatte Angst vor Alzheimer. Allein schon die Furcht davor ist schlimm.«

»Nur, weil du mehr Zeit mit ihm verbracht hast, kannst du seinen Zustand trotzdem nicht genau beurteilen. Bist du unter die Versteherinnen gegangen?«

Und dann begann Lea übergangslos von der Überforderung des Pflegepersonals zu sprechen.

Unterdessen holte sich Nathan aus der Küche eine Flasche Bier. Auf dem Fußboden standen ein halbes Dutzend leerer Flaschen.

Elise flüsterte Rosanna ins Ohr: »Der ist noch nicht mal rasiert! Weißt du, so ungepflegte Polizisten taugen eigentlich nichts.«

Lea beendete ihre Klage.

Otto wurde ärgerlich und sagte, dass sein Sohn zu Zankereien nicht gekommen sei, und auch nicht, um sich solchen Mist anzuhören. »Mir ist nichts weiter aufgefallen. Mit Paul schien alles wie immer, aber wir haben ihn ja nicht täglich gesehen. Und letztendlich, wer weiß denn schon, was einer, der allein ist, denkt? Der nicht schnell zum Nächsten rüberlaufen kann und ihm sagen, was ihm vielleicht Sorgen bereitet. Und wenn er Schönes plante, mein Gott, dann hatte er doch bis zuletzt etwas, auf das er sich freuen konnte. Ich habe nichts mehr, auf das ich gespannt bin, was ich erwarte oder worüber ich mich richtig freue …« Ottos Hand zitterte, als er die Tasse auf dem Tisch absetzte. Kaffee spritzte.

Beruhigend strich ihm Nathan über den Handrücken. »Und wie war Ihr Verhältnis zu Paul Herrmann?«, wandte er sich an Lea. »Sprachen Sie über das, was ihm Kummer machte?«

»Ich habe ihn am Tag vor seinem Tod noch versorgt. Vielleicht wollte er doch sterben. Das kann man auch ohne Abschiedsbrief.«

»Wie kommen Sie da drauf?«

Lea drehte sich zu ihm. Ihr Gesicht war wie aus dem Kühlhaus. »Alte Leute sterben. Seine Zeit war gekommen. Das spürt man.«

»Paul hätte sich über mehr Besuch«, sagte Manja und schaute alle der Reihe nach an, »gefreut. Er wartete auf den Schnee und hat viel über Schlittenfahrten und Schneeballschlachten als Kind erzählt. Ich habe ihm gesagt, wenn es schneit, fahre ich Sie raus, allein ist das auch mit dem Elektrorolli zu mühsam.«

Nathan machte Notizen.

»Schneeflöckchen, weiß Röckchen«, begann Kurt zu singen, wirkte desorientiert, rief: »Halleluja, hier fliegen Enten«, und blinzelte Elise verschwörerisch an.

Rosanna stand auf. »Herr Töwer, Paul wollte immer

allein fahren. Er kam ja auch gut ins Dorf, hielt gerne ein Schwätzchen …«

Plötzlich sagte Kurt ernst: »Paul hat was vorgehabt. Aber ich weiß es nicht mehr. Ich weiß es einfach nicht mehr.«

»Über Persönliches wissen Sie alle nicht viel von ihm«, stellte der Kommissar fest. »Ob er zum Beispiel eine Freundin hatte, so etwas?«

War Liebeskummer ein Fall zum Sterben?

Lea stand auf und ging in die Küche.

Auf die Frage nach einer Freundin wusste keiner von ihnen etwas zu sagen.

Otto legte die Hand auf die Schulter seines Sohnes. »Irgendwann wirst du wissen, wie es sich anfühlt, alt zu sein. Richtig alt. Mit siebzig ist man das heute nicht mehr. Aber ich bin es mit meinen Sechsundachtzig. Irgendwann bist du ein Klient, wirst der Alte mit den verworrenen Gedanken. Die Beine wollen nicht und das Auge nicht mehr sehen. Alte Krähen sind uninteressant geworden, vor allem, wenn sie ein ziemlich normales Leben hinter sich haben. Vor der letzten Strecke haben alle Angst, besonders die Jüngeren. Sie können die Sehnsucht nach der persönlichen vergangenen Welt nicht verstehen. Und dann hast du keinen Namen mehr, wirst zu einem Nichts. Dann findet man dich tot im Schnee oder im Bett und wirst vergessen. Und wenn du krank bist, im Bett liegen musst, nichts mehr machen kannst und andere tupfen hie und da an dir rum, wenn du dann sterben willst und es nicht kannst, ist Altwerden schrecklich, dann ist es das Grauen … ja, so ist das, mein Sohn!« Er strich ihm über den Kopf, mit seinen alten schönen Händen.

Das hatte er selten gesagt und über die Haare hatte er ihm als Junge gestrichen, es durcheinandergewühlt, da war es viel länger gewesen und seine Mutter hatte dazu gelacht.

Nathan ging ins Bad, schloss sich ein und weinte und hatte das Gefühl, nicht aufhören zu können.

Wann hatte er zuletzt geweint?

15.

Tannengrün und Christrosen lagen in der Grube und auf dem Sarg. Matthias Herrmann war der einzige Verwandte. Er wirkte gefasst und stand jetzt wieder neben dem Grab.

Lea Wanders warf ein kleines Päckchen dazu, Misteln und Kiefernzweige. Sie blieb stehen, ging nicht zur Seite, so, wie es eigentlich üblich war. Sie weinte. Manja schob sich aus den Trauergästen hervor und flüsterte ihr zu: »Wie lange willst du hier bleiben, komm jetzt.«

Lea schüttelte sie ab.

Nathan beobachtete sie. Sein Blick ging auch zu dem Wagen, von dem zwei Arbeiter gerade die Kränze abluden. Sie legten sie sorgfältig in den Schnee und zupften die Schleifen glatt. Neben den klassischen aufgedruckten Abschiedsworten entdeckte er eine, die seine Aufmerksamkeit erregte. Nur *Elaine* stand da drauf.

Der katholische Pfarrer hatte seine Ansprache beendet. Paul Herrmann war ihm fremd. Nie hatte er ihn in der Kirche gesehen.

»Wir wissen nicht, warum er in eisiger Kälte sterben musste. Aber er hat nicht gelitten, er ist nun in Gottes Hand«, waren des Geistlichen Abschlussworte gewesen.

Nathan und andere fragten sich, woher will er das denn wissen? Bei den meisten ging die Frage unter, als der Pfarrer »Großer Gott, wir loben dich« anstimmte, mit einem Kopfnicken und einer Handbewegung die Umstehenden zum Mitsingen ermunterte.

Das Lied war zu Ende. Noch standen alle etwas unschlüssig, auch verlegen. Nathan ging zu dem Pfarrer, und deutete auf die Schleife mit *Elaine*. Der Geistliche zuckte ratlos mit den Schultern.

Sonja kam zwischen neugierigen Urlaubern hervor. Da

kam Kurt mit grünem Filz auf dem Kopf und Otto mit einem schwarzen Borsalino. Neben der Grube holte Otto seine Mundharmonika hervor und begann zu spielen.

Kurt sang dazu:

»Goodbye Johnny, Goodbye Johnny/ schön war's mit uns zwei'n/ aber leider, aber leider/ kann's nicht immer so sein

Goodbye Johnny/ Goodbye Johnny/ mach's mir nicht so schwer/ ich muss weiter, immer weiter/ meinem Glück hinterher/ Bricht mir auch heut/ das Herz entzwei/ in hundert Jahren, Johnny/ ist alles vorbei. Goodbye Johnny/ Goodbye Johnny/ warst mein bester Freund/ eines Tages, eines Tages/ mag's im Himmel sein, mag's beim Teufel sein/ sind wir wieder vereint ...«

***

Über dem Dünenfriedhof fegte ein eisiger Dezemberwind. Während die meisten den Friedhof verließen, blieb Sonja und dachte an die Geschichte dieses Friedhofs. Paul lag nun in einer der Gräberreihen für die Langeooger. Und hinter diesem Teil waren die Gräber der Baltendeutschen und dahinter lag der sogenannte Russenfriedhof. 113 Gefangene hatten hier ihre letzte Ruhestätte bekommen – sie lagen in einem Massengrab, waren vergessene Fremde. Inzwischen trugen sechs Steinsäulen die Namen der Toten. An einer der Säulen war das Bild von Nikolaj Kurilow befestigt. Seine Frau hatte es mitgebracht, als sie in den achtziger Jahren zum ersten Mal das Grab ihres Mannes besuchen konnte.

Sonja dachte: *Ein schöner Brauch, so können sich auch Fremde die Verstorbenen vorstellen, wie sie einst ausgesehen haben.*

Da kam Nathan und legte seinen Arm um Sonjas Schulter. »Sieh mal!« Der Himmel klarte auf. Er sah für einen Moment aus, als wehe Pauls Seele ins lichte Nichts.

Matthias Herrmann hatte zu einem Kaffeetrinken in den *Sonnenhof* eingeladen. Nathan entschuldigte sich. »Ich muss leider noch arbeiten.«

***

Vor Hannes Roths Haus wartete schon ungeduldig und frierend Jürgen Stadler.

»Wir gehen da jetzt rein«, bestimmte Nathan, als er kam.

***

Nach Kuchen und Kaffee sagte Manja zu Lea: »Niemand lebt ewig.« Manja sah gelassen aus wie immer. Lea nicht.

»Das weiß ich auch.«

»Mach nicht die trauernde Witwe. Das wirkt seltsam. Aber so sind die Kümmerinnen, die ach so Fürsorglichen.«

Die ist nur neidisch, weil ich die letzte Strophe des Eichendorffgedichts »Im Alter« vorgetragen habe, dachte Lea. Deutlich hatte sie währenddessen Manjas Kichern gehört. Dabei war sie ins Stottern gekommen. Zwar hatte ihr darauf Elise etwas Besänftigendes zugeflüstert, aber das machte die Sache nicht besser.

»Und ich frage mich, ob du nicht als Letzte den Paul spazieren gefahren hast. Wolltest du doch. Da kommen schon so Fragen auf«, sagte Lea zu ihr und lächelte dabei rätselhaft.

Manja sah sie von der Seite an und sagte nichts dazu. Wie sie auch nicht sagte, dass sie bald die Verträge mit ihren Klienten kündigen würde, weil sie ein anderes Leben haben wollte.

16.

Mit dem Türöffnungsset kamen sie in Hannes' Wohnung. Durch den Luftzug knallte ein Fenster scharf wie ein Schuss gegen den Rahmen.

In dem dämmrigen Flur roch es unbewohnt, roch es nach Staub, nach gedörrtem Fleisch. »Es riecht nach Tod«, flüsterte Stadler.

»Oder nach vergammeltem Essen?«, fragte Nathan und glaubte keinen Moment daran. Ihn überfiel Furcht, im nächsten Augenblick falsch zu reagieren. Hatte hinter der Tür eine Selbsttötung stattgefunden? Ein ganz normaler Tod? Mord? Das doch nicht, warum denn mit einem Mal, das ist albern, nicht auf dieser Insel.

Sie hielten die Luft an. Jürgen Stadler suchte Nathans Blick und dann sahen sie beide geradeaus.

Die Leiche saß im Sessel. Schwarz und lederartig spannte sich die Haut über die Knochen, der aufgedunsene Bauch wölbte sich wie ein Ball. Der Kopf hing nach vorn und Schatten beschützten ihn. Noch.

»Der ist schon lange tot.« Irgendetwas musste Nathan jetzt sagen. »Sozusagen mumifiziert. Ich hab's geahnt.« Er mochte nicht dahin schauen. Aber er musste es tun. Und seine Blicke wanderten über die Leiche.

»Hatte dein Vater doch recht gehabt mit seiner Unruhe.«

Stadler machte alle verfügbaren Lichtquellen an. Der offene Fensterspalt hatte trotz des halb zugezogenen Rollos für gute Belüftung gesorgt. Sonst hätte es sehr viel stärker gerochen. Die Räume waren eiskalt. Auf der Fensterbank lag in einer Ecke Schnee. Neben dem Fernseher und auf der Fensterbank standen vertrocknete Blumen in staubigen Töpfen. Auf dem Sofa lagen plattgedrückte Kissen mit einem undefinierbaren Muster. Es sah aus, als hätte der

Tote eben noch in ihnen gesessen. Ein Radiowecker tickte unerträglich laut.

Nathan zog Vinylhandschuhe an und beugte sich über die Leiche. Sie trug Männerkleidung. Dennoch konnten die Polizisten nicht sofort beurteilen, ob es sich um eine Frau oder einen Mann handelte. Auf den ersten Blick entdeckte er nichts Ungewöhnliches, kein Einschussloch, keine Blutspuren oder eine Verletzung durch Messerstiche. Dieser Gestank!

»Er kann ganz normal gestorben sein. Hoffentlich.« Seine Stimme klang dumpf, als würde der Tod ein Tuch über den Toten legen, als würde er sagen, hau ab und verschwinde.

Im Gesicht hatten Tiere gefressen, ein großer Teil des Unterkiefers und die Lippen fehlten.

»Was machen wir jetzt?« Stadler war blass. »Wenn das rumgeht … Ich habe immer einen ruhigen Job gehabt. Aber seit du auf der Insel bist, passieren schreckliche Dinge. Ich weiß ja nicht. Hast du was damit zu tun und willst grandios rauskommen und befördert werden?« Skeptisch schaute er seinen Kollegen an.

»Dreh nicht durch! Und sag so etwas nie, nie wieder. Jürgen!«

»Ich will aber, dass alles wie immer bleibt. Es soll Ruhe in meiner Dienststelle sein, ich will meine Kneipen, und zwischendurch ein bisschen Spaß mit hübschen Urlauberinnen. Mensch, Nathan, Provinz heißt Ruhe und Zeit, da hast du jede Menge Hobbys. Und jetzt machst du Arbeit bei dem Wetter. Da hab ich einfach keinen Bock drauf.«

»Ich mache Arbeit? Soll er hier liegen bleiben? Du bist ein fauler Hund und lässt dich von Mama verwöhnen. Werd erwachsen und reiß dich zusammen.«

»Meinst du denn, wir werden allein damit fertig?«, fragte Jürgen und zeigte auf die Leiche.

»Ich rufe die Kollegen in Aurich an. Gleich. Okay?«

***

»Guck mal, Jürgen! Hier! Als hätte irgendetwas das Gehirn rausgezerrt. Da kleben noch Reste …«

»Ist das nun ein Einschuss oder Tierfraß?«

»Eher Tierfraß.«

Nathan dachte an die Gehirne.

An Paul Herrmann.

Wieder sah er sich den Leichnam an, als könne ihm dieser eine Antwort geben, starrte auf den Teppich auf der Suche nach Ungewöhnlichem. Kniete sich hin, um eine Stelle genauer zu betrachten, und pulte mehrere kleine Splittsteine hervor.

Dr. David kam.

Nathan erklärte: »Wir warten noch auf den Kriminaltechniker aus Aurich.«

»Mit dem Schiff? Das dauert.«

»Hubschrauber.«

Während die Inselärztin mit der Untersuchung begann, sicherte Stadler die Wohnung und das Haus mit dem Absperrband.

Der Weg zur Leiche war abgeklebt und durfte nur über einen Trampelpfad betreten werden. Hielte sich keiner daran, wären viele mögliche Spuren verwischt.

Frau Haller klopfte. Stadler drängte sie in den Hausflur zurück. »Hier dürfen Sie nicht rein.«

Neben dem Kriminalisten der Tatortgruppe waren ein Polizeifotograf und Jansen, Nathans Auricher Kollege, mitgeflogen.

Jochen Jansen öffnete seine Jacke.

»Hast du zugelegt?«, fragte Nathan, »verträgst du die Adventszeit nicht?« Er musste für einen Moment ganz Banales reden.

»Weihnachtsstollen und Schokolade hinterlassen halt Spuren. Nach Weihnachten gibt's nur noch Gemüse.«

Nathan übergab die Steinchen.

»Streumaterial.« In seinem weißen Overall und mit der Kapuze auf dem Kopf sah der Kriminaltechniker Munsche wie ein Mondgänger aus. Mit einem Pinsel bestrich er die Griffe an den Türen, riss einen Streifen breites durchsichtiges Klebeband ab und befestigte ihn an den eben bearbeiteten Stellen. Zog ihn ab, klebte ihn auf mitgebrachte Pappe, beschriftete, tütete ein. Mit der Lupe entdeckte er Fasern am Boden, hob sie mit einer Pinzette auf, beförderte sie behutsam in Beweismitteltüten. Unter dem Teppich fand er tote Fliegen, tote Larven und leere Puppenhüllen. Munsche tütete sie ebenfalls ein.

»Die Leiche hab ich durch, bin gleich fertig«, murmelte Munsche. »Hab das meiste schon zum Asservieren eingepackt. Frau David, Sie können jetzt …«

Der Polizeifotograf machte seine Aufnahmen.

Dr. Annika David stellte eine Stehlampe neben den Leichnam, damit sie genügend Sicht hatte. Dann entschied sie, den Körper nicht zu entkleiden. Das machte besser die Rechtsmedizin an Land.

»Am linken Ohr ist die Haut dunkler als an anderen Stellen.« Sie richtete sich auf.

Gemeinsam starrten sie auf die Ohren.

»Was bedeutet das?«

»Vielleicht hat er sich vor seinem Tod heftig gestoßen.«

Mit ihrer Taschenlampe leuchtete sie das Loch im Hinterkopf an, das fehlende Fleisch, die fehlenden Muskeln im Unterkiefer. *Ich kann doch jetzt nicht das ruhige Inselleben durcheinanderbringen, erst der Mann im Schnee und jetzt zwei Wochen vor Weihnachten wieder ein Toter?*

Auf dem Totenschein vermerkte sie: ›Unklare Todesursache‹ und dass sie von einer Entkleidung der Leiche abgesehen hatte. »Nicht, dass der Eindruck einer sorgfältigen Leichenschau vorgetäuscht wird«, sagte sie zu Nathan. »Sonst kriege ich Ärger.«

Er notierte die Lage der Leiche. Eine Hand lag auf der Sessellehne, die andere im Schoß. Die Stellung der Beine war unauffällig. Die wetterfeste Jacke hatte die Größe 54. Das Etikett war unter dem Kragen eingenäht und deutlich sichtbar.

Jansen fragte nach Medikamenten und Rezepten.

»Nichts Besonderes. Ich sehe mich noch weiter um. Aber es gibt keinen Hinweis auf Drogen. Ich habe zwei Kistchen Rotwein gefunden«, sagte Munsche. »Die kommen mit.«

»Hinweise auf einen Suizid?«

»Ach was. Weder ein Testament noch ein Bestattungsvertrag. Ein älterer Mensch hat doch derartige Unterlagen.«

»Haben Sie denn so etwas?«, fragte Dr. David.

Stadler, der zugehört hatte, platzte heraus: »Kein Schlüssel von innen, und die Wohnungstür war nicht abgeschlossen. Weder Speisereste noch Zeitungen im Briefkasten und auch keine Post.«

»Herr Roth besaß ein Handy. Hier sehe ich aber nur einen Festnetzanschluss«, sagte Nathan.

Munsche murrte. »Trampeln Sie nicht alles kaputt. Ich überprüfe noch die letzten Telefonate ...«

Dr. David zog ihre Jacke an. »Ich muss zurück in meine Praxis. Wir haben die übliche Erkältungswelle. Der Verdacht auf einen nichtnatürlichen Tod bleibt. Wie soll das mit der Identifizierung gehen?«

»Hier ist ja richtig was los«, hörten sie und drehten sich um. Sonja kam herein.

»Raus. Wer ist das denn?«, schimpfte Jansen.

»Regen Sie sich ab.« Kampflustig schaute Sonja ihn an und in ihren Augen glitzerte ein spitzbübisches Lächeln. »Sonja Mittag«, stellte sie sich vor, »und Sie sind?«

»Raus«, giftete Jansen, »Nachher kommen noch alle Inseltrottel ...«

»Inseltrottel?«, gellte eine durchdringende Frauenstimme.

»Sie Trottellumme, Sie! Ich will wissen, was mit dem Hannes ist. Wir haben den Hubschrauber gesehen. Der hat ja genügend Lärm gemacht.« Energisch drängte sich Elise Brockmüller zwischen alle, schnaufte und brachte zu dem Geruch einen Duft von Zimtplätzchen mit. »Das – igitt, der ist ja tot.« Mit geweiteten Augen wies sie auf die Leiche und piepste: »Wer ist das?«

»Bin ich im Irrenhaus?«, stöhnte Jansen.

Munsche packte seine Sachen ein und versuchte, ein ernstes Gesicht aufzusetzen.

***

Stadler saß in der Küche der Hausbewohnerin Ilona Haller und fragte nach ihren Eindrücken zu Hannes Roth. Schließlich lag ihre Wohnung auch im Erdgeschoss.

Also keine. Bis auf das Fenster. Bis auf den Geruch. Bis darauf, dass niemand auf ihr Schellen geöffnet hatte. Dass sie an Fremden im Haus nur ab und an die Pflegerinnen gesehen habe. »Aber die müssen ja kommen, die haben ja die Frauen im ersten Stock in Pflege. Ansonsten gibt es nichts Besonderes.« Sie steckte sich eine Zigarette an.

***

»Augenblick mal, Frau Brockmüller«, begann Nathan mit seiner dienstlichsten Stimme, wandte sich zu Jansen, erklärte, dass die Frau in der Kukident-Lounge wohne, wo auch sein Vater …

»Kukident?«, lachte Jansen heiser. »Ich werd hier noch wahnsinnig. Wie hältst du das bloß aus?«

»Frau Brockmüller, Sie setzen sich jetzt draußen in den Flur. Bis Ihre anderen Mitbewohner kommen, bleiben Sie da sitzen und rühren sich nicht von der Stelle. Haben wir uns verstanden?«

Erschrocken nickte Elise und ihr Gesicht wabbelte empört.

Nathan griff nach einem Stuhl, trug ihn raus und knallte ihn in den Hausflur. »Setzen«, befahl er.

Dann benachrichtigte er Storm. Lieber wäre ihm ja die blonde Staatsanwältin Porath gewesen. Aber die hatte Urlaub. Noch am Telefon ordnete Dr. Storm die Leichenöffnung an.

»So. Und jetzt alle zur Identifizierung. Also die, die ihn am meisten gesehen haben.«

»Doch wohl nicht das ganze Dorf«, stöhnte Jansen. »Ich will hier nicht übernachten.«

»Musst du aber. Die letzte Fähre ist eben abgerauscht. Einen Hubschrauber schicken sie dir nicht.«

»Und ich?«, fragte der Techniker.

»Sie bleiben auch hier. Ich besorge euch ein Doppelzimmer, es gibt momentan genügend freie Betten.«

»Doppel? Wir sind doch nicht, also, du alte Sau, Töwer«, schimpfte Jansen.

»Ist doch erst kurz vor sechs. Der Friedrichs wird bestimmt ein paar Minuten auf Sie warten«, warf Sonja ein.

»Geben Sie mir die Nummer!«, befahl Jansen.

»So geht das nicht – Sie mit Ihrer Stinklaune. Augenblick.« Sonja ging mit dem Handy in den Flur. Was sie mit dem Kapitän besprach, war nicht zu hören.

Breit lächelnd kam sie wieder herein. »Packen Sie Ihre Sachen und denn man tau, gehen Sie in die Hafenstraße, Sie schaffen das noch.«

»Das war genial«, stellte Nathan fest und rief dann seinen Vater an.

***

Über der unteren Hälfte des Gesichts lag ein Handtuch.

»Hannes?« Otto schlug die Hände vor das Gesicht. »Das

ist alles, was von dir geblieben ist?« So, wie der Tote aussah, konnte er sich den Freund nicht vorstellen. Seine Stimme, seine Bewegungen, all das galt nicht mehr. Er faltete die Hände und senkte den Kopf. »Warum kann ich das Gesicht nicht richtig sehen?«

»Ist das seine Kleidung?«, fragte Nathan.

»Könnte sein. Solche Jacken trug er. Und Jeans auch.«

»War Hannes ein kräftiger Mann?«

»Hm. Es geht so. Weißt du, was ich merkwürdig finde?«

»Ja?«

»Hier ist es zu ordentlich. Seine Zeitungen lagen sonst überall rum. Jetzt sind sie in dem Korb da vorne. Wenn er es sich im Sessel gemütlich gemacht hatte, war immer ein Fläschchen dabei. Und ein Glas. Sieht doch aus, als hätte er sich entspannt in seinen Sessel gesetzt? Und da steht nichts. Findest du das normal?«

Nathan führte Otto wieder nach draußen, und schellte bei Frau Haller, die sich freute, weitere aufregende Unterhaltung zu bekommen. »Könnten Sie bitte meinem Vater eine Tasse Kaffee kochen?«

Inzwischen betrachteten Rosanna und Elise die Leiche.

»Ist das Hannes Roth?«, fragte jetzt Stadler.

»Ach du liebe Güte«, sagte Elise, »eine Zumutung ist das. Sie können uns doch nicht vor so eine halbe Leiche stellen, Herr Stadler! Furchtbar ist das, ganz furchtbar. Ob er das hier ist? War? Da verlangen Sie aber was! Ich meine, dass dieser aufgeblähte Leib nicht dem Hannes gehört. Oder heißt das jetzt: gehörte? Der riecht ja man auch ganz übel.« Elise hielt die Hand vor den Mund. »Hannes hatte doch viel mehr Haare. Oder fallen sie Leichen aus?«, fragte sie verstört, und guckte noch mal. »Ich bin ja nun keine Bangebüx, aber da ziehen Sie uns in einen Brassel rein, also … Rosanna, trug Hannes etwa ein Toupet? Nun sag doch auch mal was.« Sie blickte nach unten, trat einen Schritt zur Seite und stieß hervor: »So große Füße hatte der Hannes nie, nie im Leben hatte der solche Füße«, und zeigte auf die Schuhe.

Dann eilte sie aus dem Zimmer und suchte das Bad.

Nathan schickte Staatsanwalt Storm eine SMS: *Keine sichere Identität. Die Leiche sieht mitgenommen aus. Eine Dörrleiche ... Wir suchen die Adressen der Verwandten.*

Storm simste zurück: *Nichtnatürlicher Tod mit ungeklärter Todesursache und einem womöglich unbekanntem Toten. Er wird obduziert.*

Okay, tippte er. *Frau Mittag möchte bei der Obduktion dabei sein. Sie will eine Reportage über Gerichtsmediziner schreiben. Ginge das?*

***

»Die Leiche muss gekühlt werden!«, forderte Stadler.

»Kalt genug ist es ja wohl seit Tagen. Die kommt morgen mit dem ersten Schiff in die Gerichtsmedizin«, entgegnete Nathan. »Gott sei Dank krabbelt hier nichts mehr rum. Maden und so'n Zeugs sind auch erstarrt oder erfroren.«

17.

Der Geruch hing in der Luft, legte sich auf Lippen und Nase, Nathan und Stadler fühlten Bösartiges, das die Wände auszuschwitzen schienen.

»Jetzt haben wir schon zwei ungeklärte Todesfälle auf der Insel. Aber – Mord! Von Insulanern?«

»Das kann nur jemand vom Festland sein«, antwortete Stadler. Sie sprachen über die Briefe, die sie inzwischen bekamen, Hobbyermittler-Vermutungen, die einfach nur abstrus waren.

»Ich hab's gewusst, irgendwie hast du das Unglück mitgebracht.« Stadler schaute seinen Kollegen bekümmert an.

»Den Tod dieses Mannes haben wir nicht verhindern können«, sagte Nathan. »Schrecklich, dass er seit Wochen nur noch als Leiche existierte. Aber mich darfst du nun wirklich nicht … Meine Güte, das klingt ja, als würdest du an sonst was glauben. Bist du in einer Sekte? Und deine Bemerkung mit dem Festland? Es muss ja kein Insulaner sein, das kann ich mir auch schwer vorstellen. Aber es kommen ja täglich genügend Fremde …«

»Zieh bloß nicht meine Insel in den Dreck«, warnte Stadler. »Ich bin hier aufgewachsen. Mörder gibt es nicht unter uns Einwohnern, hast du mich verstanden? Und wie ist das mit dem Zweitschlüssel?«

»Hier ist er nicht. Keiner hat ihn gefunden. Und wenn er nun wirklich nicht Hannes ist, wer ist er dann? Die Bemerkung mit der Schuhgröße macht mich stutzig und Rosanna Lörsen sagte noch, Hannes wäre in den Schultern schmaler. Soweit man das über die Kleidung beurteilen kann.«

Stadler stand auf, öffnete verschiedene Schubladen und fand in der untersten mehrere Fotos. »Das ist er doch. Ganz sicher – guck mal, wie knackig und lebendig er aussieht.«

Er drehte die Aufnahme um. »7. Mai 2009. Schau an, ist ja erst ein Jahr her.«

Nathan nahm ihm das Foto aus der Hand und betrachtete es lange. »Hm. Die Zweifel von Elise und Rosanna müssen wir ernst nehmen. Wenn es sich tatsächlich um jemand anderes handelt?«

»Du willst nur nicht, dass es Hannes ist«, stellte Stadler fest. »Weil er ein Freund deines Vaters ist. Nein, war.«

»Treffer!«, murrte Nathan und schickte ein schiefes Lächeln zu Stadler rüber. »Was machen wir nun?«

Stadler schwieg und nestelte am Jackenärmel. »Kenn mich nicht damit aus. Einen Mord hatte ich noch nie ...«

Nathan roch es wieder, ihm war, als läge die Leiche immer noch hier, und in seinem Magen rumorte es verdächtig. Er wusste ja, dass sich der Geruch des Toten längst in alle Gegenstände der Wohnung gefressen hatte und selbst in den Wänden saß. »Lass uns durch die Zimmer gehen, vielleicht entdecken wir noch etwas. Räume erzählen eine Menge über seine Bewohner.«

Sofa, Tisch und Schränke strahlten altmodischen, behaglichen Charme aus. Bilder zeigten Landschaftsmotive. Moore, windgebeugte Birken, einsame Gehöfte, so etwas. Die Küche war zweckmäßig eingerichtet. In den Schränken befanden sich Lebensmittelvorräte, solche, die auch noch nach Jahren haltbar waren. Tee – jede Menge und viele Sorten. Ein kleines, uraltes Radio. Ein stabiler Esstisch aus massivem Holz. Vier schlichte Stühle mit hohen Lehnen, ebenfalls aus Holz, standen wie mit dem Lineal gezogen an ihren Plätzen.

Der Fernseher im Schlafzimmer hatte einen Flachbildschirm. Einen PC oder Laptop fanden sie nicht.

Unbehaglich wedelte Stadler mit Hannes' Adressbuch. »Wir sollten seine Tochter vom Büro aus anrufen. Übernimmst du das?«, fragte er. »Ich muss hier raus. Sofort!«

Als sie gingen, sahen sie weder etwas von den beiden alten Damen noch von Ilona Haller. Aber draußen standen Schaulustige.

»Muss doch nicht sein«, stöhnte Nathan. Aber es war ja auch sonst nichts los, das Kino hatte geschlossen, Veranstaltungen im *Haus der Insel* gab es im Winter nicht. Die winterliche Stille war massiv gestört.

Ungewöhnliches erzeugte Neugier, Menschen konnten sich selten dem Sog entziehen, sie standen in der Kälte und beobachteten, wie die Kommissare weggingen. Es schien, als warteten alle auf mehr, der Tod hatte sie wie einen Fischschwarm zusammengetrieben.

18.

Eigentlich schneite es auf Langeoog selten. Aber in diesem Winter war es, als wollte ein Wettergott all die schneelosen Jahre nachholen. Unter der Schneedecke lag eine tückische Eisschicht und man musste vorsichtig gehen. Auf dem Rückweg wirkte die weiße Dunkelheit beinahe fremd. Lea Wanders kam den Polizisten entgegen. »Ich bleibe hier, es ist einfach zu glatt, ich bin noch nicht mal bis zum Bahnhof gekommen.«

»Wo übernachten Sie denn?«, fragte Stadler.

»In der Kukident-Lounge gibt's ein Apartment für solche Zwecke. Außerdem schaue ich gleich nach Frau Herbst und Frau Kiesinger.«

»Wer ist das?«, fragte Nathan.

»Die zwei, die ich in der Heerenhusstraße betreue. In Hannes Roths Haus. Schrecklich! Der arme Herr Roth. Da kann ich die beiden nicht so ganz allein lassen.«

»Wie kommen Sie auf Hannes Roth?«, fragte Stadler.

»Na. Also. So etwas geht wie ein Lauffeuer rum. Sehr seltsam. Was ist da passiert? Herzinfarkt?«

»Dazu können wir Ihnen nichts sagen«, erwiderte Stadler würdevoll. »Tschüs.«

Auf dem Weg zur Kaapdüne sahen sie kaum einen Insulaner. Die meisten urlaubten auf Lanzarote, viele andere renovierten ihre Häuser für das nächste Jahr.

Der Wind heulte, es roch, wie immer, nach Meer.

***

»Wir müssen anrufen«, drängte Stadler.

»Was sage ich bloß?«, überlegte Nathan laut. »Ich mach so was nicht gern. Kann doch nicht sagen, wir haben hier eine Leiche mit ungeklärter Todesursache, ja, wahrscheinlich wurde dieser Mensch ermordet. Er lag in der Wohnung Ihres Vaters und ich wollte mal fragen, ist es Ihr Vater?«

»Ich mach's nicht«, sagte Stadler entschieden. »Du kommst aus der Stadt, da geht einem so was leichter von den Lippen. Außerdem hab ich Hunger. Da müsste doch noch Leckeres im Kühlschrank sein.« Er stand auf. »Meine Mutter hat heute früh einen Topf vorbeigebracht.«

»Trampel«, schimpfte sein Kollege. »Dass du jetzt essen kannst.«

»Erbsensuppe mit Würstchen und Speck«, jubelte Stadler, füllte sich einen Teller und wärmte ihn in der Mikrowelle auf.

Nathan schluckte, der Essensduft erreichte seinen Magen. Deswegen musste er einfach sagen: »Willst du nicht mehr raus? Weil, die Erbsen ... Häufig bläht so was ja auf.«

Stadler grinste breit. »Nun ja, der Geist des Herrn weht, wo er will.«

Sich heroisch abwendend, wählte Nathan die Nummer von Hannes' Tochter.

»Mulich«, meldete sich eine tiefe Männerstimme.

Nathan stellte sich vor, und fragte nach Carolin Mulich, geborene Roth.

***

Otto, Kurt, Elise und Rosanna hatten die Stühle in der Küche eng nebeneinander gestellt, als würde Nähe vor Unheil schützen, als würde so ihre Hilflosigkeit aufgehoben. Sie grübelten, sie fragten, sie wollten begreifen und konnten nichts verstehen.

»Erst Paul und jetzt der Hannes. Wann sind wir dran?« Otto putzte seine beschmierten Brillengläser, was heute nicht einfach war, seine Finger schmerzten wie verrückt.

»Der Hannes, ich sach mal so, der hatte viel mehr Haare«, murmelte Elise. »Wie soll man auch solche Leichen identifizieren? Unter dem Tuch muss er grausig aussehen. Also, ich meine, der Leichnam kann ein jeder sein.«

Rosanna knetete ihre Hände. »Mir wird nur noch schlecht, wenn ich an den Anblick denke.«

»Die Wohnung muss aufgelöst werden.« Otto trommelte mit den Fingern.

»Warum war ich nicht da?« Kurt guckte gekränkt. Sein Bart war unregelmäßig rasiert. Auf einer Seite standen grauweiße Haare ab und am Hals hatte er einzelne, lange abstehende Haare übersehen.

»Du hast geschlafen. Und du stinkst.«

»Ach so. Manja kommt wohl noch.« Er stand auf. Er riss die Tür unter der Spüle auf, wo sich der Mülleimer befand. Klappte den Deckel hoch. Fauliger Gestank stieg auf. »Der stinkt. Ich habe geduscht.«

»Das sagst du immer. Bring den Mist nach draußen.«

»Warum ich?«

»Mach hinne, du Furzknoten«, schimpfte Elise.

»Elise! Zähm dich!«, sagte Rosanna.

Kurt griff nach dem Beutel, zog aus dem Unterschrank eine Flasche *Hexenrotz* hervor, Magenbitter aus einer privaten Inseldestille. Nach einem kräftigen Schluck ging er vorsichtig, um nicht auszurutschen, nach draußen, zur Mülltonne.

»Habt ihr eigentlich Hannes' Siegelring gesehen? Er trug ihn immer am kleinen Finger links«, wollte Otto wissen. »Ich nicht.«

»Da hab ich nicht drauf geachtet«, sagte Rosanna nachdenklich. »Da seht ihr, wie das geht. Bist längst dahin und niemand merkt es.« Ihre Augen waren gerötet. Sie fror, sie rieb ihre Hände aneinander, sie wurde nicht warm. Sie stand auf und ließ die Rollläden hinunter, zog die hellen Vorhänge zu und sperrte den schwarzen Abend aus.

Gegen sieben kam Lea. »Schon wieder Schnee. Der hält sich noch bis Ostern. Soll ich Tee oder Kakao machen?«

Alle nickten.

»Was denn nun?«

»Machen Sie einfach, wir trinken heute alles«, sagte Rosanna. »Hat Manja nicht heute Abend Dienst?«

»Wir haben getauscht. Sie hat was vor. Und wegen des Wetters übernachte ich im Apartment. Überhaupt, in dieser Situation mag ich Sie alle nicht allein wissen.«

***

Nach dem Gespräch mit Carolin Mulich stöhnte Nathan: »Einen Schnaps. Sofort. Wir haben doch noch diesen *Pingelschnaps*? Hannes lebt. Er lebt, hörst du das, Jürgen? Der treibt sich auf Kos rum. Ich fass es nicht.«

»Was? Na, großartig. Es geht ihm gut. Das gibt's doch gar nicht. Hoffentlich kriegt er so bald wie möglich einen Rückflug.«

»Ich hoffe ja, dass er es wirklich ist, schließlich haben wir nicht mit Hannes telefoniert. Die Carolin Mulich behauptet steif und fest, sie habe mit ihrem Vater gesprochen. Hier, seine griechische Nummer. Ich ruf den Mann jetzt an.«

Nach zwei Tellern Erbsensuppe betrachtete Stadler die Flasche mit Harmsens *Pingelschnaps*. »Die machen wir leer«, bestimmte er. »Kephalos auf Kos. Warum sagt einem das keiner vorher?«

»Vor dem Schnaps brauche ich drei Löffelchen von deinem Eintopf.« Nathan hatte vor Hunger seine Sturheit überwunden.

***

Das Telefon klingelte.

»Hier Hauke Bongartz, Tatortgruppe Aurich. Kollege

Munsche hat einen Zettel bei der Spurensichtung gefunden, ich lese vor: *Bitte die Blumen regelmäßig gießen, die Post nicht vergessen und mir nachschicken. Zeitungen sind abbestellt. Machen Sie es gut.* Hilft Ihnen das weiter?«

»Und wie uns das hilft. Wir sprachen schon mit dem Toten.«

»Nicht mit *BILD*?«

Der Schnaps machte Nathan albern. Er musste ein grundlos aufsteigendes Kichern unterdrücken. »Ich glaub schon, dass wir mit ihm sprachen. Jedenfalls behauptet er, Hannes Roth zu sein. Wir nehmen ihn übermorgen Abend am Flughafen Bremen in Empfang.«

»Ja – und wen haben wir da?«

»Wenn ich das wüsste …«

Er telefonierte mit dem Staatsanwalt.

»Nein«, versprach Storm, »ich gebe erst einmal nichts von Ihren Theorien zu dem Toten an die Öffentlichkeit. Erst einmal, lieber Herr Töwer. Und da ist immer noch der Fall Paul Herrmann. Aufklärung, flugs, geschwind!«, verabschiedete er sich.

***

Noch am späten Abend hielten sich die Kukidentler in der Küche auf. Keiner mochte in seine Wohnung gehen. Obwohl sie erschöpft waren. Gemeinsam versuchten sie, Abstand von quälenden Vorstellungen zu bekommen. Erst einmal. »Am liebsten möchte ich für ein paar Wochen weg«, murmelte Otto und rieb sich die Augen.

»Ich bezweifle, dass jetzt Schluss ist. Mit den Toten. Mir fallen ständig die Gehirne ein …«, sagte Rosanna.

Elise ruckte hoch. »Es waren drei.«

Lea, die die ganze Zeit bei ihnen geblieben war, schüttelte unwillig den Kopf. »Auch auf Langeoog wird gestorben.«

Sie massierte ihr Handgelenk. Der letzte Trainingsabend war etwas zu heftig ausgefallen. »Auch auf einer Insel kann ein Mensch unbeachtet lange Zeit tot sein. Sie müssen da nichts hineinfantasieren.«

»Was macht Sie so sicher, dass es sich um zwei ganz normale Todesfälle handelt?«, fragte Elise skeptisch.

Otto spürte, wie müde er wurde. Die Anstrengungen der Aufregung, die Wärme im Zimmer ...

Kurt riss seine Augen auf, blinzelte, als hätte er geschlafen. »Frau Wanders«, begann er förmlich, »Sie waren doch ständig um Paul rum. In Hannes' Haus sind Sie oft. Ja, auch Manja ...« Sinnend betrachtete er den Flug einer Fliege. »Jetzt sind Sie öfter als sonst bei mir. Früher haben Sie sich nicht so um mich gekümmert. Ist auch nicht nötig. Überhaupt nicht!« Dann stutzte er und begann: »Goodbye, Johnny ...« zu summen.

Lea nickte. »Wenn das so ist – ändern wir unseren Vertrag und ich werde keine unbezahlten Stunden anhängen. Auch nicht mehr mit Manja tauschen. Wenn sie nicht kann, müssen Sie halt sehen, wie Sie klarkommen.«

Kurt hörte mit dem Summen auf und sagte, mit einem verträumten Blick: »Ja, die Manja. Die hat so große Titten.«

***

An ihrer Wohnungstür schellte es. Mit einem vorwurfsvollen Stöhnen stand Lea auf und öffnete. Nathan. Er kam in die Küche und Lea verließ den Raum.

Er nickte allen zu. »Was für ein Tag.«

»Lea ist beleidigt«, begann Otto.

»Eure Beobachtungen sind wichtig«, sagte Nathan. »Wir sind dabei, diverse Hinweise zu prüfen. Daher bitte ich Sie, erst mal nicht mit anderen über Ihre Zweifel zu sprechen, also, ob es wirklich der Hannes ist. Die Sache mit der Schuhgröße ... Hervorragend beobachtet, Frau Brockmüller«, lobte er. »Am besten sprechen Sie genau darüber nicht mit den Pflegerinnen … Ginge das?«

Erst musste er die Person sehen, die sich am Telefon als Hannes Roth ausgegeben hatte. Stimmen konnte man verstellen. Und er selbst hatte während seiner Langeoog-Dienstzeit nie mit Hannes persönlich gesprochen.

»Ich will denn mal.« Nathan umarmte seinen Vater.

»Junge, Junge, hast du eine Fahne.«

»Das war dienstlich!«, sagte er und verschwand, ehe es weitere Kommentare dazu gab.

Zu Fuß ging er zu seiner Pension, die an der Straße Um Süd lag. Während er gemächlich um die Kurve bog, kam ihm jemand entgegen und hielt vor ihm an. Begegne ich jetzt ständig dieser Frau?

»Noch etwas frische Luft schnappen?«, fragte er Lea, hatte aber wenig Lust auf Konversation.

»Was ich Ihnen noch sagen wollte … Hannes Roth habe ich nie gepflegt. Frau Schally hatte ihn im Sommer versorgt.«

Er nickte. »Das erzählten Sie mir schon.«

»Wirklich?«

Wieder nickte er und gähnte. »Schon zweimal.«

»So eine mitgenommene Leiche sieht ja eigentlich niemandem mehr ähnlich. Der Herr Roth hat doch noch eine Tochter?«

»Wie kommen Sie auf ›mitgenommene Leiche‹? Sie haben den Toten doch gar nicht gesehen.«

»Auf der Insel funktioniert die stille Post … Ist doch so: Alte Menschen müssen sterben.«

Irritiert sah der Kommissar die Pflegerin an.

»Wissen Sie, den Paul vermisse ich schon. Wenn man einen Menschen gepflegt hat, baut sich ja ein Vertrauensverhältnis auf. Und – ich sagte es ja schon – den Hannes Roth kenne ich mehr vom Sehen. Beziehungsweise, kannte ihn«, korrigierte sie sich.

Er ging an seiner Pension vorbei und nahm den Weg zur Gartenstraße.

Sonja hatte schon im Bett gelegen. Gähnend öffnete sie. Nathan sah sie hungrig und verfroren an.

»Du hast Glück!« Sie stellte ihm Heringsstipp mit Schwarzbrot hin. »Hab ich zwar nicht gemacht, schließlich kann ich nichts aus unserem Laden mitnehmen, ist aber frisch von heute aus dem Fischladen.«

Er aß. Schluckte. Grunzte. »Lecker!«

Sie zündete zwei Kerzen an, und Nathan erzählte. Er musste den Tag loswerden.

»Diese Nacht schläfst du bei mir«, entschied Sonja.

Sie standen am Fenster. Sahen zu, wie der Wind den Schnee über die Dächer trieb, ganz selbstvergessen beobachteten sie, flüsterten Unsinnigkeiten, bis Sonja sich löste und in zwei Becher schwedischen Punsch eingoss. Aus Ingwer, Mandeln, Nelken und Wein.

Und dann brach sie den Zauber mit der Frage: »Zwei alte Männer ermordet?« Sie strich das Haar hinter die Ohren und war wütend auf sich selbst.

Er betrachtete die Sommersprossen auf ihrer schmalen Nase, sah ihr in die Augen, und war enttäuscht, dass sie den Vorhang gehoben hatte und die stumme Übereinkunft zwischen ihnen wieder vorbei war. Er wollte nicht an Leichen und Mörder denken.

»Komm«, sagte er, »lass die Toten heute.«

Aber dann sprachen sie doch darüber und der weiße Wind heulte.

»Der Täter oder die Täterin muss die zwei gekannt haben. Übermorgen landet ja der Mann, der sich Hannes Roth nennt«, sagte Nathan. »Wenn Paul ermordet wurde, dann sag mir mal das Motiv. Um Geld oder Wertsachen ging es ja nun nicht. Haben wir hier eher einen Gesinnungsmörder?«

»Das heißt, du denkst längst daran. Fallen unter ›Gesinnung‹ auch Krankenschwestern?«

»Na ja, die Imke Thiede ist zum Beispiel Krankenschwester.«

»Ach, die. Ich habe sie am Strand gesehen«, sagte Sonja. »Die sah traurig aus. Hast du die Frau auf deiner Liste der Möglichkeiten?«

»Die hat Stress mit ihrem Mann. Beziehungsknatsch ist kein Grund, sie auf meiner Liste zu haben. Und jener BH, den der Hund fand, kann ihr gehören. Und Handschuhe werden verloren. Weißt du, die Frau war nur so unglaublich verlegen hinter ihrem Dauergekicher. Sie wohnt ja ganz in der Nähe der Süderdünen. Bei dem Wetter war kaum einer unterwegs, da hätten beide den Paul gut da hochschieben können, haben ihn vielleicht noch rausgekippt .... Aber – warum sollten sie? Ich habe diese Möglichkeit mit Stadler durchgesprochen. Ganz oberflächlich betrachtet passt Imke in das Schema eines Gesinnungstäters. Aber trotzdem ist das Unsinn.«

»Was verstehst du unter Gesinnungstäter?«

»Menschen, die aus religiösen oder weltanschaulichen Gründen morden, die daraus keinen finanziellen oder sexuellen Gewinn ziehen.«

»Kennst du denn Imkes Anschauungen?«

»Nein. Die hat ein anderes Problem.«

»Weißt du inzwischen, wer diese Elaine auf der Grabschleife ist?«

»Der Friedhofgärtner in Esens sagte, den Kranz habe eine Frau mit Sonnenbrille und Mütze in Auftrag gegeben. Sie habe bar bezahlt. Den Namen wusste er nicht. Warum auch? Völlig unnütze Beschreibung, und sie passt auf viele Frauen.«

»Im Winter eine Sonnenbrille?« Sonja überlegte. »Entweder war sie verheult oder verträgt den Schnee nicht. »Elaine … Eine posthume Botschaft an Paul?«

»Lass uns morgen weiterreden. Der Abend und die Nacht gehören uns.«

Sie stand auf und während sie ihn an sich zog, seinen Duft nach frischem Gras einatmete, ihn küsste, klingelte es an der Tür Sturm.

»Was ist denn los?«, fragte Sonja, blinzelte, sah Kurt irritiert an, der ihr ein flaches Päckchen hinhielt.

»Um diese Uhrzeit, Herr Waltemathe?«, empfing ihn Nathan. »Ist was passiert? Wenn nicht – wir haben auch ein Privatleben. Und das sollen Sie respektieren.«

»Bitte«, sagte Kurt.

»Gehen Sie nach Hause. Wir wollen ins Bett.«

»Habe ich extra für die schöne Sonja gemacht.«

Der Kommissar guckte jetzt wütend. »Die ist Köchin, die braucht Ihren Fraß nicht. Und bestimmt nicht nachts.«

»Ich rieche es.« Sonja lachte überrascht. »Das gibt's nicht. Aber Herr Waltemathe!«

»Ich bin der Kurt. Darf ich reinkommen?«

»Nein«, blaffte Nathan.

Sonja packte aus. Bratkartoffeln rutschten gen Boden.

Nathan fand die Überraschung anstrengend.

Kurt war munter. »Hab ich selbst gemacht. Wenn man Tote findet, geht's einem doch nicht gut. Ich muss wieder ins Geschäft.«

Schimpfend zog sich Nathan an und brachte den alten Mann zurück. Es war nach Mitternacht. Glatt war es und der Schnee knirschte.

Und dann sagte Kurt: »Ich fühle mich beobachtet. Aber ich sehe niemanden. Trotzdem ist es so. Ich möchte, dass die Manja zu mir kommt.« Nach einer Pause sagte er: »Ich weiß, dass ich vieles vergesse. Aber ich will nicht wie ein hundertjähriger Depp behandelt werden. Die Lea macht das gern. Mir gefällt das nicht. Würde Ihnen das gefallen?«

»Sind Sie deshalb gekommen?«

»Und seit Kurzem liegt er nun im Grabe, und aus seinen Knochen wachsen Blumen raus«, schmetterte Kurt als Antwort.

»Leise«, ermahnte ihn Nathan, hielt ihm die Tür auf und wartete, bis Kurt seine Korridortür hinter sich geschlossen hatte. Dann sah er sich im Treppenhaus um, aber er entdeckte nichts, was anders war als sonst.

19.

Sonja überlegte, wann sie Nathan ihre Pläne mitteilen sollte. Gleich? Weihnachten? Besser nach Neujahr? Solange er diese Fälle bearbeitete, hatte er keine Zeit für private Neuigkeiten.

Seine Scheidung war durch. Groß drüber gesprochen hatten sie nicht. Sie hatten sogar ans Heiraten gedacht. Im Sommer und die Möglichkeit als hübsches Spiel betrachtet. Jetzt gab es die Zusage aus Berlin. Als Schwangerschaftsvertretung für ein Jahr.

Sie war schon im Schlafanzug, als Nathan zurückkam. Sie sprachen über Kurt. Er schabte mit den Fingernägeln über die Tischplatte.

»Hör auf damit!«, herrschte Sonja ihn unvermittelt an. Er stieß gegen das Weinglas. Es kreiselte über das Holz, neigte sich und ehe sie es festhalten konnte, spritzte Rotwein auf den hellen Teppich. Er sprang auf und begann, mit einem Taschentuch zu reiben.

Mit einem Fleckenmittel bearbeitete Sonja den Teppich, bis der Wein ins Babyrosa ging.

Babyrosa. Baby. Dafür war es zu spät. Oder fast. Auch darüber hatten sie gesprochen. Das Thema erzeugte an manchen Tagen eine Sehnsucht, die sie nicht aushalten wollte.

In der neuen Saison bin ich weg.

»Du bist in letzter Zeit ganz schön gereizt. Ist was?«

Sie schüttelte den Kopf und hätte heulen können. Sie wünschte sich, dass er ihre Gedanken erriet und sie bat zu bleiben. Wie lächerlich.

Sie blickte ihn lange an.

***

Die Akten auf seinem Schreibtisch beschäftigten Nathan. Sie beschäftigten ihn auch, weil er an seinen Vater denken musste und sie beschäftigten ihn, weil er sein eigenes Älterwerden wahrnahm. Fünfundfünfzig Jahre. Kein Alter für einen Mann. Sonja ist mit ihren Vierundvierzig regelrecht jung. Die braucht noch nicht daran zu denken. Seitdem wir zusammen sind, fühle ich mich wieder lebendig.

Er dachte an ihr gemeinsames Kennenlernen. Leise lachte er. Da stolpert eine Frau auf dem Marktplatz in Esens und er – er fängt sie auf. Simpel. Aber so hatte es vor einem dreiviertel Jahr angefangen.

Er wusste, dass er manchmal schwierig war. Ganz sicher war er den Auricher Kollegen zu bedächtig. Außerdem handelte er manches Mal, wie es ihm passte, und war durch ziemlich eigenwillige Vorgehensweisen so einige Male angeeckt.

Er heftete an die Pinnwand eine Zeichnung. Gehirne – Wäldchen – Feuer – Kleingärten – Paul – erfroren oder ermordet? –Diabetiker – Hinweis? –

2. Toter – Mord? – Pflegerinnen

Mitten in diese Überlegungen platzte Stadler und knallte ihm die *Nordwest-Zeitung* auf den Schreibtisch. »Bist du von allen guten Geistern verlassen, verrückt geworden, spielst den Superkommissar, meinst, du wärst der Knaller des Nordens?«

Entsetzt las Nathan die Überschrift, auf die Stadlers Finger zeigte: *Serientäter auf Langeoog?*

Er überflog den Artikel, bekam einen ungesund hochroten Kopf und presste stöhnend: »Mein Vater?«, hervor.

»Ich hab gestern einen von der Zeitung gesehen – am Schniederdamm«, sagte Stadler. »Hab mich aber schnell verdrückt. Wir … wir wollten doch noch gar nichts rausgeben! Außerdem macht das die Auricher Presseabteilung. Was hast du dem Kerl erzählt?«

»Nichts. Überhaupt nichts.«

***

Leas Haus lag am Ende der Herderstraße in Esens. Ein schäbig wirkendes Gebäude. Sieben Namen, sieben Klingeln.

Nathan läutete. Eine Sprechanlage gab es nicht. Jedenfalls entdeckte er keine. Er läutete zum zweiten Mal. Hörte ein Summen und drückte die Haustür auf. Auf der engen Treppe zum zweiten Stock blieb er stehen und schnaufte beängstigend. Seine Kondition war nicht mehr die beste. Er betrachtete den grau gesprenkelten, rissigen PVC-Belag auf den Stufen, lehnte sich gegen das Geländer, sprang zur Seite, denn es wackelte bedenklich. Ein Mann mit einem hängebackigen Gesicht keuchte in schwarzen, engen Laufhosen an ihm vorbei. Bei dem Anblick musste er an einen ältlichen Hamster denken, der dem Laufrad entwichen war.

Als Lea Wanders öffnete, begann er ohne Überleitung: »Es geht noch um ein paar Fragen.«

»Waren wir verabredet?«, fragte sie und schien sehr erstaunt. Sie hielt ein Glas mit einer milchigen Flüssigkeit in der Hand und trank daraus.

Es roch nach Anis.

Ouzo erinnerte Nathan an sein erstes fürchterliches Besäufnis mit fünfzehn. Seitdem pflegte er einen ausgeprägten Widerwillen gegenüber Anisschnäpsen.

»Wir haben doch telefoniert!«

Leas rotes Haar hob sich attraktiv von ihrem blassen Gesicht ab. »Haben wir?«

Er nickte.

»Sagen Sie nicht, dass schon wieder einer meiner Schützlinge gestorben ist?«

»Warum? Denken Sie, dass die Kunden Ihnen wegsterben? Es geht mir heute um wichtige Detailklärungen. Vor was wollen Sie Ihre Klienten denn eigentlich schützen?« Er setzte seine dunkel gerahmte Brille auf. Distanz schien ihm angebracht.

»Sie denken, ich sei so eine Helfer-Tussi, die gern alten Männern die Haare in der Nase wegrasiert, die alles macht, was anderen unangenehm ist. Meine Kollegin Manja glaubt das jedenfalls. Sie irren alle. In jeglicher Hinsicht.«

»Soso.« Mit dieser Antwort hatte er nicht gerechnet. Warum denkt sie, es sei schon wieder Schlimmes passiert? »Darf ich reinkommen?«

»Bitte.« Sie öffnete die Tür endlich ein ganzes Stück weiter, drehte sich um, ging durch den Flur, stieß mit dem Fuß gegen die nächste Tür. Der Kommissar ging hinterher und stand in ihrem Wohnzimmer. »Frau Wanders, es sind immer die Teilstücke, die eine Lösung ergeben.«

»Ich habe keine Teilstücke.«

Er sah sich in dem überraschend großzügig geschnittenen Raum um. Durch mehrere Fenster kam selbst an trüben Tagen genügend Helligkeit herein. Adventsdekoration gab es nicht. Lea bot ihm keinen Platz an, stand mitten im Raum, als wolle sie ihr Hab und Gut gegen ihn verteidigen.

»Feiern Sie Weihnachten eigentlich mit Ihrer Familie?«

»Meine Eltern sind tot – alles andere geht Sie nichts an. Soll ich jammern?«

»Wenn Sie wollen.« Je länger er sich im Wohnzimmer umsah, um so mehr kam er zu der Auffassung, dass sie allein lebte. »Wie lautet eigentlich Ihr Mädchenname?«

»Was wollen Sie wissen?«

Nathan warf ihr einen langen prüfenden Blick zu. »Einfach nur Ihren Mädchennamen!«

»Wanders.« Die Antwort kam zögernd und für ihn hörte es sich an, als müsse sie sich ihres Namens erst erinnern. *Hätte ich bloß den Stadler mitgenommen. Die Frau ist ja unsäglich spröde.*

»Sie wollen mehr über Paul Herrmann wissen?«

Er nickte. *Endlich. Sie kapiert es von alleine.*

»Ich kannte Paul durch die Pflege, aber das wissen Sie doch alles. Wer ist denn nun der zweite Tote?« Bei diesen Worten lächelte sie und dieses Lächeln war kaum zu sehen, war schon zerstoben wie ein Nebelstreif, ehe Nathan sich fragen konnte: *Warum lächelt sie denn bloß?*

Sie nahm einen weiteren Schluck von dem Anisschnaps und wirkte abwesend. Nathan sah an ihr vorbei, aus dem Fenster, blickte in einen bleigrauen, sturmgepeitschten Donnerstag, und das stumpfe Grau erschien ihm nach dem mittwochsblauen Himmel wie aus der Zeit gefallen.

Die Frage nach ihrem Mädchennamen öffnete in Lea eine verschlossene Tür. Ihre tote Mutter schlüpfte leichtfüßig dadurch und hinter ihr der tote Vater und er hatte wie immer diesen ironischen Zug um den Mund. Beide beobachteten und schüttelten die Köpfe, die sich öffneten und tausend Fetzen mit krakeligen Notizen flogen aus ihren Schädeln.

Dann schien es Lea, als müsste sie alle in ihren Kopf gefangen halten, aber sie passten überhaupt nicht hinein.

»Sagen Sie, können Sie auch Haare schneiden?« Nathan jonglierte gern mit scheinbar ziellos wirkenden Fragen.

Lea sah ihn an, als hätte er sie aus tiefster Versunkenheit geholt. »Wie bitte?«

»Schneiden Sie Ihren Klienten manchmal auch die Haare?«

»Sind Sie den weiten Weg hergekommen, um über Frisuren zu reden?«

»Sie können mir helfen. Darf ich mich jetzt setzen?« Er schaute sich um und steuerte auf das Ledersofa zu, legte sein Notizbuch auf den davor stehenden Tisch. Knipste mit dem Kugelschreiber. Schrieb und legte die Hand wie zufällig vor das Blatt. Er mochte es nicht, wenn andere mitlasen.

Auf dem Parkettboden lagen rote Boxhandschuhe und ein verschwitztes T-Shirt.

»Schön haben Sie es. Solche Wohnungen vermutet man so gar nicht in diesem Haus.« Das Zimmer war wohltuend sparsam eingerichtet.

»Sie dürfen fragen, ob ich boxe.« Lea ballte die Faust und öffnete sie wieder.

»Ich weiß es. Ich meine, das wissen doch viele auf der Insel.«

Lea hob die Handschuhe auf, und legte sie auf den Tisch. Das Shirt pfefferte sie in eine Ecke. »Kaffee?«

Während die Kaffeemaschine blubberte, rückte Lea den Tisch gerade. Setzte sich, legte ihre Beine übereinander. *Die Jeans passt ihr gut*, stellte er fest. »Sie hatten doch einen guten Draht zu Paul Herrmann. Das sagte mir auch Ihre Kollegin.«

»Was Manja alles weiß.«

»Wie war er an dem Tag, als Sie ihn zuletzt versorgten?«

»Wie immer. Das habe ich auch schon mehrere Male erzählt. Steht alles in Ihrem Protokoll.«

»Hatte er doch eine Freundin?«

Sie lachte leise. »Fragen Sie besser Manja. Die lässt nichts anbrennen. Er sagte mal, die ist scharf wie eine Peperoni.«

»Hatte er?«

»Wird das ein Verhör?«

»Ich befrage Sie als Zeugin und möchte Sie bitten, mir präzise zu antworten.« Inzwischen zweifelte er an seinen psychologischen Fähigkeiten und wurde ärgerlich. Er konnte sich nicht vorstellen, dass es die attraktive Manja mit Greisen trieb.

»Manja kann Männer hervorragend anmachen. Durch ihren aktuellen Geliebten bekam sie ja die tolle Wohnung. Traurig, dass Paul nicht mehr da ist. Er hatte es mit dem Schnee. Er war verrückt danach. Besonders in diesem Jahr. Manja bot an, ihn durch die weiße Pracht zu fahren. Aber ob sie es dann wirklich gemacht hat, das weiß ich nicht.« Sie stand auf. »Wie schaffte er es nur, den Weg zur Düne hinaufzukommen?«

Da er die Frage nicht beantworten konnte, überging er sie und spulte sein Konzept weiter ab, das für andere merkwürdig sprunghaft wirken musste. »Sie sind examiniert?«

Lea griff nach den Boxhandschuhen.

»Wenn Sie nicht antworten wollen, muss ich Sie bitten, morgen früh in die Kaapdüne zu kommen. Also, Frau Wanders, müssen Sie manchmal auch Spritzen setzen?«

Lea zog einen Handschuh über. »Mit meiner Ausbildung darf ich intramuskulär spritzen. Auch den Paul Herrmann, weil er an manchen Tagen nicht damit klarkam. Er war doch Diabetiker.«

»Werden Sie eigentlich das Erbe annehmen? Er hatte Ihnen doch ein nettes Sümmchen hinterlassen.«

»Ich will sein Geld nicht. So etwas wirft immer ein schiefes Licht auf einen …«

Nathan erhob sich. »Ich arbeite auch mit diesen Haftzetteln.« Er deutete auf eine Wand und auf die Regale, die über und über mit Papieren beklebt waren.

»Vergessen Sie viel?«, fragte Lea.

»Nein.«

»Ich schon. Glaube ich jedenfalls. Befürchte ich. Egal. Wen geht es was an.«

»Wie gut kennen Sie eigentlich Ansgar Heiger? Den nicht anwesenden Mieter in der Kukident-Lounge?«

»Er war einen Sommer lang auf der Insel und seitdem ist er auf Reisen. Ein charmanter Abenteurer. Ein angenehmer und großzügiger Mieter in der Kukident-Lounge. Das haben Sie ja während ihrer Befragung zu Paul Herrmann gehört. Oder nicht? Warum fragen Sie, Herr Töwer?«

»Ich möchte wissen, ob Sie wissen, wann er wieder zurück ist.«

»Er schickt ja immer mal wieder Mails. Die letzte ging an mich und darin schrieb Herr Heiger, er würde spätestens Weihnachten wieder hier sein. Genügt Ihnen das?«

»Sie haben nicht zufällig einen Zweitschlüssel zu Hannes Roths Wohnung?«

Lea schüttelte den Kopf. »Vielleicht hat meine Kollegin einen.« Sie griff nach der Flasche mit dem Anisschnaps.

Bevor sie den Kaffee holte, sagte sie: »Die letzten Wochen stehen im Zeichen eines Wahnsinnigen.«

»Esoterisches Gesülze«, murmelte er und betrachtete die Zettel, las, soweit sie auf die Schnelle zu entziffern waren, steckte mehrere davon in die Hosentasche, behielt einen in der Hand und sagte, als sie mit der Kaffeekanne wieder hereinkam: »Für einen Routinevergleich!«

Lea stellte die Kanne ab, zog an ihren Fingern, bis die Knöchel knackten. »Darf ich wenigstens sehen, was Sie da mitnehmen?« Sie las, nickte. »Paul hat sich ja manchmal eine Prostituierte bestellt. Alte Menschen haben auch Lust auf Sex und Sehnsucht nach Zuneigung und den Wunsch nach Berührungen.«

»Erzählte er das?«

»Ich hab's beobachtet. Später erzählte er es mir. Aber da konnte nichts draus werden.«

»Warum?«

»Er suchte vergeblich nach seinem verlorenen Liebesvermögen.«

Nathan blickte auf.

»So nannte er den Zustand. Menschen erzählen viel, wenn sie Hilfe brauchen.«

***

Während der Rückfahrt musste er vorsichtig fahren, nicht alle Straßen waren geräumt. Auf der Fähre dachte er: *Die Wanders benimmt sich eigenartig.* Und er dachte auch voll

Ingrimm an Elise Brockmüller, die tatsächlich der *Nordwest-Zeitung* gegenüber ausgiebig geplappert hatte.

20.

Eisig kalt war es, aber Nathan hatte sich noch in der Dunkelheit zum Strand aufgemacht, er beobachtete das allmähliche Hellwerden, dachte daran, die Insel zum Zweitwohnsitz zu machen und schaute lange übers Wasser.

***

Wegen erneuten Schneefalls landete der Mann aus Griechenland auf dem City Airport Bremen mit einstündiger Verspätung. Vorher hatte sich Nathan ein weiteres Foto von Hannes Roth angesehen. Sonja war mitgekommen, sie musste erst ab dem späten Nachmittag arbeiten und Stadler saß über einer Anzeige wegen Immobilienbetrug. Böse Sache, mit Bohei-Auftreten und markigen Sprüchen die Leute übers Ohr zu hauen und dann bei der Zwangsversteigerung ein fettes Schnäppchen zu machen …

Schon stand er vor ihnen. »Roth«, krachte er fröhlich. Attraktiv gebräunt, mit kurzem grauem Haar, in lässigen Khakihosen, einer dicken Daunenjacke und einem überaus selbstbewussten Lachen. »Sie sehen Otto ähnlich. Guten Tag, Hannes Roth. Sie können es mir glauben.« Er holte Luft und redete sofort weiter: »Ist meine Wohnung versiegelt? Irgendein Schaden im Haus? Was ist mit meinen Sachen? Wohnen werde ich jetzt nicht da …«

»Lassen Sie uns doch einen Kaffee trinken«, sagte Sonja, um ihn zu stoppen. »Den kann ich jetzt gebrauchen.«

»Wenn eine schöne Frau mich bittet …«

Nathan ließ sich seinen Personalausweis zeigen. Hannes Roth. Die Adresse stimmte. Sicher, das Papier konnte gefälscht sein. Nur, daran glaubte er nicht. Er erkannte ihn.

Im Flughafenrestaurant schnippte Hannes Roth nach der Kellnerin. »Schönes Kind, drei Kaffee. Wäre das möglich?«

In der Zwischenzeit begann er zu erzählen. »Ich habe Kephalos für mich entdeckt. Strände, sag ich Ihnen, Strände! Klares Wasser und null Touristen. Nach den Feiertagen fliege ich zurück. Besuchen Sie mich mal.« Dabei sah er Sonja an und zeigte zu weiße Zähne. »Sie werden sehen, wie schön es dort ist. Und ich würde Sie führen. Ach ja, Kephalos ... Sicher, es gibt andere Orte, aber wissen Sie, wie die aussehen? So, wie ich mir Oberammergau vorstelle.« Hannes' Lachen dröhnte.

Und als hätte er nach dem letzten Ton einen Schalter umgelegt, verschwand alle Heiterkeit. »Von der Polizei eskortiert zu werden, finde ich nicht besonders witzig. Wer ist der Tote in meiner Wohnung? Wie kann ein Fremder reinkommen, wenn nichts aufgebrochen wurde? Da bleibe ich nicht, nie im Leben bleibe ich da, ich werde verkaufen. Bin ja eh oft verreist. Genau wie Ansgar. Ist er wieder da? Er wollte ja nach Kuba, dieser verrückte Hund.«

Der Mann erinnerte Nathan an jemanden, den er nie hatte leiden können. »Haben Sie diesen Zettel geschrieben?«

Hannes las. »Nein, ganz sicher nicht. Denn ich habe alle Zeitungen abbestellt, meine Post wird mir nachgesandt und die paar Pflanzen – nein, dafür brauche ich keinen zum Gießen.« Er beugte sich über die Schrift. »Machen Sie den Graphologen? Linkslage. Aha. Eine zurückhaltende Person. Wie sehen Sie das, schöne Frau Kommissarin?«

Sonja unterdrückte ein Lachen und korrigierte ihn nicht.

Nathan hielt ihm eine unbeschriebene Seite in seinem Notizbuch hin. »Schreiben Sie trotzdem bitte den Satz: *Bitte die Blumen regelmäßig gießen.*«

Roths Schrift zeigte eine ausgeprägte Rechtslage.

»Nicht zurückhaltend?«, konterte Nathan.

»Nennen Sie es Zielstrebigkeit. Jedenfalls habe ich diesen

Zettel nicht beschrieben. Das sehen Sie doch auch so?« Er stand auf, rief: »Zahlen bitte, junge Frau!«, schnippte erneut und zog seine zerknitterte Khakihose hoch.

»Einen Moment noch, Herr Roth.« Auch der Kommissar war aufgestanden. »Haben Sie vor der Abreise Ihre Wohnung untervermietet?«

»Nein.«

Nathan fragte nach dem Ersatzschlüssel.

»Einen Zweitschlüssel kann man sich machen lassen«, sagte Hannes Roth. »Nur – wer hat einen Grund, so etwas zu tun? Ich habe allerdings für kurze Zeit eine Pflegerin in Anspruch nehmen müssen …«, überlegte er.

»Wann?«

»Mai und Juni.«

»Können Sie mir freundlicherweise den Namen der Dame mitteilen?«

»Die Frau Schally, eine Tüchtige und sehr apart. Sie kennen sie bestimmt. Soviel ich weiß, wohnt sie in Esens in einem sehr schön restaurierten Haus.«

»Sie war Ihre einzige Hilfe?«

»Genau so ist es.«

»Es hat sie auch keine andere Kollegin in der Zeit vertreten?«

Hannes schüttelte den Kopf. »Es hat mich nur gewundert, dass so eine tolle Frau Altenpflegerin ist. Wenn man so wohnt wie sie – muss sie dann solche Arbeiten machen?«

»Letzte Frage: Räumen Sie immer besonders sorgfältig Ihre Wohnung auf, bevor Sie verreisen?«

»Nein. Warum auch?«

»Wir fahren dann. Ich bringe Sie in ein Hotel Ihrer Wahl nach Esens. Aus ermittlungstechnischen Gründen müssen Sie am Festland bleiben.«

Hannes guckte erstaunt.

»Die Auflage muss ich leider machen. Besser ist's, wenn Sie bei dem jetzigen Stand unserer Arbeit nicht auf der Insel gesehen werden. Aber ich werde Sie über alle wichtigen Dinge, die Sie betreffen, informieren.«

21.

Mit jedem Schritt, den Sonja der Rechtsmedizin näher kam, nahm sie einen immer stärker werdenden intensiven süßlichen Geruch wahr. Sie versuchte sich abzulenken, schließlich hatte es einige Telefonate gekostet, bis die Rechtsmedizinerin Dr. Heimler von der Notwendigkeit einer Reportage überzeugt gewesen war. Dabei wollte Sonja einfach einmal so etwas gesehen haben. *Wenn rauskommt, dass ich Köchin und keine Journalistin bin ... Ist mir übel ...* Die Luft war beißend durch die Desinfektionsmittel.

Schon stand sie in dem zugigen Flur und starrte auf die Aufschrift: *Kühlraum*. Als sie an Flucht dachte, wurde die Tür geöffnet. Verwesungsgeruch schlug ihr entgegen und mischte sich mit dem vorherrschenden scharfen Gestank. Hektisch begann sie, durch den Mund zu atmen. Schon hörte sie: »Hier bitte! In diesen Raum.« Eine schlanke große Frau mit halblangen grauen Haaren begrüßte sie. »Wiebke Heimler. Ich bin die Rechtsmedizinerin. Sie sind die ...?«

»Genau, wir hatten ja wegen der Reportage telefoniert. Sonja Mittag. Angenehm.« Nichts war ihr angenehm. Schweiß sammelte sich im Nacken.

»Was sagten Sie – Sie schreiben für die *Nordwest*? Haben die ja noch nie gemacht, über uns zu schreiben ... Sind Sie neu?«

Sonja begann zu husten. »Entschuldigung«, würgte sie.

Schon standen sie im weiß gekachelten Raum. Leuchtstoffröhren zogen sich an der Decke entlang, durch eine Fensterreihe kam Tageslicht herein. Das Neonlicht leuchtete unbarmherzig alle Ecken und Winkel aus.

»Herzig, Rechtsmediziner«, stellte sich ein Mann vor, der neben einem chromstählernen Sektionstisch stand. Darauf lag ein mit einem grünen Tuch bedeckter Körper. Sonja sah zwei weitere Edelstahltische und den Ablauf in der Mitte.

Eine stämmige Frau tarierte die Organwaage aus. »Unsere Assistentin«, sagte Herzig.

Sie sah Sonja an. »Carla«, stellte sie sich vor und nahm aus einem Fach einen zusammengefalteten Kittel. »Bitte überziehen und sorgfältig schließen.«

Neben dem Sektionstisch standen Wagen mit Gummihandschuhen, Pinzetten, Skalpellen. Sonja drehte den Kopf weg. Dr. Heimler zog Latexhandschuhe an, ging zu dem Lichtkasten an der Wand, um sich die Röntgenaufnahmen des Langeooger Toten anzusehen. »Der Staatsanwalt erscheint gleich. Storm verspätet sich gern. Ich beginne schon mal mit der äußeren Leichenschau.«

Sie deckte das Laken ab. Der Leichnam lag im weißen Schein der Neonröhren. Die Ärztin schloss für einen Moment die Augen, dann sah sie Sonja an. »Sie kippen mir aber nicht um. Herzig, findest du nicht auch, dass sie jetzt schon blässlich aussieht? Also, gute Frau, wenn Sie das nicht abkönnen, gehen Sie besser jetzt. Ich habe keine Lust auf Ihre Kotze.« Dabei kräuselte ein ironisches Lächeln ihren Mund. Energisch klapperte sie mit ihren Birkenstocksandalen.

Eine Stimme wie ein Reibeisen, dachte Sonja und fragte: »Warum sind Sie Rechtsmedizinerin geworden?«

»Faszination, meine Liebe. Kriminalistik interessiert mich sehr. Anfangs war es nicht ganz einfach. So, wir beginnen.« Dr. Heimler nickte Gunter Herzig zu.

»Okay.« Aber sie musste ja fragen, konnte nicht stumm das hier aushalten. Sonja schluckte Magensäure, als sie den toten Körper sah. Ihre Hände zitterten. Sie flatterte vor Nervosität. Und das fehlende Fleisch in der unteren Gesichtshälfte, die eingetrockneten, tief liegenden Augäpfel sahen nicht nach einer Häkelstory aus.

Nach genauer Begutachtung gab Wiebke die Beschreibung der Leiche ins Diktaphon ein, ebenso Größe, Gewicht und

Hautfarbe. Den Inhalt seiner Hosentaschen reichte sie Carla, die Taschentuch und Taschenmesser in beschriftete Plastikbeutel packte.

»Alles in Ordnung bei Ihnen?«, fragte Gunter Herzig. Sonja nickte und schrieb in ihren Block.

Vorsichtig wurde die Leiche ausgezogen. Da die Kriminaltechnik schon Faserproben von der Kleidung genommen hatte, nahm Wiebke mit Klebestreifen Faserspuren von seinem Körper ab. »Ist eigentlich die Arbeit der Techniker«, murmelte sie, »Frau Mittag, schreiben Sie mit. Ich habe schon die Krankendaten des Hausarztes abgeglichen. Einen Hinweis kann ich Ihnen geben: Der Zahnstatus stimmt nicht mit dem von Herrn Roth überein.«

»Den habe ich doch heute schon gesehen.«

»Soso. Erst einmal kann jeder sagen, ich bin der und der, meine Liebe. Also: Der Tote lag in einer gut gelüfteten Wohnung. Mindestens ein Fenster muss offen gewesen sein – es hatte sich ja Gefiedertes eingefunden. Die Augen sind geblieben. Passiert eher selten.«

»Verstehe.« Sonja verstand gar nichts.

»Ein an der Luft liegender toter Körper verwest doppelt so schnell wie eine im Wasser liegende Leiche und viermal so schnell wie eine begrabene«, dozierte Wiebke Heimler weiter. »Dieser Körper lag lange an der Luft. Nach dem Einsetzen der Autolyse ...«

»Was bedeutet das?«

»Dass es einen Abbau der Gewebesubstanz gab.«

Mit ruhiger Hand prüfte sie den Körper auf Narben und Pigmentflecken. »An der Haut kann man viel sehen. Einwirkungen von stumpfer oder scharfer Gewalt, von Kälte oder Hitze. Sehen Sie her!«

Sonja fragte: »Was bedeutet der dunkle Fleck da an der Schulter?«

»Der Mann wurde vor seinem Tod geschlagen. Weil etliche

Gefäße verletzt wurden, hat sich das Blut nach dem Exitus im Gewebe ausgebreitet. Aber die Schlagstelle kann woanders gewesen sein. Möglicherweise am Kopf. Sie sehen auch, dass die Leiche fast vollständig mumifiziert ist. Carla, die Waage!«

Vorsichtig hoben beide Ärzte den Toten an, und legten ihn auf eine lange Schale. »Trockengewicht: achtzehn Kilo.«

»Der Mann war ungefähr sechzig bis dreiundsechzig Jahre alt«, ergänzte Gunter Herzig. Er kratzte unter den Fingernägeln Dreck hervor und tütete ihn ein. »Material für einen Gen-Abdruck«, sagte er zu Sonja. »Verstehen Sie das?«

Sie nickte und guckte giftig.

Währendessen entnahm Dr. Heimler Proben der noch verfügbaren Körperflüssigkeiten. »Für die Chemiker. Da das Gesicht nicht identifizierbar ist, nehmen wir jetzt die Fingerabdrücke ab. Carla, kommst du mit dem Set?«

»Sehen Sie den kräftigen Knochenbau und die Muskelstränge im Schulterbereich? Der Mann hat körperlich viel gearbeitet. War er vielleicht Handwerker?«

Mit einer Lupenbrille suchte die Ärztin nach Wunden und Schussverletzungen, überprüfte die Haut in jeder Falte. Sie hob den Penis hoch. Stutzte. »Seht euch das an! Sie auch, Frau Mittag!«

Sonja wurde ohnmächtig.

***

»Immer dasselbe«, schimpfte Wiebke Heimler, nachdem Sonja mit einer Flut von Entschuldigungen regelrecht geflüchtet war. »Erst betteln sie wer weiß wie und dann kippen sie aus den Latschen.«

In mühevoller Kleinarbeit machte Dr. Heimler mit dem Polizeifotografen weitere Spuren am Körper des Toten sichtbar.

Storm kam. Der schaute sich den Unterschenkel der

Leiche an. »Das kann ja ewig dauern, bis wir wissen, wer dieser Mann ist. Ich habe da so eine Idee.« Storm dachte, bevor er aus dem Dienst ausschied, müsse er unbedingt noch Großartiges, etwas ganz Besonderes vollbringen. Als er in der Langeooger Polizeistation anrief, hatte er sich schon entschieden. »Wir nehmen Kontakt zu einer Gesichts-Rekonstrukteurin auf.«

»Wieso das?«, fragte Nathan verblüfft.

»Moderne Untersuchungsmethoden sollen auch genutzt werden. Ich glaube nicht, dass wir ohne die so schnell rausbekommen, wer der Tote ist.«

Nathan zögerte.

»Also. Ich rufe sofort in Bremen an. Bei Frau Dr. Behms. Bremen – Behms, kann man sich gut merken. Normalerweise dauert so etwas. Aber die Dame mag mich.« Storms Lachen klang geckenhaft. »Wiedersehen.«

Storm hielt viel von dieser Methode, auch wenn sie, allein schon wegen des großen Arbeitsaufwandes, nicht häufig in Anspruch genommen wurde. Charlotte Behms arbeitete für das LKA und hatte ihre Ausbildung beim FBI bekommen.

22.

Jürgen Stadler überprüfte sämtliche Vermisstenmeldungen im Zeitraum August und Oktober dieses Jahres aus dem nordwestlichen Raum, aber nirgends wurde eine Person seit dem letzten halben Jahr vermisst. Bis auf die eine aus Oldenburg, die aber war weiblich und schied damit aus.

Auf der Pinnwand hingen immer noch die Fotos von Paul Herrmann, daneben Blätter mit den Namen der letzten Zeugen, die ihn gesehen hatten. Da klebten auch die Aufnahmen der Gehirne, und der Bericht über den Brand. Ebenso Bilder des unbekannten Toten samt der Umgebung, in der er sich befunden hatte. Und die seiner Kleidung.

Nathan blickte zu Stadler rüber, der fluchend bemerkte: »Das Scheiß-Netz ist mal wieder abgestürzt. Wahrscheinlich durch den Schnee. Mensch. Hatte gerade die Daten von diesem Immoheini drauf. Stell dir vor, in Esens haben sie eine Ladung Fertigmenüs geklaut …«

»Und die werden dann als Edelessen angeboten oder wie? – Was ist mit dem PC? Warte mal.« Nathan ruckte mit der Maus, sagte: »Gibt's doch nicht …«, aber mit dem typischen Sound fuhr sich der Computer herunter. »Ende der Ansage. Stromleitung? Wackelkontakt? Versuchen wir gleich noch mal.« Nathan bekam einen roten Kopf. »Lass uns die Stecker rausziehen, neu stöpseln, ohne PC komme ich nicht weiter.«

»Dabei kannst du gar nicht richtig mit dem umgehen«, lästerte Stadler.

Endlich. Nach einer Stunde, nach kriechen, krabbeln und fluchen zwischen Kabeln und Staub schrie Nathan: »Er tut's wieder. Fahr mal deinen hoch!«

Während er seine Mails sichtete, murmelte er: »Hirn.«

»Was?«

»Guck mal. Ich hab das hier bekommen.«

Beide schauten auf die Abbildung eines Gehirns und lasen: *Goodbye, goodbye, schön war's mit uns zwei'n; aber leider, aber leider werden es drei …*

»Hä?«, fragte Stadler mit offenem Mund, was ihm einen debilen Ausdruck gab.

»Natürlich ohne Absender.«

»Klar. Und die Mail-Addi ist getürkt.«

Stadler las laut: »Johnnys-end@email.de«

Im gleichen Moment klopfte es, Jürgen Stadlers Mutter schob sich durch die Tür und sagte freundlich lächelnd: »Damit ihr nicht verhungert.« Ehe sie danke sagen konnten, war die Frau schon wieder weg. Im Büro duftete es köstlich nach Pizza. Selbstgebacken. Und nach frischem Kaffee.

***

Sonja fühlte sich schlapp, war müde und angeschlagen. Der Mittagsdienst war anstrengend gewesen.

Sie ging durch die Barkhausenstraße, die jetzt fahrradfrei war, an den Geschäften vorbei, schaute in die Auslagen, las die Speisekarten in den Aushängen der Restaurants, grüßte Bekannte, blieb für einen kurzen Schnack stehen und sofort war das Thema wieder da. Die toten alten Männer und das Erschrecken darüber und die Frage, wer und warum?

Sie bog ab, nahm den Weg zum Wasserturm, sah die Apotheke, zögerte und ging dann entschlossen hinein.

Bis auf Sonja waren keine Kunden anwesend. Und dann brach es aus ihr heraus und sie erzählte der Apothekerin von diesem ekligen Unwohlsein, sagte: »Ich komme wohl in die Wechseljahre.«

Die meinte fein lächelnd: »So ganz glaube ich das nicht. Obwohl es mit vierundvierzig Vorboten gibt. Natürlich. Alles ist möglich.«

Sonja schüttelte den Kopf. »An was denken Sie denn, Frau Rose?«

Zu Hause war sie zu müde, Nathan anzurufen, zu müde, um etwas zu essen, zu müde, um die Packung zu öffnen, die Frau Rose ihr verkauft hatte.

***

»Sag mal«, sinnierte Stadler, »das ist doch eine Abwandlung von Kurt Waltemathes Lieblingslied. Ich fummel heute Abend nach der IP-Adresse. Hab ja sonst nichts vor.«

»Eben. Kurts Lied. Der Paul mochte es auch so gern. Ist das eine Ankündigung? Zu was?« Nathans Augen funkelten aufgeregt. »Mensch. Das ist mir in der Art noch nie untergekommen ...«

»Kann ein abgedrehter Witz sein. Ich esse jetzt den Rest Pizza. Kalt schmeckt Mutters immer gut.« Stadler raschelte, nahm das letzte große Stück in die Hand und biss geräuschvoll ab. »Lecker. Ich könnt noch eine ...«

»Hey, das war mein Stück.« Nathan sprang auf.

Stadler schob sich das letzte Stück in den Mund und versuchte zu grinsen. Als er wieder frei atmen und sprechen konnte, sagte er: »Deine Sonja könnte uns auch mal was reinreichen. Schließlich sorgen wir schweißtreibend für die Seelenruhe der Inselbewohner.«

»Wir müssen dem Hannes Roth klarmachen, dass er noch im Hotel bleibt. Und wenn die Behms den Kopf sehr schnell rekonstruiert, wäre ich ihr jedenfalls außerordentlich verbunden. Und das hier«, Nathan zeigte auf die Bilddatei, »behalten wir noch einige Stunden für uns.«

»Ich fordere jetzt den endgültigen Obduktionsbericht an. Zeig noch mal, was sie schrieb«, sagte Stadler.

Dann lasen beide zum wiederholten Mal:

Der mutmaßliche Todeszeitpunkt liegt zwischen Ende August und Anfang September dieses Jahres. Und sie hakten sich wieder am entscheidenden Satz fest: *Der Tote bekam vor seinem Tod Einstiche in den Penis und starb an einem hypoglykämischen Schock. Die Untersuchung des Gehirns zeigte Veränderungen – der Mann litt an einer leicht ausgeprägten Alzheimer-Erkrankung.‹ Am Unterschenkel hatte er kleine Tätowierung. Ein Krokodil.*

»Goodbye, Johnny …«, begann Stadler zu pfeifen. »Mord, der zweite.«

»In sein bestes Teil?«, grübelte Nathan. »Wer lässt sich denn so etwas gefallen?«, und legte reflexartig seine Hände schützend vors eigene Gemächt. Beim Klingeln des Telefons nahm er genervt ab.

»Hier Storm. Bin am Bahnhof. Gibt's bei Ihnen in zehn Minuten eine gute Ostfriesenmischung?«

Im Büro lief der Staatsanwalt zur Hochform auf, fuchtelte mit dem Zeigefinger in der Luft, bis er ihn senkte und über den Bericht stocherte, den er von Dr. Heimler mitgebracht hatte. »Wenn Sie verstanden haben, was da steht, erwarte ich bis Morgen ein schlüssiges Konzept. Gelle?« Storm stammte aus Thüringen. »Gelle, die Leute werden hysterisch, die Pressestelle hat schon Anfragen von Urlaubern, die Weihnachten auf die Insel wollen. Also hurtig, die Fälle müssen wir abschließen. Könnte die Sache Herrmann eine Verbindung zu diesem neuen haben? Nur mal so als Gedankenstütze, meine Herren, wenn Sie schon nicht von selbst solche Möglichkeiten in Betracht ziehen.«

»Gelle«, sagte Nathan leise.

»Ich will Ihnen auch ganz persönlich mitteilen, dass die Gesichtsrekonstrukteurin Frau Dr. Behms die Arbeit aufgenommen hat.« Er räusperte sich anhaltend. »Über Weihnachten bin ich mit der ganzen Familie in meiner Heimat. Kollegin Porath vertritt mich dann.«

***

Manja Schally kuschelte sich gegen das ergonomisch geformte Kissen am Wannenrand. Ihr üppiger Busen machte sich zwischen den aromatisch duftenden Schaumbergen großartig. »Und diese Pracht darf Ansgar wieder bestaunen, wenn er zurück ist.« Seit seine Ankunft näher rückte, dachte sie manchmal an ihn.

Bis vor Kurzem hatte sie ihre Abende und Nächte mit Martin, dem Investmentbanker, verbracht. Er hatte sich als Langweiler entpuppt. Wenn Martin sich auszog, legte er seine Sachen glatt und faltete Ewigkeiten an ihnen rum. Dann duschte er unendlich lange. Darüber war sie so manches Mal eingeschlafen. In solchen Fällen räumte er ihre Küche auf und putzte sie sogar. Sie wollte einen Liebhaber, keinen Putzmann. So hatte sie es ihm gesagt. »Wie du meinst«, hatte er geantwortet. »Dann mach es mal gut. Ich werde die Wohnung kündigen, Schätzchen. Du wirst sie sicher nicht allein bezahlen können, nicht wahr?«

Und dann war er weg gewesen.

Ihr war nach Leidenschaft. *Ansgar nehme ich als Weihnachtswärmer. Und vielleicht kriege ich die Stelle auf Juist.*

Die blonden gewellten Haare, Erbteil ihrer Großmutter, standen ihr gut. Die alte Frau war nie über den Tod von Manjas Mutter vor fünf Jahren hinweggekommen. Manja vergaß nicht, wie verzweifelt sie beide gewesen waren. Weil die Großmutter den Schmerz nicht ertragen konnte, war sie krank geworden, und Manja hatte sie von Essen nach Esens geholt. In dieser Zeit hatte sie Lea kennengelernt und ihr die Pflege der Großmutter übertragen. Alleine schaffte sie das nicht. Wollte sie auch nicht. Erst recht nicht, als sie feststellte, dass Lea ein ausgeprägtes Helfer-Gen hatte.

Im roséfarbenen Bademantel ging sie mit nackten Füßen über den flauschigen Teppich und holte aus der Küche

Vanillepudding. Der Löffel versank in der köstlichen Süße, und ihr Mund zeigte gelbliche Spuren.

Und dann stand Nathan vor der Tür, hatte zweimal lange auf den Klingelknopf gedrückt. Als sich ihre Blicke trafen, ergänzte er seine knappe Begrüßung mit: »Darf ich reinkommen? Es gibt noch Fragen.« Sie erinnerte ihn an eine deutsche Schauspielerin. Typ kühle Blonde mit besonders erotischer Ausstrahlung.

»Ich hab frei.«

»Wunderbar, endlich jemand, der Zeit hat.«

»Ich bin nicht angezogen.«

»Ich muss mit Ihnen reden. Vielleicht gibt es Ihrerseits noch ungesagte Beobachtungen, die für unsere Ermittlungen wichtig sein können.« Manchmal verschwurbelte er seine Sätze, besonders dann, wenn er verlegen war.

»Vielleicht möchte ich nicht mit Ihnen sprechen.« Sie zupfte an ihrem Bademantel, strich sich das Haar aus dem Gesicht und blickte ihn eisig an.

Er sah ihr in die Augen. »Genug der Albernheiten. Es muss sein.« Und setzte hinterher: »Kann ich jetzt rein oder sollen wir alles im kalten Flur besprechen?«

Sie setzte sich auf ein langgestrecktes blaugrünes Sofa, ein Blau, das abstoßend aussah. Die Stereoanlage schien neu, auf einem weißen, niedrigen Schrank glänzte ein riesiger Flachbildschirm. Hinter der Sofascheußlichkeit hing ein überdimensionierter Druck, in Gold gerahmt. Eine Schiebetür führte zum Balkon und das verschneite Esens leuchtete idyllisch.

Dies war eindeutig die Wohnung von jemandem, dem es finanziell gut ging, der nur keinen guten Geschmack hatte.

Mit einer deutlichen Verschärfung ihrer Blicke schlug

Manja die Beine übereinander. Der roséfarbene weiche Bademantel mit der hellen Satinkante klaffte auseinander.

»Sie fragen nach Beobachtungen? Dann erkundigen Sie sich mal in der Uni-Klinik Hannover, warum die Kollegin Wanders regelmäßig dorthin fährt. Das habe ich beobachtet. Was möchten Sie noch wissen?« Manjas Gesicht war leicht gerötet.

»Haben Sie schon immer als Pflegerin gearbeitet?«

»Nein. Muss ich das?« Sie schien zu überlegen. Und erzählte, dass sie vor Jahren ein kleines Hotel an der Ostsee geerbt hatte. »Vielleicht war ich zu jung. Vielleicht war der Ort zu abgelegen. Jedenfalls musste ich Insolvenz anmelden. Danach ließ ich mich zur krisensicheren Altenpflegerin ausbilden. Aber lange werde ich hier nicht mehr arbeiten. Herr Töwer, was wollen Sie von mir? Den Täter finden? Hier? Bei mir? Dass ich nicht lache.«

Er stutzte. Ihm lagen andere biografische Daten vor. »Wie kommen Sie mit Ihrer Kollegin zurecht?«

»Meinen Sie Lea? Die Heilige? Ja, die Frau liebt ihre Arbeit. Dass sie mir als Freundin nicht liegt, ist eher eine Sache der Chemie zwischen uns.«

»Und die Chemie zwischen Frau Wanders und den Pflegebedürftigen?«

»Die mögen sie. Sie ist so geduldig und lieb. Sozusagen die Mutter Teresa von Langeoog. Immer da, immer fleißig und Überstunden machen ihr auch nicht viel aus.«

Nathan hatte seinen Notizblock hervorgezogen und schrieb. »Haben Sie in der Zeit, als Sie Hannes Roth pflegten, einen Zweitschlüssel zu seiner Wohnung bekommen?«

Manja schlug den Bademantel übereinander, strich ihn glatt, ehe sie antwortete. »Nein.«

»Und Sie haben Herrn Herrmann an jenem Tag nicht durch den Schnee gefahren?« Er wendete mal wieder seine Sprung-Fragetechnik an.

Manja drehte sich ruckartig um, sagte, dass sie dies vorgehabt habe, aber aus einem nichtigen Grund, an den sie sich nicht mehr erinnere, unterließ.

Nathan hatte mit mehr Widerstand gerechnet. »Wissen Sie, wo Ihre Kollegin vor Langeoog gearbeitet hat?«

Manja beugte sich vor und irrlichterte mit ihren Augen. Das Haar fiel überaus attraktiv ins Gesicht. »Mein lieber Herr Kommissar!«, begann sie schnurrend wie eine Katze. »Warum fragen Sie Frau Wanders nicht selbst?«

»Weil ich *Sie* frage.«

»Sind Sie immer so stur?«

»Also?«

»Lea war mal in einem Pflegeheim in Essen beschäftigt. Ihr wurde die Arbeit mit den Demenzkranken aber zu viel. Mit Alzheimerpatienten hat sie ein Problem. Vielleicht bekommt man eins, wenn man zu lange auf solch einer Station ist.«

»Letzte Frage: Haben Sie Familie?«

»Habe ich.« Sie lachte dunkel. »Und leider habe ich keine Kinder. Ja, ein Kind, dass hätte ich gern gehabt. Dann wäre alles anders gelaufen. Aber ich kann keins bekommen. Für frühe Sünden straft Gott ein Leben lang.«

***

In der Küche der Kukident-Lounge empfing Lea der Duft nach Kinderweihnacht und sie konnte es nicht verhindern, dass ihr Tränen in die Augen stiegen.

»Was Süßes für die Seele«, kommentierte Elise, die mit Rosanna Plätzchen backte. Zwei gefüllte Porzellanschüsseln standen auf der Arbeitsplatte. »Und drei Bleche für den nächsten Adventsnachmittag des Strickkreises im Gemeinderaum von unserer Kirche. Alles nach einem alten Rezept meiner Mutter«, verkündete sie. »Selbst im Krieg schaffte sie es irgendwie, an die meisten Zutaten ranzukommen. Gab es keine Nüsse, mussten wir Kinder Bucheckern im Wald suchen.

Und dann fing meine Mutter mit ihren beiden Schwestern an, aus allen Zutaten, die sie mitgebracht hatten, einen Teig zu machen. Eine meiner Tanten hatte immer einen Korb mit Brennholz dabei und die andere schleppte sich mit Fettkohle ab. Beste Kohle im Kohlenpott. Möchten Sie mal probieren?«

»Nusskekse! Mein Gott, wann habe ich die zum letzten Mal gegessen! Übrigens, ich habe eine Mail von Ansgar Heiger bekommen. Ich soll alle grüßen und er will Heiligabend mit Ihnen zusammen feiern.«

»Ich dachte schon, der meldet sich überhaupt nicht mehr. Du, Elise?« Rosanna blickte in deren glänzende Augen und stellte mit einem trockenen »Aha« ihre überaus große Freude fest. »Sonst hat er ja immer der Manja gemailt. Sind Sie jetzt die Begünstigte?«, fragte sie.

»Vielleicht ist Manjas Laptop kaputt. Was weiß ich …«

***

Nathan telefonierte mit Otto. »Nein, ich kann jetzt nicht mal eben rüberkommen. Vadder! Ich muss doch arbeiten! Ich möchte aber alle Kukidentler an Heiligabend zum Essen einladen. Aber das soll bei euch im Haus stattfinden. Hat ja noch etwas Zeit.«

»Warum? Kocht Sonja? Weißt du, eigentlich haben wir ja unsere Seniorenente.«

»Kauft eine zweite und esst sie an den Weihnachtstagen. Sonja kocht nicht für uns, sondern für die Weihnachtsurlauber in der *Kajüte*. Leider … Außerdem hat sie anstrengende Dienstzeiten.«

»Hast dich mit ihr gekracht? Doch wohl nicht. Oder?«

»Alles im supergrünen Bereich. Sprich bitte mit deinen Mitbewohnern, ja? Die freuen sich doch, wenn es was umsonst gibt. Ganz sicher jedenfalls die Frau Brockmüller.«

Otto kicherte. »Die nimmt gern.«

Nathan konnte seinem Vater nicht sagen, dass er die Einladung aus ermittlungstaktischen Gründen ausgesprochen hatte. »Habt ihr endlich eine Nachricht von dem Ansgar Heiger?«

***

Er sagte zu Stadler, der verbissen vor dem Computer hockte: »Bring der Thiede den BH zurück. Ich will wissen, wie sie darauf reagiert.«

»Nö. Dor kann ik mi ne to tähmen[1]. Ist Weiberkram. Übrigens, die Hirnmail stammt aus einem Internetcafé. Nicht von der Insel.«

»Aber …« Nathan sah ihn an und dachte nach. »Wir haben nun mal keine Polizistin.«

»Nö.« Nach einer langen Pause sagte Stadler: »Dann fordere eine an.«

»Geht nicht. Personalmangel gibt's auch in Wittmund und Aurich.«

»Frag deine Sonja. Die kann so was. Oder du gehst.«

»Sonja ist Köchin.«

»Und? Die kann doch ein Gespräch von Frau zu Frau führen. Wenn die sich schon bei der Heimler mit falschen Absichten einschleicht, dann kann sie das auch machen.«

»Jürgen!«

»Doch. Sonja kann Imke prima ausfragen.«

»Wenn das rauskommt!«

»Wenn du und sie den Sabbel halten …«

Natürlich hätte Nathan das Gespräch führen können. Aber er hatte es sich in den Kopf gesetzt, da müsse eine Frau her. Sonja reagierte skeptisch. »Ich weiß nicht. Ich muss mich ausruhen. Ich bin nur noch müde. Und üblich ist so was eher nicht.«

»Keine Angst. Du unterhältst dich ganz fein mit der Imke

1 *Dazu kann ich mich nicht entschließen.*

und überbringst den BH mit schönen Grüßen. Sag ihr, sie müsse verstehen, wir hätten sehr viel zu tun, deshalb hätte ich dich geschickt. Du könntest auch mal die Pflegerinnen so ganz privat beobachten. Wenn ich oder Jürgen auftauchen, ist das immer gleich amtlich und dann knarzen die Leute.«

»Nein. Meine Arbeit ist anstrengend genug. Hörst du mir eigentlich zu? Ich bin so was von kaputt und ausgelaugt. Und die Wanders hat sowieso 'ne Macke. Als ich letztens bei Leiß mit einer Freundin saß, hockte die da vor ihrem Tisch, zog einen Zettelblock raus und notierte, notierte ...«

»Ist doch nichts Ungewöhnliches.«

»Ich konnte in ihre Tasche gucken, da drin stapelten sich Zettel. Später kam die Schally dazu und die Schally hat die Wanders gefragt, fragte und fragte. Und Lea Wanders notierte. Hab ich dir das schon mal erzählt?«

»Hm. Weiß nicht, was ich davon halten soll«, sagte Nathan und nahm Sonja in den Arm, roch ihren köstlichen Duft nach Mai und Apfel, selbst im Winter. Er strich ihr über den Rücken, küsste ihren Hals, sein Mund wanderte, bis er ihre Lippen fand und sie so ausgiebig küsste, dass er im Moment vergaß, was er sonst noch von ihr wollte.

Erst sehr viel später fragte Sonja: »Was soll ich die Imke denn fragen? Ich meine, sie kann doch einfach den BH entgegennehmen und Tschüs sagen?«

»Ach. Mach einfach. Du kannst das.«

Sie hörten Geräusche an der Tür. Blitzschnell zogen die beiden sich an, wie ertappte Schüler, und Nathan konnte gerade noch ein amtliches Gesicht aufsetzen, als es klopfte und er etwas atemlos »Herein« rief.

23.

Hannes war wütend. Er wurde es immer mehr, je öfter an dieses Desaster in seiner Wohnung dachte. Wer hat sich da einen Nachschlüssel machen lassen?

Die Post wurde ihm nachgeschickt, Zeitungen waren abbestellt. Mit einem Makler hatte er gesprochen – nie wieder wollte er in dem Haus wohnen.

Und diesen Zettel habe ich jedenfalls nicht geschrieben!

Nathan hatte ihn gebeten, es noch zwei bis drei Tage am Festland auszuhalten. »Dann können Sie wieder in Ihre Wohnung und Ihre Freunde besuchen. Heiligabend gibt's ein Weihnachtsessen, mein Vater hätte Sie gern dabei, aber Sie fahren ja zu Ihrer Tochter?«

»Was soll ich in dem Haus? Alte Leute angucken? Ich mag nicht zwischen Pflegerinnen sitzen, die mir Häppchen auf den Teller legen und sagen, nun singen wir ein Weihnachtsliedchen, hossa. Warum veranstalten Sie das Spektakel? Aus purer Menschenfreundlichkeit doch sicher nicht.« Seine Augen glitzerten. »Sind Sie schon weitergekommen? Das hat was mit der Leiche zu tun? Los. Nun spucken Sie mal aus.«

***

Fahrräder hatten die Schneedecke zerfahren. Büsche und Sträucher hoben sich schwarz und weiß gegen den blauen Himmel ab.

Ein etwa fünfjähriges Mädchen kreischte: »Will ein Eis.«

»Ist zu kalt dafür«, sagte seine Mutter und zerrte an dem Kind.

Sonja bückte sich, formte einen Schneeball und hielt ihn dem Mädchen hin. »Schenke ich dir.« Es grinste und streckte den Arm aus.

»Von Fremden nimmst du nichts«, sagte die Mutter und guckte böse.

»Ist doch nur Schnee.«

»Nein, Pia-Sophie! Was man hier so alles hört … Na, bald fahren wir wieder nach Hause.«

Sonja warf den Schnee gegen einen Baum und ging zu dem Haus, in dem Imke und Hinnerk Thiede wohnten.

»Siehst du«, hörte sie die Mutter, während das Kind plärrte, »die Frau geht in das Haus mit der Leiche. Wenn du nicht artig bist, nimmt sie dich mit.«

»Reden Sie immer so mit Ihrer Tochter?« Sonja drehte sich um.

»Wurde da nicht« – mit angewidertem Blick zeigte die Frau auf das Haus – »eine Leiche gefunden?«

»Erzählen Sie Ihrer Tochter keinen Unsinn. Besser wäre es, wenn Sie sich erst einmal richtig informieren.«

In der Tür stand Hinnerk. Neben ihm der fette Hund. Er stank.

»Ist Ihre Frau da?«

Während er nachdachte, tauchte im Halbdunkel Imke auf. »Sonja? Sie?«

***

Die Frauen zogen sich in die Küche zurück.

»Ich möchte Ihnen etwas bringen.« Sonja zog den BH aus ihrer Umhängetasche. »Bitte. Mit einem Gruß von Kommissar Töwer. Er hat sehr viel zu tun, deshalb komme ich und er sagte, die Untersuchungen hätten ergeben, dass er Ihnen gehört.«

Dabei gab es keine.

Imke starrte darauf. Dann fing sie unvermittelt an zu weinen, griff nach dem BH und ließ ihn im Mülleimer verschwinden. »Danke«, schluchzte sie. Sie griff in ihre Hosentasche, zog ein Taschentuch heraus, gleichzeitig ein Stück Papier. Sie las, zerknüllte und warf es dem BH hinterher.

»Es ist doch nichts passiert.« Sonja hatte eine Eingebung und ohne weiter zu überlegen, fragte sie: »Hängt wohl mit Ihrem Freund zusammen? Ich kenne so was.«

»Wenn Sie schon alles wissen ...« Geräuschvoll schnaubte Imke in ein Taschentuch und rieb mit der Hand die Tränen weg.

»Möchten Sie darüber reden?« Sonja kam sich mit dem Satz großartig psychologisch vor und reckte sich stolz.

»Er meldet sich nicht mehr und erreichen kann ich ihn auch nicht. Die Sache mit dem BH ...« Sie nestelte verlegen an ihrem Pullover. »Ich hab ihn wahrscheinlich irgendwann im August verloren. Es war so ein schöner, so ein glücklicher Sommer. Aber ich konnte es dem Kommissar nicht erzählen. Verstehen Sie das?«

Sonja nickte.

Hart glitzerte die Wintersonne durch die Scheiben. Im Haus klappte eine Tür. Sonja betrachtete den Fotomännerakt an der Wand. *Ob er das ist?*

»Wir wollten zusammenziehen und alles klären, wenn er von seiner Reise zurück ist.«

»Wo ist er denn hin?«

»Das ist es ja. Immer schickte er eine SMS oder rief auf meinem Handy an. Nichts. Gar nichts. Und als Herr Herrmann gefunden wurde, dachte ich erst ... Schrecklich war diese Stunde.«

»Er muss doch seine Adresse hinterlassen haben?«

Hinter der Küchentür fiepte Merkel. Mit einem Blick aus dem Fenster sah Sonja, dass Hinnerk in den Schuppen neben dem Haus schlurfte.

»Wollte er ja. Und dann – kam nichts mehr. Ständig bin ich um dieses Haus rumgeschlichen, musste aufpassen, damit mich niemand sah. Aber ich hatte immer den Hund dabei und Hundebesitzer müssen nun mal spazieren gehen.«

»Welches Haus?«

»Na, diese komische Lounge. Wo die Alten wohnen. Drinnen war ich noch nie.«

Sonja beobachtete, dass Hinnerk wieder hereinkam. Sie musste zum Ende kommen. Auf der Spüle lag ein Zettel mit Einkaufsnotizen. Hatte Nathan nicht über einen in Hannes' Wohnung gesprochen?

Merkel kratzte an der Tür.

»Warten Sie, ich komme sofort wieder«, sagte Imke.

Sonja flitzte zum offenen Mülleimer, nahm das Papier heraus, und konnte es gerade noch in ihre Tasche stopfen, als die Tür wieder geöffnet wurde.

»Ach, Imke.« Tröstend legte Sonja ihren Arm um die verweinte Frau. »Wenn Nathan sich von unterwegs plötzlich nicht mehr melden würde … Ich kann Sie gut verstehen. Das ist also der Ansgar, auf den Sie warten? Im Sommer sah ich ihn im Dorf.« Sonjas Herz klopfte. Was sie da gerade sagte, kam spontan aus ihr raus. Ohne groß darüber nachzudenken. Sie wusste überhaupt nicht genau, wie der Mann aussah.

Imkes Augen füllten sich erneut mit Tränen. »Ja«, flüsterte sie.

Volltreffer!, dachte Sonja erleichtert. »Er kann ja krank sein. Weihnachten meldet er sich ganz sicher. Und auf einmal kommt er Ihnen vom Hafen entgegen.«

»Meinen Sie?«

»Ganz sicher. Schrecklich, das mit dem Paul. Der kam bei gutem Wetter immer gern in die *Kajüte*. Hab dann, wenn's ging, ein Schwätzchen mit ihm gehalten. Sie haben ihn doch sicher auch noch vor seinem Tod gesehen? Mit seiner Pflegerin?«

»Ja, mal mit dieser hübschen Blonden. Die zwei lachten sich über irgendetwas halbscheckig. Die hat ja immer tolle Klamotten an. Wusste gar nicht, dass man so viel als Altenpflegerin verdienen kann. Ich habe selbst schon überlegt, ob ich nicht auch so etwas mache. Ich bin ja Krankenschwester und arbeite in Aurich. Normalerweise – ich bin ja noch krank geschrieben – übernachte ich die Woche über meist im Schwesternheim.«

***

Zufrieden berichtete Sonja: »Ansgar Heiger hat doch im Sommer mit einigen Damen in den Dünen gevögelt. Klar, dass so einer irgendwann verschwindet. Er hat sich ja keine Urlauberinnen ausgesucht, sondern Frauen, die auf der Insel arbeiten oder wohnen.«

»Mit wem hast du ihn denn gesehen?«

Sonja grinste.

Nathan erschrak. »Wie - mit dir auch?«

»Also wirklich …! Ansgar hat wohl seine letzten Energien verpulvert und ist dann abgehauen. Vor der Imke, vor der einen hübschen Pflegerin oder sogar vor beiden und, nun ja, ich kann schweigen. Vielleicht sind ihm die Toten in die Quere gekommen. Schon mal daran gedacht, die Herren Kommissare?« Sie knallte die Zettel, die sie von Imke mitgenommen hatte, auf den Tisch. »Da habt ihr was zum Vergleichen. Vielleicht ist es ja Imkes Schrift. Nun sitzt da nicht wie erstarrte Chinchillas … Wiedersehen. Ich hab frei.« Die Tür krachte ins Schloss. Scheiben klirrten.

Draußen wurde es Sonja übel.

***

»Da ist noch die Mail vom Heiger an Lea Wanders«, sagte Stadler.

»Augenblick. Gleich. Wir haben doch Imkes Unterschrift auf dem Protokoll.« Nathan verglich Zettel und Unterschrift.

24.

Der Gesichts-Rekonstrukteurin Charlotte Behms klangen noch Storms Schmeicheleinheiten in den Ohren. »Erwecken Sie es zu neuem Leben, soweit das möglich ist«, hatte er unter Einsatz seines ganzen Altherrencharmes gesagt. »Wenn es jemand kann, dann doch Sie. FBI-Ausbildung, ja, die hätte ich auch gern gehabt. Nun, nun, die Leiche soll wieder lachen können. Und wir wissen dann, wer der Tote ist.«

Dass eine Rekonstruktion Wochen dauern könne, hatte er mit präsidialen Bewegungen weggewischt – »Bitte! Wir brauchen das schnellste Ergebnis überhaupt, meine liebe, meine hochverehrte Frau Behms, gelle?« – und ihr einen Weihnachtsstern überreicht, den sie sofort weiterverschenkt hatte.

»Was für eine Schmalzbacke, dieser Mann.«

***

Der Schädel war gesäubert und eine zweidimensionale Zeichnung angelegt. Das maßstabsgetreue Foto des markierten Schädels diente als Vorlage. Anhand der Tabellen, in denen die Haut- und Muskeldicke auf dem Schädel lebender Menschen vermessen worden waren, hatte sie vergleichbare Daten gefunden, die zum Alter und Gewicht des Unbekannten passten.

Während der Rekonstruktion blieb der Kopf mit allen Weichteilmarken sichtbar und sie konnte das Einhalten der Maße ständig überprüfen. Muskeln waren inzwischen neu modelliert und den Schädel hatte sie nun mit einer zweiten Schicht Modelliermasse überzogen. Die Weichteilstärke entsprach der vorgegebenen Haut- und Fettgewebeschicht.

Wieder und wieder verglich sie die sorgfältig erstellten Aufnahmen des Polizeifotografen, die noch vorhandene Reste der Weichteile, die Haare, Ohren und Bartwuchs zeigten.

Stürmchen meint wohl, mittels einer dämlichen Blume könne ich mal eben was auf den Schädel klatschen und fertig ist er. Idiot! Schließlich bin ich eine gefragte Expertin. Da muss die Polizei und vor allem der Herr Staatsanwalt etwas mehr Geduld aufbringen. Die können von Glück sagen, dass ich gerade eine freie Lücke hatte …

Die Glasaugen lagen eingebettet in den Plastilinhöhlen, Hals und der spärliche Haarkranz waren hinzugefügt. Charlotte Behms hatte herausgefunden, dass ihm sein Mörder die Kopfhaare abrasiert hatte. Dieses Bonbon würde sie Storm nachreichen, wenn die Fotos für die Veröffentlichungen gemacht waren.

Das Modell zeigte ihr einen gutaussehenden Mann mit kantigen Gesichtszügen und sah sehr viel anders aus als Hannes Roth. Und – die Leiche lächelte wieder.

Storm kam zwei Stunden später und war tief beeindruckt. Frau Behms sagte ihm, dass sie nie wieder, egal, um welchen Fall es sich handle, in einem derartigen Tempo eine Rekonstruktion machen würde. Sie erklärte ihm nachdrücklich, dass es in diesem Fall nur gegangen war, weil sie ein offenes Zeitfenster zur Verfügung gehabt habe.

Storm rief Nathan an, dass er sofort nach Bensersiel kommen solle. »Am Anleger kriegen Sie den Chip mit den Aufnahmen.«

Im Büro stellte Nathan die Daten bei INPOL-neu ein. In diesem System wurden wichtige überregionale Meldungen über Straftaten und Straftäter gespeichert.

Gerade, als er die Bilder an den Pressesprecher zur Öffentlichkeitsfahndung schicken wollte, hielt er inne und sah sie sich noch einmal an. Ganz genau. Er war viel zu hastig gewesen.

Er rief Stadler.

Und dann entschieden sie sich gegen die Veröffentlichung eines Fotos sowie der Frage: *Wer ist dieser Mann?*

Vorläufig.

25.

Gerhard Munsche hustete in den Hörer. »Ich habe Fingerabdrücke eingescannt, die wir am Tatort Herrmann und Tatort Roth gefunden haben. Sie sind nicht ganz vollständig, aber ich habe hier kreisförmige Rillen von zwei Daumen. Die stimmen überein. Scheint nichts aus der kriminellen Szene zu sein. Das Muster wiederholt sich in Roths Wohnung und am Rollstuhl von Paul Herrmann. Sehen Sie zu, dass Sie vollständige bekommen. Von Ihren Haupttatverdächtigen. Dann kann ich abgleichen. Wiedersehen.«

***

Teambesprechungen wie in Aurich entfielen. Es gab nur das Abgleichen von Meinungen und Fakten zwischen Stadler und ihm. Auf eigenartige Weise vertrieb die Arbeit, die Suche nach dem Warum, seine Beschämung, wegen einer Miniaffäre versetzt worden zu sein.

Eigentlich hatte die Entsendung wie ein bezahlter Urlaub begonnen. Aber jetzt machten ihn die Toten ruhelos. Er hatte lange Zeit keine Mordfälle zu bearbeiten gehabt. Ostfriesland war eine friedliche Gegend.

Der Kurdirektor wollte ihn und seinen Kollegen sprechen. Die nächste Saison kam ganz sicher, außerdem näherten sich die Feiertage. Ein gutes Zwischengeschäft für die Vermieter. Besonders in der idyllischen Schneelandschaft. Die Kurverwaltung konnte keine seltsamen Todesfälle gebrauchen und sehr viel weniger einen Mord. Ganz sicher nicht mehrere. Nathan hatte wenig Lust auf so ein Gespräch. *Soll ich die Leichen vergraben oder wie stellt er sich das vor?* Als er mit Stadler darüber sprach, war dieser begeistert. Irgendwie verehrte er den Kurdirektor wohl. Da halfen keine Argumente. Und an diesem Tag sprachen sie dann nur noch das Nötigste miteinander.

Am späten Mittag kam Nathan zurück. Der Wind hatte zwischen dem Deich und dem Zugang zur Südmole Schnee aufgetürmt. Unzählige Möwen glänzten silberweiß in der Sonne. Wieder überlegte er zu bleiben. Sonja war auch ein guter Grund. Sie lebte seit drei Jahren auf der Insel und es schien ihr gut zu gefallen. Die Arbeit im Restaurant am Hafen, die Insel, das Meer.

Er dachte an die Besuche bei den Pflegerinnen. Der Computer hatte nichts über Lea ausgespuckt. Manja allerdings war vor Jahren auffällig geworden. Es gab da eine Verurteilung wegen Bilanzfälschung. Ihre Hotelgeschichte war geschönt.

Die Bemerkung, Lea fahre regelmäßig in die Uniklinik nach Hannover … Vielleicht hatte sie eine chronische Erkrankung oder besuchte einen Verwandten. Wer anderen was in die Schuhe schiebt, will ablenken. Eifersüchteleien. So was muss ich mir vom Hals halten.

Krachend knallte Stadler den Hörer auf die Gabel. »Die Auricher wollen mehr einbezogen werden. Ich hab gesagt, was wir bis heute wissen.«

Nathan nickte, was »gut gemacht« bedeutete. Außerdem wollte er keinen Streit, sie waren aufeinander angewiesen. Egal, ob mit oder ohne Kurdirektor.

»Mit der Schally haben wir uns ein bisschen verschätzt. Bilanzfälschung … Da wundert's einen schon, dass sie in der Pflege arbeitet. Ist ein so ganz anderer Typ als Frau Wanders.« Draußen sah Nathan Insulanerinnen mit Einkaufstaschen und Kinder, die Schnee auf ihre Schlitten gepackt hatten.

»Wie meinst du das?« Stadler kratzte an einem Pickel.

»Na ja, Manja ist eher der Typ Katze, die Beute sucht.«

Nathan goss sich eine Tasse kalten Tee ein, der übriggeblieben war.

»Meinst du, dass sie deshalb verdächtig ist? Und die rennende Boxerin?« Stadler grinste.

»Die versucht krampfhaft, cool zu bleiben. Und wirkt, als hätte sie den inneren Halt verloren. Scheint mit ihrem Gedächtnis ein Problem zu haben. Oder sie tut so. Aber warum? In ihrer Wohnung – übrigens geschmackvoll eingerichtet – kleben Zettel an den Türen, Regalen, sie sind fast übereinander geschichtet. Ich habe ein paar mitgenommen, auch einen für die offizielle Verwertung. Sie scheint sich alles, wirklich alles aufzuschreiben.« Nathan griff nach seiner dicken Lederjacke. Plötzlich wusste er, was seine Irritation bei Lea ausmachte. Sie erinnerte ihn an eine Liebesnacht mit einer Frau, die ihn anschließend bestohlen hatte. Ihn! Sie war so voller Hingabe gewesen … Angezeigt hatte er den Vorfall damals nicht. Dem Gespött der Kollegen wollte er sich nicht aussetzen.

Miststück, dachte er, und griff nach zwei Versionen der ausgedruckten Rekonstruktionsfotos. »Ist wirklich Wahnsinn, wie man so etwas neu schaffen kann. Die Behms versteht ihr Handwerk. Wie außerordentlich gut, dass hier noch niemand etwas über das Ergebnis weiß.«

»Schwer beeindruckend«, bestätigte Stadler. »Diese Immobiliengeschichte scheint's aber auch in sich zu haben.«

»Mach du da weiter. Ich setz mich aufs Rad und zeige die Aufnahmen den Pflegerinnen. Bis gleich.«

***

Nathan fand Lea im Keller bei den Waschmaschinen. Sie zog gerade nasse Wäsche heraus. Überrascht kam sie aus der Hocke in die Gerade.

»Sagt Ihnen das Foto etwas?«, fragte er und hielt ihr eine Profilaufnahme des Toten vors Gesicht.

Lea schaute darauf.

»Jemand, den Sie kennen? Gucken Sie ruhig länger«, sagte er, weil er merkte, sie wollte es ihm gleich wieder zurückgeben, und machte sein Diktaphon an.

»Wer soll das sein? Mein Gedächtnis für Gesichter ist nicht besonders.« Sie blickte erneut darauf. »Nie gesehen. Muss Ihr Gerät laufen?«

Er griff mit den Fingerspitzen nach dem Bild. »Ich komme später noch mal. Vielleicht ist Ihnen bis dahin doch noch etwas dazu eingefallen. Ich geh erst einmal zu Frau Schally. Ist sie im Haus?«

»Ist oben.« Lea bückte sich wieder und zerrte an der Wäsche.

Er ging die Treppen hoch. Blieb stehen, holte ein Plastiktütchen hervor, pustete es auseinander und ließ die Aufnahme hineingleiten. Wenigstens habe ich einen fetten Fingerabdruck von ihr.

Dick vermummt kam ihm Elise entgegen. Unter der voluminösen Mütze sah sie noch hängebackiger aus.

»Frau Schally ist wo?«, fragte der Kommissar.

»Beim Kurt.«

Er klopfte und sah durch das kleine Fenster der blau lackierten Tür. Im Innern der Wohnung war Bewegung.

»Können wir uns allein unterhalten?«, fragte er, als Manja öffnete.

»Aber nur kurz. Sonst werde ich nicht fertig.«

Kurt saß vor seinem Laptop, hatte ein Video laufen, und Hape Kerkeling sang aus der Oper *Hurz*. Kurt jubelte mit: »Hurrrz, das ganze Leben ist ein Spiel …«

Manja ließ den Kommissar in die kleine viereckige Diele, in der es eng war durch Kurts Jacken an der Garderobe, die aussah, als würde sie gleich unter der Last zusammenbrechen.

»Ich möchte Ihnen etwas zeigen.« Er reichte ihr das zweite Foto, eine Portraitaufnahme.

»Hurz«, ertönte es aus dem Wohnzimmer. »Hurz!«

»Kennen Sie diesen Mann?«

Er sah das Zittern ihrer Hand. Manja hielt den Blick auf das Bild gerichtet. »O ja. Den kenne ich.« Sie schluckte.

***

»Manja hat ihn erkannt. Nicht nur du und ich. Lea sagt, sie kenne ihn nicht. Aber ihr habe ich erst einmal die Profilaufnahme gezeigt. Dafür habe ich ihre Fingerabdrücke mitgebracht. Das Portrait knallst du ihr bitte heute Nachmittag unter die Nase.«

Beide gingen in den Nebenraum, Nathan legte die Fotografie unter eine große, an einem Extratisch befestigte Lupe, bestäubte das Bild mit einem silbrig glänzenden Pulver und trug es mit einem feinen Pinsel auf. Behutsam blies er das Pulver wieder ab, legte einen Klebestreifen darauf, zog ihn ab und legte ihn unter sein Mikroskop, das er aus Aurich mitgebracht hatte.

»Leas Fingerchen! Und nun machen wir dasselbe mit der Portrait-Aufnahme. Wenn ich fertig bin, scann bitte alles ein und schick die Fingerabdrücke rüber nach Aurich. Ich muss dringend was essen. Haben wir was – von deiner Mutter?«

»Nö. Ist schon alle.«

»Ich habe mich noch länger mit Manja unterhalten. Sie soll Lea nach der Mail vom Ansgar fragen und sich einen Ausdruck davon geben lassen.«

»Meinst du, wir können uns auf sie verlassen?«

Nathan nickte. »Ich hoffe es.«

Stadler strich sich über das stoppelige Kinn. »Arbeite du eine Beruhigungsmeldung mit dem Pressesprecher aus. Dann soll ich dir vom Erkennungsdienst ausrichten, die Fingerabdrücke von Imke Thiede seien abgeglichen. INPOL meldet: *Nicht erfasst*. Du sollst zurückrufen. Wegen der Fingerchen.«

»So, nun habe ich einen prima Abgleich«, meldete sich Munsche wieder. Erzählte und Nathan nickte zufrieden, wollte zum Schluss kommen und fragte mehr aus Höflichkeit: »Brauchbares an den Gehirnen gab es ja nicht?«

»Wissen Sie doch.« Munsche räusperte sich unwirsch. »Warum müssen Sie alles zweimal fragen?«

Eine längere Stille trat ein.

»Können Sie was zu den Spuren an den Handtüchern in Roths Wohnung sagen?«

»Keine. Die wurden wohl mit Handschuhen aufgehängt.«

»Was sagt er?«, fragte Stadler.

Nathan winkte ab. Er berichtete, nachdem er aufgelegt hatte. Während Stadler lauschte, dachte Nathan für einen Augenblick, *Jürgen hat irgendwie Ähnlichkeit mit einem Pferd* und grinste.

»Was ist?«, fragte der irritiert.

»Nichts«, sagte Nathan.

»Aber wir sind nun sehr viel weiter«, sagte Stadler. »Mir geht da noch was durch den Kopf. Was hältst du von der Möglichkeit, dass Hannes Roth involviert sein könnte? Kann doch sein, dass er die Tat begann und danach abflog.«

»Hannes? Der? Nie im Leben.«

»Wenn die zwei schwul waren, beziehungsweise sind?« Stadler sah seinen Kollegen bedeutungsvoll an.

»Sag das noch einmal. Du meinst, Hannes und Ansgar?« Nathan suchte das Protokoll mit Hannes' Aussage hervor. »Hier – die Kopie vom Flugticket. 29. August. Und soweit der Todeszeitpunkt unserer Leiche eingegrenzt werden konnte – der war Ende August bis Mitte September.«

»Er könnte durchaus unbemerkt zurückgekommen sein. Und am nächsten Tag wieder ab nach Griechenland. Zu schaffen wäre das.«

»Jürgen! Das ist aber arg viel Krimi. Auf einer kleinen Insel sieht dich immer jemand.«

»Ja, aber so selbstverständlich, dass du es gar nicht wahrnimmst. Und dir nicht den Tag oder die Stunde merkst, wann du wen wo gesehen hast. Außerdem sind Beziehungstaten unter Männern so unüblich nicht.«

»Auch bei alten Männern?«

»Die haben es dann doch viel schwerer als Heteros. Und eifersüchtig kannst du auch mit neunzig sein.« Stadler sah sinnend ins Leere.

»Du hast nicht gesehen, wie Hannes die Sonja angemacht hat. Würde das ein Schwuler tun?«, fragte Nathan.

»Bist du naiv? Schwule sind Frauen gegenüber außerordentlich aufmerksam und charmant. Unser Täterprofil weist doch eher auf einen Serientäter hin.«

»Das könnte auch nur so aussehen. Vielleicht ist das der Trick dabei. Nur ist mir nicht klar, aus welchem Grund getötet wurde.« Nathan strich sich durch das dunkelblonde Haar, dass er zu Sonjas Entzücken ganz kurz hatte schneiden lassen.

»Und wenn es sich um lange zurückliegende Geschichten handelt, die wir nicht kennen?« Stadler blickte Nathan forschend an.

»Racheakt, womöglich von einem älteren Insulaner? Das passt nicht. Dann hätten die beiden ja schon viele Jahre auf der Insel leben müssen. Und dem war nicht so. Aber du bringst mich auf eine Idee: Lass uns umhorchen – wer hier was gegen alte Leute hat.«

»Also, gegen alte Männer?«, setzte Stadler hinterher.

Nathan hatte während der weiteren Arbeit ein ungutes Gefühl. Immer wieder musste er an seinen Vater denken. Sie redeten und redeten – und nachher war der alte Mann tot. Und mitten in diese Gedanken rauschte Storm herein, ganz in Barbour samt Hut gewandet. Fehlten nur noch Schuhe aus gewachster Baumwolle. »Wie weit sind Sie?«

»Weit«, sagte Stadler trocken und war verblüfft.

»Nun geben Sie mal eine vernünftige Antwort, Herr Stadler! Und – unser Herr Töwer, ganz in die Lösung versunken?«

Nathan drehte sich weg.

Stadler sprang ein: »Pressemitteilung läuft, wir halten zurück, wir kreisen ein, wir werden noch mal den Herrn Roth überprüfen. Damit weitere Möglichkeiten definitiv ausgeschlossen werden können. Aber dafür hätten Sie nun wirklich nicht kommen müssen.«

»Der Roth? Warum? Anhaltspunkte? Welche?« Storm hüstelte überrascht und verströmte ein strenges Aftershave. »Fragen Sie auch mal die Pfarrer hier vor Ort. Oder haben Sie? Ja, und – haben Sie mit der angesagten diskreten Nachforschung Angehörige erreicht?«

Nathan dachte an die Vereinbarung von eben – Storm nicht alle Überlegungen sofort mitzuteilen. Wie die über Hannes und Ansgar. Ärgerlich trat er dem Kollegen gegen das Schienbein.

»Bist du verrückt«, schrie der. »Aua.«

»Was machen Sie denn da?« Storm nahm seinen Hut ab. »Ich möchte beide Fälle noch vor meinem Urlaub abgeschlossen sehen. Aber bislang haben wir weder einen Beschuldigten noch ein Ermittlungsverfahren laufen. Ich brauche hurtigst einen hinreichenden Tatverdacht. Deswegen bin ich auch gekommen. Also, meine Herren, wann haben wir einen Beschuldigten? Oder eine Beschuldigte?«

»Bald«, sagte Nathan.

»Wie bald?«

Nathan ließ sich nicht provozieren. »Denken Sie an die Fingerabdrücke und an das, was uns Frau Schally bestätigte. Wir sind kurz davor. Und ich habe noch die Papierchen aus Frau Wanders' Wohnung. Also, die ich mehr privat einsteckte. Ich lese mal eben vor …«

»Wie bitte?«, unterbrach Storm. »Und diese Mitteilungen klebten am Regal? Sie haben die einfach eingesteckt?«

»Man muss sich selbst helfen. Ist doch viel wichtiger zu wissen, was die Frau sich notierte.«

»Ja, der Kollege Töwer hat richtig gegriffen. Sag ich immer, Kleinigkeiten machen den Kuchen rund.«

26.

Manja saß vor dem Laptop und schrieb ihren Klienten die Kündigung zum einunddreißigsten Dezember. Zu gern hätte sie auch Ansgar mitgeteilt, dass sie in einem Juister Hotel die gewünschte Stelle als Hausdame bekommen hatte.

Und dann – nie wieder welke Haut waschen, nie wieder Vergessenes zusammensuchen, alles – nie wieder. Sie seufzte erleichtert.

Bis zum Jahresende wollte sie ihr Leben ordnen. Da war noch etwas … Eine dumme Sache. Denn auffallen wollte sie bei der Polizei auf keinen Fall.

***

Erschrocken wich Elise zurück, als ein tiefes bissiges Knurren aus dem Dunkel des Hausflurs kam. Ihr Herz verkrampfte sich. Wortlos tastete sie sich an der Wand entlang, um den Schalter zu finden.

Die Deckenlampe ging an, sie warf ihr Licht auf Imke Thiede, die sich gegen die Wand drückte, einen Arm hob und mit der anderen ihren Hund festhielt. »Merkel«, flüsterte sie, »ruhig, fein ruhig.«

»Was machen Sie denn hier?«, keuchte Elise. »Im Dunkeln?«

»Ich will nicht stören.«

»Nicht stören? Sie erschrecken eine alte Frau wie mich zu Tode.«

Das Tier lag auf dem Boden und fixierte sie aufmerksam. Imke beugte sich zu ihm hinunter und grub die Hände in Merkels Fell. »Die Tür war angelehnt. Ich wollte zu Ansgar, ich meine, zu Herrn Heiger. Aber er ist immer noch nicht wieder zurück. Das finde ich eigenartig.«

Elise entdeckte die Schlüssel in ihrer Hand. »Die Haustür

ist nie angelehnt. Sagen Sie mal, Sie können einfach so in seine Wohnung?«

»Das ist mein Hausschlüssel.«

Misstrauisch blickte Elise Imke an. »Quatsch. Sie haben doch einen Schlüssel für unser Haus und für Ansgars Wohnung. Woher denn und was wollen Sie von ihm?«

»Ich glaube nicht, dass Sie das etwas angeht. Darf man in diesem komischen Altenheim keinen Besuch machen?« Langsam bekam Imke wieder Farbe im Gesicht. »Hören Sie, die Tür war offen und ich habe bei Ansgar geklingelt. Ich habe keinen Schlüssel.«

Komisches Altenheim? »Was sagt eigentlich Ihr Hasimänneken zu der Affäre mit unserem Herrn Heiger? Hä?« Vor Zorn wurde Elise gemein.

Imke erstarrte.

»Was ist hier los?« Otto polterte die Treppe herunter.

Elise japste. »Die … die schleicht im Dunkeln rum, und sagt, sie will zum Ansgar. Der ist doch gar nicht da.«

»Ich wollte Sie nicht erschrecken.«

»Nicht erschrecken, das wäre ja noch schöner! Ich frage mich, was Sie wirklich wollen!«

Schon leinte Imke den Hund an, setzte eine gekränkte Miene auf und verließ das Haus. Ehe die Tür wieder ins Schloss fiel, rief Elise: »Kommen Sie ja nie wieder hierher!«

»Was war das jetzt?«, fragte Otto erstaunt.

»Was? Ich weiß es nicht. Und ich frage mich: Wenn Imke womöglich die zwei umgebracht hat …? Ich meine, so als Krankenschwester kommt man ja an allerlei Mittelchen ran. Vielleicht ist sie sexgierig, so was irgendwie, Otto, du weißt schon, was ich meine … Guck nicht so. Es gibt doch solche Frauen. Jedenfalls sind wir in Gefahr. Das spür ich genau«, schimpfte Elise.

»So grausig war es nun auch wieder nicht, dass sie da eben im Flur war«, sagte Otto. »Imke ist verliebt und da ist es nicht unmöglich, dass sie nachschaut und nicht dabei gesehen werden möchte. Warum sollte sie Paul und den Fremden getötet haben? Absurd. Hirnrissige Weibsenlogik.«

Elise kam in Hochform. »Werd nicht frech, du! Sie könnte einen Helfer gehabt haben.«

»Und wer soll das sein?«

»Ihr Geliebter?«

»Überleg jetzt, was du von dir gibst. Das wäre ja dann Ansgar«, sagte Otto und fuchtelte empört mit den Armen in der Luft. »Es reicht mir mit deinen verqueren Vermutungen. Halte den Mund und rede draußen nicht irgendwo so'n dumm Tüg. Welche Gründe sollten Imke und Ansgar denn haben?«

Elises Hände verkrumpelten den gestreiften Pullover, den sie schon seit Tagen trug und der ihr so gar nicht stand. Ihr spukten unentwegt die Zeitungsartikel durch den Kopf und all die geflüsterten Meinungen beim Einkaufen und auf der Barkhausenstraße. Hier traf sie die meisten, die sie kannte. Und nun stiegen jedes Mal Furchtgedanken in ihr hoch, wenn sie sich in der Kukident-Lounge befand. Sogar in ihrer Wohnung. Das hatte sie vorher nie gehabt. Sie spürte ihr Herz wieder in krampfhaften Schlägen pochen, bis in den Kopf und Elise war es sehr unwohl dabei.

»Überall höre ich neuerdings Geräusche und denke, jetzt kommt er.« Elise wischte sich dünnen kühlen Schweiß von der Stirn.

»Wer?«

»Der Mörder von Langeoog«, ergänzte Rosanna, die unbemerkt dazugekommen war.

»Na ja«, begann Otto zögernd. »So betrachtet: Mir geht es auch nicht mehr besonders. Wenn ich schlafen gehe, habe ich die Leiche vor meinen Augen. Dann möchte ich am liebsten bei euch anklopfen, damit ich nicht allein bin.«

»Und wenn Imke in der Nacht in Ansgars Wohnung geht?« Elise konnte sich nicht von dieser Vorstellung lösen.

»Du bist hysterisch«, stellte Rosanna fest. »Was soll Imke denn da machen? Wo keiner drin ist, da kann sie auch keinen … Na, du weißt schon. Elise, warum fährst du nicht zu deiner Tochter? Im Winter ist Lugana auch schön.«

»Datt Mareile hat Angst, dass ich wie beim letzten Besuch krank werde und dann ins Krankenhaus muss. Außerdem klage ich nicht wie andere in meinem Alter rum, damit bei jedem Piep die Kinder antanzen. Schließlich haben wir doch uns.«

Sie hingen ihren Gedanken nach. Plötzlich schrak Elise hoch. »Wo steckt der Kurt eigentlich?«

»Als ich vor einer Stunde durch sein Küchenfenster guckte, spazierte er zufrieden ums Haus«, beruhigte Rosanna. »Immer rund ums Haus.«

***

Um dreiundzwanzig Uhr begann Manja mit der letzten Nachtrunde für diesen Tag. Sie versorgte Kurt, der in Jacke und Mütze in seinem Sessel eingeschlafen war. Danach schaute sie bei Otto rein. Er hatte Probleme beim Gehen, auch wenn er das nicht wahrhaben wollte. Dazu quälte ihn ein entzündeter Ballen, so ein richtiger Oschi, wie Manja immer sagte. Außerdem musste sie darauf achten, dass er seine Herzmedikamente regelmäßig einnahm.

Als er nicht öffnete, glaubte sie, dass er den Fernseher laut gestellt hatte, und nahm ihren Schlüssel.

Sie hörte leise Musik. Blieb im Türrahmen zum Wohnzimmer stehen. Auf dem Sofa saßen Elise und Rosanna. Sie schliefen und schnarchten zirpend. Otto hatte die Füße auf einem Hocker vor seinem Sessel hochgelegt und spielte mit Hingabe auf seiner Mundharmonika: *Over de stillen Straaten*.

Es war hinreißend und melancholisch, es machte auch Manja sanft und weich. Ohne ein Wort setzte sie sich dazu.

***

Nathan wollte in der Gartenstraße übernachten. Heute schien ihm das Pensionszimmer zu eng. Er saß auf seiner Bettseite, während Sonja am Einschlafen war. Er vertraute ihr und mochte ihre praktische Lebensauffassung. Ihre satten Rundungen und ihr strahlendes Lächeln.

27.

Angeregt unterhielt sich Lea Wanders mit Elise. Die Frauen verstummten, als Manja in die Küche kam.

»Sie sind heute aber früh«, stellte Elise fest.

»Bin gleich wieder weg. Lea, ich würde jetzt endlich gern einmal Ansgars Mail lesen. Frau Brockmüller, haben Sie sie schon gesehen?«

»Nein. Warum? Reicht doch, wenn Frau Wanders uns das sagt. Ich freu mich richtig auf ihn. Dann ist die Kukident-Lounge wieder komplett.«

Lea nickte und wandte sich an Manja: »Ich bringe den Ausdruck morgen mit.«

»Kannst du mir heute Abend schon rübermailen. Ist doch viel einfacher. Komisch, bisher hat dir Ansgar nie geschrieben.«

Lea zuckte mit den Schultern. »Möglich, dass die Nachricht an dich im Spam-Ordner gammelt.«

»Ich finde es nur ungewöhnlich, weil er sich seit Wochen nicht mehr bei mir gemeldet hat«, sagte Manja. »Aber gut, ich lese sie dann heute Abend, und werde schon mal in seiner Wohnung die Heizung höher drehen. Sollen wir ihm nicht zur Begrüßung einen Blumenstrauß hinstellen?«

»Wo willst du die denn her- oder wegnehmen?«, fragte Lea spöttisch.

»Da musst du dich nicht drum kümmern. Aber wenn ich mir vorstelle, ich käme von einer wochenlangen Reise zurück und niemand würde mich irgendwie willkommen heißen, fände ich das traurig.«

***

Lea tauchte einmal wieder in Bilder ein, die nur ihr gehörten. Bilder, die Kraft gaben, bis zu ihrem Ziel durchzuhalten. Es ging um viel. Um Liebe, um Angst. Allein die Angst nahm ihr so viel vom Leben. Nur mit ihren Wänden konnte sie laut darüber reden, denn wem sollte sie ihre Gedanken erklären? Ihre Wohnung war Höhle, Zuflucht, war wie eine Mutter. Sie hatte vergessen, wie man sich als Kind fühlte, wenn die Mutter einen umarmte und streichelte. Sie konnte sich nur noch an die letzten Tage vor ihrem Tod erinnern.

Nachts veränderte sich Leas Wohnung, wurde nicht gefällig dunkel, war düster und auch den Albträumen musste sie entkommen, die immer mehr wurden, die sie schweißgebadet hochschrecken ließen, Schatten zeigten, die für Sekunden wie Menschen aussahen. Flach, wie Pappfiguren huschten sie an ihrem Bett vorbei, schoben sich übereinander, lösten sich und wurden zu neuen Gestalten mit augenlosen Fratzen.

Diese Nächte erschöpften. Sie liebte ihre Arbeit und die Angst vor Fehlern war groß. Bei Kranken darf man sich keine erlauben.

Lea las ihre Zettel. »Ich habe nichts vergessen!« Sie lachte, und es hörte sich wie ein langgezogener Seufzer an. Sie lachte und weinte und Worte sirrten wie Mücken, egal, wie sehr Lea sich schüttelte, vorbeugte, die Worte zogen spiegelverkehrt in ihr vorbei: Es muss noch jemand sterben.

Sie rannte ins Schlafzimmer. Der Punching Ball grinste. Irgendwann hatte sie dem Boxball ein Gesicht aufgemalt. Er hing an einem federnden Gestell und war mit einem Haken an der Wand befestigt. Sie brauchte ihn zum Faust- und Fußtraining. Zum Abreagieren. Und benutzte ihn, um die Angst totzuschlagen. Wer Angst hat, entscheidet falsch.

Sie hörte erst auf, als der Schweiß Gesicht und Nacken herunterlief.

Duschen. Haare föhnen.

Sie telefonierte und verabredete sich.

Ein Blick zur Uhr. Es war noch Zeit. Lea rief die Mail auf, schickte sie nicht an Manja weiter, sondern druckte sie aus.

***

»Sauerbraten?« Elise schnupperte. »Lecker. Riecht nach früher. Was war meine Mutter glücklich, als mein Vater als Soldat Pferdefleisch in Dosen schickte! Daraus machte sie Sauerbraten. Ehrfürchtig haben wir Kinder den fremden Geschmack gekaut – nach den vielen dünnen Suppen. Jahrelang gab es später jeden zweiten Sonntag Sauerbraten. '47 bekamen wir eine größere Wohnung. Nach dem Ausbomben gab's in Mülheim Ruhr zwei feuchte Zimmerchen mit einem uralten Kanonenofen. Dafür jede Menge Pläuschken mit den Nachbarn auf dem Flur. Man musste sich ja helfen. Da hamwer Kohle gegen Speck getauscht, na ja, solche Geschichten interessieren Sie ganz sicher nicht. Meine Tochter will darüber auch nichts hören. Sie sagt immer, Mama, heute ist eine andere Zeit, dein Früher ist grottenlangweilig.«

Elise wechselte das Thema. »Ich mag überhaupt nicht mehr aussem Haus. Dauernd drehe ich mich um und denke, jetzt packt er mich …«

»Wer?«, fragte Lea und piekste mit einer großen Gabel in das Fleisch.

Verlegen druckste Elise: »Ich fühle mich beobachtet.«

»Haben Sie einen Unbekannten am oder im Haus gesehen?« Lea öffnete eine Packung mit Klößen, halb und halb. »Reichen die oder soll ich noch eine Packung nehmen?«

»Eine reicht – sind ja zwölf drin. Imke mit dem fetten Köter war hier. Ich mein, nur weil se 'nen Klüngel mit dem Ansgar hat, brauch se doch nich mit ihren Kackstelzen in unser Haus rein.« Elise schnappte nach Luft und redete hochdeutsch weiter: »Ich frage mich, wie kam sie überhaupt rein? Die Tür fällt immer ins Schloss. Der Kommissar sagt, da könne man nichts machen, sie habe keinen bedroht und niemandem sei es verboten, unseren Hausflur zu betreten. Muss denn erst was passieren, damit die Polizei reagiert?«

Der würzige, leicht säuerliche Geruch des Bratens zog durch den Raum. Lea schnitt ein Stück zum Probieren ab und hielt es Elise hin.

»Butterzart!«

Lea erzählte, dass Manja sich seit gestern um Ansgars Wohnung kümmere, damit er nicht in eiskalte Räume käme. Sie erzählte, dass sie in den Jahren, in denen sie noch verheiratet gewesen war, auch Sauerbraten gemacht hätte.

Elise kaute. »Ich dachte immer, dass Sie nie verheiratet waren.«

Lea erklärte, dass das wohl falsch verstanden worden wäre.

Elise dachte sich: Ich möchte den Braten darauf wetten, dass sie das aber so gesagt hat.

***

Eigentlich wollte Elise genau so wie gestern mit den anderen sprechen und mit ihnen zusammen sein. Wie die Kinder hatten sie sich auf Ottos Sofa gesetzt, sich beschützt, und der Mundharmonika gelauscht.

***

Vor Elise lagen alte Ansichtskarten und ein historischer Ortsplan. Der Pastor von der Inselkirche an der Hauptstraße hatte ihr die Unterlagen geliehen. Über die berühmte Sängerin Lale Andersen, die auf dem Dünenfriedhof beigesetzt war, hatte sie im ersten Jahr nach ihrem Umzug alles gelesen, was sie bekommen konnte.

Ihr Finger glitt über den Dorfplan, sie las »Hitlerstraße« und am Flinthörnweg war Ende mit der Bebauung gewesen. Dann kamen nur noch die Dünen. Auszüge aus einem Langeoog-Prospekt von 1938. Fotos vom Wettkrabbeln bezopfter Mädchen und dem Sackhüpfen der Damen. Eine

Aufnahme von der Pferdebahn. Elise beugte sich darüber und las: *Pferdebahn Esens-Langeoog*. Oder die vergilbte Karte mit der Unterschrift: *Partie am Kurhaus*. Jetzt eine Aufnahme des alten Inselbahnhofs. »Wie düster«, kommentierte sie und lächelte. »Da hat sich aber eine Menge geändert.« Sie stapelte die Unterlagen vorsichtig aufeinander, damit nichts davon verknickte. Morgen würde sie mit Rosanna weiter in den historischen Dokumenten blättern.

Elise wurde von einer Welle der Großzügigkeit überschwemmt. »Morgen kaufe ich für meine Freunde in der Buchhandlung Bildbände über die Inselvergangenheit. Dann habe ich für alle was zu Weihnachten.«

Der dunkelblaue Abend war draußen, Elise saß im Hellen, im Warmen, betrachtete nun stolz ihre neuen Schuhe, moccabraun, sechs Zentimeter hoher Absatz. Bei dem Kauf, den sie in Esens getätigt hatte, hatte sie Ansgar vor Augen gehabt. Seit mittags versuchte sie, die teuren Dinger einzulaufen. Gut, dass sie niemand dabei gesehen hatte. Das war Elise nicht mehr gewohnt. Absätze. Auf fatale Art schienen die Muskeln in den Waden kürzer geworden zu sein. Ihre Füße glühten. »Mein Gott, nun hab ich mir das so abgeknapst. Muss ich an Weihnachten in Gesundheitsschuhen latschen?«

Gähnend räumte sie auf, tägliches Ritual vor dem Schlafengehen. Ihre Tochter hatte eine Nachricht auf dem Anrufbeantworter hinterlassen. Ob sie es ertragen könne, im Frühjahr für ein paar Wochen zu ihnen nach Italien zu kommen. Sie dachte: *Frühjahr, warum nicht. Wäre doch schön.*

Ob ich sie noch anrufe?, überlegte sie und spülte einen Teller ab. Elise fand es beruhigend, dass Manja oder Lea bei der täglichen Gutenachtrunde auch bei ihr klopften und sich erkundigten, ob alles in Ordnung sei. Die Wohnungstür hatte sie abgeschlossen und den Schlüssel steckenlassen.

Sie hörte ein Geräusch. Elise drehte sich um. Lauschte, um das Quietschen zu orten, ging in den Flur, schloss die Verbindungstür zum Wohnzimmer und zog ihre Schuhe aus. Bückte sich, um von der Fußmatte ein Papiertaschentuch aufzuheben. Da war es wieder. Wie von Fäden gezogen, hob Elise den Kopf und guckte zur Tür. Die Türklinke bewegte sich. Und quietschte.

Elise atmete hastig, hielt die Hand vor den Mund.

Wieder wurde von außen die Klinke heruntergedrückt. Elise legte den Kopf gegen das Türholz und horchte. Ihr Herzschlag pulsierte bis in die Ohren und in die Fingerspitzen. Hinter den Rippen stach und brannte es. Fünf Zentimeter von ihr entfernt war jemand.

Sie wagte nicht, sich zu bewegen. Tür aufschließen und aufreißen und schreien kam ihr nicht in den Sinn. Übers Handy Rosanna oder eine Pflegerin anrufen.

Es war so weit und ihre Albträume wurden Realität. Ein Fremder war im Haus. Vor ihrer Tür. Denn die Hausbewohner oder die Pflegerinnen würden klingeln oder klopfen.

Schreckerstarrt machte sich ein heftiger, ihr unbekannter Schmerz in der Brust und im Bauch breit, sie versuchte, durchzuatmen, fand, dass es im Flur dunkler und die Luft weniger wurde. Schatten breiteten sich aus, zogen über die Wände und Furcht kroch durch die Ritzen und umarmte sie.

Als Elise endlich »Hallo, wer ist da?« rufen wollte, kam nur Wortsalat über ihre Lippen. Ein heftiger Schwindel erfasste sie, das Herz setzte für ein Moment aus. Sie sackte zusammen und stürzte gegen die Tür.

***

Rosanna hörte einen dumpfen Schlag. Sie war auf dem Weg zu Elise, um ihr zwei Bücher zurückzubringen. Auf ihr Klingeln und Klopfen bekam sie keine Antwort. Aber das eigenartige Geräusch kam aus Elises Wohnung. Sie rannte, suchte Lea und fand sie in der Küche.

***

Sie sahen dem Rettungshubschrauber hinterher.

»Elise hat doch nichts am Herzen?«, fragte Rosanna. Ihr weißes Haar leuchtete im Widerschein der Straßenlaterne.

»Stirbt sie?«, fragte Kurt und atmete schwer.

»Geh rein, rennst ja im Schlafanzug rum!«, sagte Otto. Sein Gesicht war von der Kälte und der Aufregung gerötet. Breit und kräftig lehnte er an der Hauswand. »Seit diesen Scheiß-Gehirnen verfolgt uns das Unglück.«

Kurt streifte ihn mit einem Blick, dann wurde sein Gesichtsausdruck weinerlich.

Otto zog seine fellgefütterte Jacke aus und legte sie Kurt um die Schultern. Ein einsamer Vogel hüpfte im Schnee, kaum drei Meter von ihnen entfernt.

»Ich hoffe, Elise hat noch eine Chance«, sagte Otto und dachte an die letzten aufregenden Minuten.

»Verdacht auf Herzinfarkt«, hatte der Notarzt gesagt.

28.

»Hättest du gern ein Kind?«, fragte Sonja.

»Wie kommst du jetzt da drauf?«, fragte Nathan. »Das kann ich heute nicht mehr so beantworten. Mein Leben ist ohne Kinder weitergegangen.«

Sonja zog ihre Kramschublade auf.

»Du wieder mit deinen Fotos.«

Sie hielt ihm eine Schwarzweiß-Aufnahme hin.

»Eine altes Ultraschallbild von deiner Tochter? Wühl lieber nicht in altem Schmerz.«

Sie drehte das Foto um. »Sieh doch bitte einmal aufs Datum.«

Er las, dass die Aufnahme erst gestern in einer gynäkologischen Praxis gemacht worden war.

Täppisch schaute er ins Leere. Was wurde das jetzt? Nathan wollte etwas sagen, aber schon erreichten ihn Sonjas Worte wie eine Sturmböe.

»Guck doch mal richtig hin! Die allererste Aufnahme von unserem Kind. Vielleicht wird es ein Junge.« Sie sah ihn erwartungsvoll an. Und da er immer noch nichts sagte, begann sie nach einem gespannten Schweigen: »Hör mal, ich bin nicht die einzige Schwangere über vierzig. Das ist heute mehr als üblich. Machst du dir deswegen Gedanken?«

Nathan hielt die Aufnahme in den Händen und blickte Sonja an.

»Obwohl ich mir mit zwanzig nicht vorstellen konnte, dass ein Leben jenseits der Vierzig möglich ist. Und bestimmt nicht, dass Frauen in dem Alter Babys bekommen. Wenn du aber jetzt denkst, ich solle abtreiben – nun, das werde ich nicht tun.«

Er fragte sich, ob er etwas in seinem Leben verpasst hatte. Wusste, dass er einen Fehler machte, wenn er nicht jetzt und sofort Sonja in den Arm nahm und ihr sagte, wie sehr er sich freue. »Wir leben in einer schrecklichen Welt ...«, brachte er nur hervor. Das klang schief. Und falsch. Ihm fiel Renate ein, seine geschiedene Frau, und die Erinnerung schrumpfte zusammen und blieb bei einer glücklich gewesenen Zeit stehen.

Nichts konnte je wieder so sein wie damals, als er jung gewesen war und seine Frau ihm zum ersten Mal sagte: »Wir bekommen ein Kind.« Und dann verlor sie es.

Jetzt wiederholte Sonja diese Worte. »Wir bekommen ein Kind.«

Wenn ich siebzig bin, kann ich dieses Kind dann noch unterstützen? Wie ist es, wenn ich krank werde? Dann muss Sonja alleine entscheiden. Kann ich ihr das zumuten? Ich muss mich erst gründlich untersuchen lassen. Ich muss, ich sollte ...

Ich bin fünfundfünfzig und würde dieses Kind mit einundsechzig zum ersten Mal zur Schule bringen. Wie schnell wird es mich erwischen, dieses verdammte Alter?

Eine andere Stimme flüsterte ihm zu: *Reg dich nicht auf übers Älterwerden. Ist gar nicht schlimm, es ist das, was du daraus machst. Willst du für ewig jung sein - wie schrecklich!*

Die erste Stimme keifte dagegen: *Quatsch. Du näherst dich einem unguten Alter. Bist du erst pensioniert, liest du nur noch Todesanzeigen und begreifst, dass deine Jahrgänge Tag für Tag wegsterben. Und dann ein Kind?*

Depressives Gelaber, hielt die zweite dagegen. *Du bist gesund, jammere nicht daher.*

Zwiespältige Gefühle tobten. Als er endlich das Ultraschallbild beiseitelegte und aufblickte, bemerkte er, dass die Schwangerschaft Sonja unglaublich verschönte. *Warum habe ich das nicht eher gesehen?* Sie schien von innen zu leuchten, und in diesem Augenblick liebte er sie derart, dass ihm die Luft weg blieb.

»Ich muss dir noch etwas sagen.«

»Zwillinge?« Vor Schreck ließ er seinen Mund offen stehen, was ihm ein leicht debiles Aussehen gab.

»Nein. Das siehst du doch auf dem Ultraschallbild! Und wenn schon«, sagte sie trotzig.

Verlegen griff er erneut nach dem Bild und fand, dass er jedenfalls nichts erkennen konnte. Er fand, das sah so nach »Frauensachen« aus, wie er alles, was ihm bei Frauen nicht klar war, umschrieb. Dieses geflüsterte »So eine Unterleibssache« hallte ihm wieder in den Ohren. Seine Mutter und seine Tanten hatten ständig so geflüsterte »Unterleibsgeschichten« gehabt. Er war dann rausgeschickt worden und hatte bis heute eine intensive Abneigung gegen Derartiges.

»Hallo? Hörst du mir eigentlich zu?«, fragte Sonja. »Ich will dir sagen, dass ich nach Berlin gehe.«

»Wie?« Nathan kam sich wie ein Halbwüchsiger vor. Zeigte nur dämliche Reaktionen und konnte sie nicht verhindern.

»Ich habe mich in einem Restaurant in der Friedrichstraße beworben und den Job für ein Jahr – lach nicht – als Schwangerschaftsvertretung bekommen.«

»Das geht doch nicht. Hast du schon unterschrieben?«

Sie nickte. »Zu dem Zeitpunkt war mir doch gar nicht klar, dass ich … Ich muss überlegen, was ich nun mache. Wahrscheinlich kann ich nun doch nicht annehmen. Und das finde ich sehr schade, ich habe mich so gefreut. Einmal was dazulernen und endlich Großstadtluft … Weißt du, ich habe mir so gedacht, ja, auch mit einem Kind, dass ich irgendwann oder bald, je nach dem, entweder in Esens oder auf Langeoog ein kleines, feines Restaurant aufmache. Weißt du, so mit ganz einfacher Küche. Ohne Geschnickse und irgendwelche Gemüse und Fische zu sonst was traktieren. Nun bin ich selbst schwanger. Die fühlen sich ja veräppelt, wenn ich den Grund nenne.«

»Warum hast du mir nichts erzählt? Weder über ein Baby noch über deine Pläne … Hast du kein Vertrauen? Das alles ist mir für den Augenblick zu viel – ich muss raus, an die Luft.«

»Was mache ich denn jetzt bloß?«, fragte Sonja.

»Ich liebe dich«, entgegnete er leise und verließ hastig Sonjas Wohnung.

***

Otto wollte sich einen Platz beim Weihnachtskonzert des Shantychors sichern, die Flinthörners wollten am vierten Advent im Haus der Insel auftreten. Während des Telefonats vergaß er seinen Nachnamen. Irritiert sagte er einfach »für Otto« in den Hörer und legte beschämt auf.

Das Ereignis weckte Bilder seiner Erinnerungen, er sah sich als jungen Mann, und Sommerwind wehte die Röcke der Mädchen hoch. Schon wurden die Bilder durch ein Klingeln an seiner Tür unterbrochen.

»Blutdruck, Tabletten, Beingymnastik, das kleine Programm«, sagte Manja fröhlich.

»Lassen Sie mich in Ruhe.«

»Herr Töwer, Sie müssen aber …«

»Ich muss gar nichts.« Otto wandte sich ab. »Außerdem kann ich meine Tabletten selbst einnehmen. Bis Heiligabend möchte ich keine mehr von euch sehen.« Schwer stützte er sich an seinem Sessel ab.

»Sollen wir das bei einer Tasse Tee klären?«

»Ich warte auf meinen Sohn.«

»Sind Sie wegen Elise traurig? Es geht ihr wieder besser. Es war kein schwerer Infarkt. In wenigen Tagen wird sie schon wieder entlassen.«

Er setzte sich. Alles wurde so mühsam in den letzten Tagen.

Manja begann, die Vorhänge aufzuziehen. Von draußen drückte der Wind Kälte durch die Ritzen.

»Wer wird der nächste Tote sein?«, fragte Otto. »Da steckt doch ein Muster dahinter …«

»Ich kann mir beim besten Willen nicht vorstellen, dass noch einmal so etwas passiert«, sagte Manja. »Muster? Wo haben Sie das denn gelesen? Totaler Unsinn. Basteln Sie sich jetzt keine abstrusen Ideen zusammen. Was ich noch sagen wollte, Kurt war's, der an Elises Tür gerappelt hat. Er dachte, es sei seine. Das war mal wieder einer jener Abende, in denen Gedanken mit ihm Katz und Maus spielen …«

Otto rieb sich die Augen. »Heute stand er im Treppenhaus und sang mit unnatürlich hoher Stimme *Goodbye Johnny*. Und dann weinte er.«

»Elises Zusammenbruch ängstigt ihn zutiefst.«

»Gott im Himmel, uns auch. Kurt schleicht ja so manches Mal rum und findet das lustig, wenn man erschrickt.«

Mit den Worten: »Ehe ich gehe, messe ich noch eben Ihren Blutdruck«, überging sie Ottos Kritik.

»Ich will nicht.«

»Wie Sie meinen.« Sie setzte ein strahlendes Lächeln auf, drehte sich um und ging. Ihr Hintern wippte unter den engen dunkelblauen Marc-O'Polo-Jeans. An der Tür drehte sie sich um und ließ ihren für sie typisch schläfrigen Blick auf ihm ruhen. Otto starrte wie hypnotisiert. Als sie sah, dass er reagierte, warf sie ganz leicht den Kopf zurück und sagte: »Ich komme dann heute Abend noch mal rein.« Das klang verheißungsvoll, aber brachte Otto gleichzeitig auf den Boden der Realität zurück. Er begriff, dass sie damit nur meinte, dass sie dann seinen Blutdruck messen wolle. »Trotzdem«, murmelte er und sah auch, dass ihr blondes welliges Haar wie seidiges Fell glänzte.

Für einen Moment ließ ihn Manja vergessen, was ihm Sorgen bereitete, hielt einen winzigen Hauch jenes Lächelns fest, als Manja schon längst gegangen war. Denn Sorgen bereitete ihm der Gedanke, in nicht allzu ferner Zeit krank zu werden, und vielleicht nicht mehr urteilsfähig zu sein. Immer hatte er gesagt, dass er dann sterben wolle. Würde Nathan ihm helfen? Ein Arzt?

Und dazu diese nicht greifbare Angst vor einem Mörder, der vielleicht auch ihn umbringen würde. Das machte ihn fertig. Traurig und hilflos.

Ich muss nach draußen! Entschlossen zog Otto sich warm an und spazierte zum Anleger, betrat die *Kajüte* am Hafen, roch Grünkohl, bestellte und sank erschöpft in einen leichten Halbschlaf. Eine lange vergessene Zeit tauchte auf. Vier Sommer in Frankreich, drei Mädchen und zwei Jungen schwimmen nackt im Atlantik, schöne, gesunde Körper und es gab keinen einzigen Gedanken daran, dass Jugend und Glück nur einen Moment lang währten.

Ihn nannten sie »Teté«, »Otto« klang so deutsch und schwerfällig, »Otto« assoziierte dreiteilige hochgeschlossene Anzüge und einen gezwirbelten Schnurrbart, aber als »Teté« trug er lange Haare und blassblaue und erdbeerrosafarbene Hemden – so lange, bis der plötzliche Tod seines Vaters ihn nach Deutschland zurückholte und in ein geordnetes Leben zwang. Nie wieder hatte eine Frau oder ein Mann ihn »Teté« genannt.

»Herr Töwer? Ihr Grünkohl!« Er blinzelte und sah Sonja vor sich.

***

Stadler kam aus der Post. Auf der anderen Seite sah er Kurt und Lea. Sie schienen Spaß zu haben, er hörte die zwei laut lachen. Lea legte den Arm um den alten Mann und Stadler beobachtete Kurts seligen Gesichtsausdruck.

Moderne Altenpflege?, fragte sich Stadler, ging zur Kaapdüne, er hatte Hinnerk Thiede zu einem erneuten Zeugengespräch bestellt.

***

Am Strand stapelten sich kleine Eisschollen und das Meer war teilweise gefroren. Nathan sah das malerische Panorama und auch wieder nicht. *Sonja. Ist schwanger. Ich werde Vater.*

Er stapfte zurück zum Warmbad-Weg. Barkhausenstraße. Hörte Weihnachtslieder und stand schon mitten zwischen den zahlreichen Buden und Ständen des Weihnachtsmarktes. Den hatte er ganz vergessen. Es roch nach Bratwurst, es duftete nach Lebkuchen, Zimtsternen und Glühwein. Ein Geiger spielte ganz in sich selbst versunken und ein Mädchen mit Gitarre zupfte mit verfrorenen Fingern.

Eltern mit Kinderwagen. Kinderwagen, plötzlich waren sie allüberall.

»Mach mal Platz, Opa.« Jugendliche drängten sich an ihm vorbei und lachten.

Fast wäre ihm »Ich werde Vater« rausgerutscht. Er hatte vor, Sonja in der Silvesternacht einen Heiratsantrag zu machen. Romantisch, mit Sekt und Rosen, wunderbar kitschig wollte er es ihr antragen, damit sein Ernst darin untergehen konnte. Er glaubte an ihre beständige Zuneigung. Er glaubte, dass er dies nach acht Monaten Zusammensein beurteilen konnte. Er dachte an fröhliche Stunden, roch ihren Duft, sah ihr feines Profil.

Glühweinselige Lacher. »Ihr Kinderlein kommet, o kommet doch all«, sang eine Gruppe schrecklich ernster Mädchen. *All? Eins reicht*. Jetzt musste er lachen.

Er kaufte in den wenigen Minuten, die er für die Entscheidung benötigte, am Spielzeugstand eine Stoffpuppe mit gelben Zöpfen aus Wolle.

***

»Warum wollen Sie mich sprechen?«, fragte Hinnerk Thiede. Er saß in einem kleinen Raum im Haus der Polizeistation, einem Zimmerchen, dass Stadler und Nathan zwischendurch zum Vernehmungszimmer auserkoren.

»Bitte, setzen Sie sich.« Stadler wies auf den neuen Holzstuhl, der fürchterlich unbequem war. »Noch mal zurück zu dem Morgen, als Sie Paul Herrmann fanden. Wie früh stehen Sie eigentlich auf?«

»Um sechs. Manchmal eher. Muss ja immer um sieben Uhr zehn die Fähre kriegen.«

»Und warum waren Sie an dem Morgen so spät dran? Da war die Fähre doch längst weg. Sie und auch Ihre Frau sagten aus, Augenblick ...« Stadler griff nach einem Umlaufordner, klappte ihn auf und zog ein Protokoll hervor. »Gegen halb acht, sagte Ihre Frau. Und Sie haben diese Zeit auch bestätigt.« Stadler griff nach seinem Diktiergerät und stellte es an.

»Nun. Kann schon mal passieren, dass ich verschlafe.«

»Warum haben Sie das nicht gleich gesagt? Haben Sie eigentlich etwas gegen ältere Leute?«

Verblüfft guckte Hinnerk ihn an. »Warum sollte ich?«

Wieder raschelte Stadler in den Papieren. »Sie sollen gesagt haben: ›Die Alten gehören entsorgt. Wir haben schon zu viele auf unserer Insel. Stolpern nur deppert herum.‹« Stadler hob den Kopf und blickte Hinnerk an. »Haben Sie das gesagt?«

»Nein.«

»Das wurde aber von anderen so gehört.«

»Manchmal sagt man was dahin, was man nicht so meint. Ich meine, da laufen so viele Alte neuerdings rum und wissen nicht, wo sie sich befinden ...«

»Also haben Sie es gesagt. Sinngemäß«, räumte Stadler ein und dachte bei sich, *der kann an jenem Morgen sehr früh aufgestanden sein*. »Sie führen manchmal Reparaturen aus?« Hinnerk war Elektriker und als handwerklich begabt und preiswert bekannt.

***

»Glaubst du, er ist unser Täter?«, fragte Stadler. Dann wären wir ja wieder ganz am Anfang.«

»Glauben geht nicht. Wir brauchen Beweise. Und das passt nicht mit dem Hinnerk. Passt ganz und gar nicht. Ich denke, da will jemand auf sich aufmerksam machen. Die Gehirne waren der Anfang und die scheinen eine perverse Form einer Botschaft zu sein. Er oder sie legt es zwar nicht als durchgängiges Markenzeichen an …«

»Vielleicht doch? Und ein Gehirn verrottet in der Zwischenzeit bei Leiche Nummer zwei?«, warf Stadler ein.

»Die Fotos verweisen auf alte Männer, das ist praktisch eine Verdoppelung der Botschaft.«

»Da will jemand ganz sichergehen, damit wir es auch ja kapieren. Meinst du so?«

Nathan nickte. »Ja. So ungefähr. Wenn wir das Motiv haben, haben wir den Täter.«

»Meinst du, auch Hinnerk hätte eins?«, fragte Stadler.

»Eher nicht.«

»Imke?« Stadler blickte seinen Kollegen skeptisch an.

»Da bin ich mir nicht so sicher. Wir müssen sie beobachten. Deshalb sollten diese Überlegungen noch unter uns bleiben. Und der Hannes in Bensersiel. Der würde alles durcheinanderbringen.«

»Ich staune ja, dass ihn noch keiner dort gesehen hat.«

»Ach. Bei dem Wetter. Da läuft der auch nicht durch die Einkaufstraße.«

»Also – bis Heiligabend – keinen Hinweis an die Presse und dass der letzte Tote Ansgar Heiger ist. Übrigens, mit dem Kollegen Knaul habe ich gesprochen. Diesen Zufall muss man einfach nutzen.«

»Macht er mit?«, fragte Stadler.

Nathan nickte. »Stürmchen ist über unsere weiteren Schritte informiert.«

29.

Kurts Stimme riss ihn aus seiner Schläfrigkeit. Otto stand auf und öffnete.

»Ich fürchte mich«, sagte Kurt.

»Komm rein.« Otto reichte ihm eine Zigarre. Sie pafften, bliesen den Rauch vor sich hin, der sich träge im Zimmer verteilte.

»Warum hast du Elise so erschreckt?«

Verstört schaute Kurt auf. »Wollte ich nicht, ganz bestimmt wollte ich das nicht.«

»Wenn sie stirbt …« Den Rest verschluckte Otto.

Schwer erhob Kurt sich, durchwanderte das Wohnzimmer und sah überall hin.

»Suchst du etwas?«, fragte Otto.

»Gin? Du hast doch nichts dagegen?«

»Nur zu, steht alles in der Küche. Tonic ist im Kühlschrank, Eis im Gefrierfach.«

Sie rauchten und tranken, sie saßen stumm in ihren Sesseln. Bis Kurt sagte: »Irgendwo da draußen, da treibt er sich rum.«

***

Sonja überrollte die morgendliche Übelkeit. Sie erreichte gerade zur rechten Zeit das Bad und kotzte alle Widersprüchlichkeiten aus.

Sie legte sich wieder ins Bett. Neben ihr schnarchte leise Nathan. Fast überhörte sie das schnarrende Klopfen seines Handys. Sie wusste, um diese Uhrzeit, es war sieben, konnte der Anruf nur ein wichtiger sein.

»Herr Töwer?« Eine angenehm melodische Stimme sprach.

»Nein.« Sonja wurde es schon wieder schlecht.

»Das ist doch die Nummer des Kommissars?«

»Ja. Aber die private. Augenblick bitte. – Nathan, Telefon.«

Aus tiefen Träumen quälte er sich hoch und nahm Sonja das Handy aus der Hand. »Ja, wer spricht?« Er nickte. »Aber doch nicht zu dieser frühen Stunde«, grummelte er. »Um halb neun im Büro.« Er legte sich für fünf Minuten lang, und starrte an die Decke. Sonja war im Bad und er hörte sie würgen.

***

Sie kam erst um neun Uhr.

»Deswegen telefonieren Sie mich so wahnsinnig früh aus dem Bett, dass Sie hier dann zu spät erscheinen?« Er war wütend. Er hasste Unpünktlichkeit.

Manja schälte sich aufreizend langsam aus ihrer schwarzen Wolljacke, hängte sie sorgfältig über die Stuhllehne, und begann mit Kleinmädchenstimme: »Ich muss etwas beichten. Die Sache mit dem Schlüssel. Während der Kurzzeitpflege im Frühsommer bei Herrn Roth gab er mir einen Zweitschlüssel. Nur vergaß er das, zu dem Zeitpunkt hatte er andere Sorgen, ihm ging's nicht besonders. Und ich habe den Schlüssel wahrscheinlich in Kurts Wohnung liegengelassen. Dort hatte ich mal alle Schlüssel sortiert, weil einige Namensschilder immer wieder rausrutschten. Ich muss ihn liegengelassen haben, anders kann ich es mir nicht erklären. Als Sie danach fragten, erinnerte ich mich wieder – ich hatte die Sache total vergessen. Wirklich.«

Nach diesem Geständnis normalisierte sich ihre Stimme wieder. »Jedenfalls habe ich ihn nicht. Aber er könnte ja von den Hausbewohnern …«

»Das genügt«, unterbrach sie Nathan. »Warum haben Sie das nicht gleich erzählt? Auf diese Weise bekommt die Sache eine ganz andere Dimension.«

Sie sagte nichts.

Schnell tippte er das Protokoll in den Computer, druckte es aus und ließ es von Manja unterschreiben. »Möchten Sie mir indirekt sagen, dass möglicherweise eine bestimmte Person den Schlüssel an sich genommen hat?«

»Habe ich das gesagt?«

»Keine Spitzfindigkeiten, Frau Schally. Hat der Schlüssel eine bestimmte Markierung?«

»Einen dieser kleinen Anhänger, wo man ein Papier reinschieben kann. *J. Roth/Erdgeschoss* steht darauf.«

»Handschriftlich?«

»Computerausdruck.«

Er schob ihr einen Spiralblock hin. »Schreiben Sie: Bitte die Blumen regelmäßig gießen.«

»Wollen Sie verreisen?« Manja hatte einen ironischen Zug um den Mund.

»Einfach nur machen.«

Sie schrieb.

Nathan schaute sich den Satz an. »Wir müssen verschiedene Handschriften abgleichen. Machen Sie sich keine Sorgen.«

»Müsste ich das denn?«, fragte Manja. »Ich habe Ihnen auch den Ausdruck mitgebracht.« Sie überreichte Nathan jene Mail, die Ansgar Heiger ihrer Kollegin Lea geschickt haben sollte.

Das beschriebene Papier steckte er ein.

***

Der Anrufbeantworter sprang nicht an. Sie versuchte es über das Handy. Imke wünschte nichts anderes, als endlich wieder Ansgars Stimme zu hören. Sie legte so viel Verlangen und Sehnsucht in ihre Worte.

Enttäuscht zog Imke die Wohnungstür hinter sich zu. Eine zwanghafte Sehnsucht trieb sie zur Kukident-Lounge. Vielleicht ist er mit der letzten Fähre gekommen? Sie wollte ihn umarmen und wissen, dass ihr Leben neu beginnen würde. Sie verwahrte eine grau geringelte Socke von ihm, die sie mit

Fäden zu einer Art Vodoopuppe abgeteilt hatte. Da, wo sie seine Energie vermutete, hatte sie Nadeln in den Wollkopf gestochen, damit Ansgar begriff, wo er hin musste und dass er sich beeilen sollte.

Äste bogen sich, und der Wind fegte Schneeschleier durch die Luft. Die Inselzeitung warnte vor Baumbruch im Wäldchen. Der Schniederdamm lag weiß, unberührt und makellos wie ein frisch gemangeltes Leinentuch da. Geräusche waren erstarrt. Krähen und Möwen flogen still.

Imke stand neben dem Eingang der Kukident-Lounge. Ihr Atem dampfte. Sie drückte sich gegen einen Baumstamm, sie wollte nicht gesehen werden, nachdem Elise sie rausgeschmissen hatte.

Sie vergaß, dass sie gerade wegen des Schnees gut zu sehen war.

Rosanna beobachtete sie. Als der Wind zunahm, ging sie nach draußen und sagte: »Gehen Sie nach Hause. Sie sind ja völlig durchgefroren. Heute kommt der Ansgar ganz sicher nicht mehr. Ich verstehe nicht, warum Sie in der Kälte hier auf ihn warten. Nun ja, wenn man verliebt ist, ist man ganz einfach nur noch verrückt.«

Stumm drehte sich Imke um, ging steif über die Straße und verschwand im stürmischen Tanz der Schneeflocken.

***

Nathan rief im Essener Pflegeheim *Abendrot* an, und erkundigte sich nach der ehemaligen Mitarbeiterin Lea Wanders. Er hatte das Gespräch auf Mithören gestellt. Die Heimleiterin Katz war mitteilsam. Sie lobte Leas Arbeit, sagte, dass sie mehr Kompetenzen gewünscht hatte, zu viele, wie Frau Katz anmerkte. »Dann starben ihre Eltern.« Was Frau Katz noch sagte, machte den Kommissar sehr hellhörig.

Stadler sagte: »Mensch, Nathan, das bringt uns weiter.«

Nach einer Pause sagte er auch: »Ob die Gehirne so etwas wie ein Code sind?«

***

Kurt setzte sich. »Weiß beginnt. b4.«

Rosanna schmunzelte. »Die Orang-Utan-Eröffnung? Nur zu.«

Heute spielte Kurt sehr konzentriert. Nach drei Stunden sagte Rosanna: »Matt in drei Zügen. Pech für dich.«

Kurt nahm das Schachbrett, verstreute die Figuren auf den Boden und starrte Rosanna böse an.

»Hast doch ordentlich gespielt, reg dich ab.« Gutmütig sammelte Rosanna Läufer, Springer, Bauern und Damen wieder ein. Ein König fehlte. Sie kroch zum Schrank, blickte darunter, während Kurt immer noch böse guckte und keine Anstalten machte, ihr zu helfen.

»Wo ist deine Taschenlampe? Hast du so einen Löffel mit langem Stiel? Der König liegt unter dem Sofa und so komme ich nicht dran.«

»Löffel? Willst du essen?« Er fing an zu lachen und konnte nicht aufhören damit.

»Hol die Taschenlampe, nimm deinen Schuhanzieher, du hast schließlich die Figuren hingeworfen. Jetzt such.«

»Ich kann nicht. Mein Kreuz ...« Er verzog sein Gesicht, als litte er unter plötzlichen Schmerzen.

»Fauler Hund!« Rosanna suchte Lampe und Schuhlöffel, fand einen mit langem Stiel, leuchtete unter das Sofa, entdeckte die Figur und zog sie mit dem Schuhanzieher heran. »Teufel eins, hast du einen Kramladen da drunter. Socken, Zeitung, Unterhose, bäh, und noch etwas. Klebt fest am Sofafuß. Warum tust du so was? Was für eine Schweinerei!« Sie ächzte. Sie knibbelte einen Klebestreifen ab, nahm das Ding, stand auf, und betrachtete erstaunt einen Schlüssel mit Anhänger, in dem ein Papier steckte.

Laut las sie: »*J. Roth/Erdgeschoss*.«

Kurt sah sie verwirrt an.

»Ich muss schon sagen. Alle fragen nach dem Ersatzschlüssel für Hannes' Wohnung und du klebst ihn unter dein Sofa. Woher hast du den? Kurt! Nun grins nicht albern, woher?«

Kurt stierte auf ihren geräumigen grünen schafwollenen Pullover, guckte auf ihre halbhohen geschnürten jägergrünen Schuhe. »Die zertanzten Schuhe sind's nicht.« Er kicherte und spie Spuckebläschen. »Siehst wie ein Waldschrat aus.«

»Ja ja. Meinetwegen. Warum hast du den Schlüssel unter das Sofa geklebt und versteckt?«

»Hab ich nicht.«

»Wieder vergessen? Dein Vergessen setzt du immer hübsch passend ein. Hast vielleicht noch eine Helferin dabei gehabt und habt euch so richtig fett gefreut?«

»Ich versteh nichts. Der Schlüssel sieht wie jeder andere aus – und diesen Anhänger kenne ich nicht. Mach nicht einen auf Detek, auf Dedingsda.«

»Detektiv?« Rosanna winkte ab und wickelte den Schlüssel in ein frisches Papiertaschentuch. »Kleine Gefrierbeutel hast du sicher nicht?« Ihr fiel ein, in Krimis wurden Fundsachen immer eingetütet.

»Was machst du damit?«

»Stell dich nicht immer dann dumm, wenn du nicht weiterweißt.«

»Sag doch!«

»Kapierst du es nicht? Das steht« – sie hielt den eingehüllten Schlüssel hoch – »in Verbindung mit dem Toten in Hannes' Wohnung. Ich geh dann mal.«

»Bye bye, Rosanna, Stern meiner Abendblüte«, rief er und legte sich aufs Sofa. Schach fand Kurt anstrengend.

***

Zur großen Küche gehörte drei Stufen tiefer ein Raum, in dem die Vorräte gelagert wurden. Ein gut gefülltes Weinregal und einen große Tiefkühltruhe standen auch hier, ebenso Besen, Eimer und Schaufeln. Rosanna gönnte sich gerade ein Schlückchen von einem köstlichen Schlehenschnaps und schrie leise auf, als sie ein Geräusch hörte. Im Halbdunkel stand Lea.

»Beobachten Sie mich?«, fragte Rosanna, leerte das Glas und korkte die Flasche wieder zu. »Es ist sehr unangenehm, wenn Sie sich so anschleichen!«

Lea lächelte sie an. Es war ein ironisches Lächeln. »Gute Feststellung«, sagte sie. »Es gibt neuen Schnee«, fuhr sie ruhig fort. »Es wird so kalt, dass einem der A…, na, der Popo, abfriert. Und der Paul, den hat man in der Kälte ermordet. Ja, Mord, sagt der Herr Stadler, davon gehen die Polizisten aus. Und der andere Tote? Seltsam, dass die immer noch nicht wissen, um wen es sich handelt. Normalerweise werden doch Fotos veröffentlicht. Jedenfalls wird auf der Insel niemand vermisst. Das ist gut. Meinen Sie nicht auch, Frau Lörsen? Nur schaffen solche Ereignisse oft leider die schlimmsten Albträume …«

»… und mit denen müssen alle allein fertig werden.«

»Also, hier steckst du«, sagte Manja, die hinzugekommen war.

»Mit Angst kann man nicht richtig denken«, antwortete Rosanna.

Lea Wanders mischte sich ein. »Angst braucht niemand von Ihnen im Haus zu haben. Wenn ich daran denke, wie im Pflegeheim die Alten schrien und um Hilfe riefen, weil sie die Orientierung verloren hatten …! Und es nützte ihnen wenig, wenn sie um Hilfe riefen.«

Rosanna beobachtete die beiden Pflegerinnen. Lea rieb sich ständig die Hände. Ihr wurde klar, dass die Frau Angst hatte, und von ihrem eigenen Unbehagen sprach. »Wenn einer von uns ruft, wird es doch wohl nützen?«

»Letztlich ist jeder allein. Auch wenn Sie mit Ihren Freunden zusammenwohnen«, sagte Manja.

Rosanna drehte sich zu ihr um. »Schließlich kann die Polizei nicht bei uns wohnen. Aber wenn Frau Wanders im Haus nächtigen will, um aufzupassen – es soll mir recht sein.«

»Ich glaube, dass du ein wirklich guter Mensch bist«, sagte Manja Schally zu Lea und blickte sie eindringlich an. »So, in der Küche steht frisch gebrühter Tee. Der wird Sie aufmuntern.«

»Ich bin munter. Ich frage mich auch, warum Kurts Klamotten seit Wochen unter seinem Sofa verstauben.« Rosanna griff nach dem zellstoffumhüllten Schlüssel, den sie vorher abgelegt hatte.

»Soll ich das da in den Müll bringen?«, fragte Lea und schielte zum Taschentuch, aus dem der Schlüsselbart rausguckte.

»Nein«, beschied Rosanna.

»Das kann doch Frau Lörsen selbst machen«, sagte Manja, »ich hole jetzt Ottos Weihnachtsschmuck aus dem Keller und schmücke sein Wohnzimmer. Danach muss er Gymnastik machen.«

Rosanna steckte das Taschentuch mit dem Schlüssel in ihre Hosentasche.

»Ich werde dann bis nach Weihnachten im Apartment schlafen«, sagte Lea. »Abgemacht? Damit Sie wieder gut träumen können.«

»Hoffentlich.«

»Wenn Sie nicht wollen, kein Problem. Aber jammern Sie nicht später, im Haus schleicht irgendwer herum …«

»Ich sperre meine Tür schon seit Tagen ab.«

»Sollten Sie besser nicht. Denken Sie an Elise. Wenn etwas passiert, ich meine, in Ihrem Alter …«

»Dieses Generve ›in Ihrem Alter‹ finde ich langsam diskriminierend. So etwas sage ich doch auch nicht zu Ihnen! Dieses Alter-Geschwafel ist nicht zu ertragen.«

Lea rückte Gläser mit Eingemachtem gerade.

»Was gibt's denn bei Ihnen am heiligen Fest der Liebe?«, fragte Rosanna.

»Erinnerungen«, sagte Lea. »Und Sie brauchen nicht abzuschließen. Wenn jemand rein will, kriegt er die Tür sowieso auf.«

»Tolle Aussichten. Großartig, wie Sie mir das vermitteln. Und wenn wir als Nächste umgebracht werden?« Rosanna betrachtete Leas Stiefel, die enge Jeans, den schwarzen Rollkragenpullover, gegen den sie im erdbeerroten Norweger fröhlich abstach. »In den meisten Fällen werden doch eher Frauen getötet, das ist ja das Seltsame«, murmelte sie.

»Ich denke, hinter all dem steckt ein kluger Plan«, antwortete Lea.

Es fiel Rosanna schwer zu glauben, dass Lea so etwas sagte. *Plan? Heißt das, er ist noch nicht zu Ende ausgeführt? Oder macht die Frau sich wichtig?* »Habe ich Sie richtig verstanden?«, rief sie Lea hinterher.

Lea klopfte an Ottos Wohnungstür. »Manja?«

»Was ist?« Manja öffnete.

»Die Waschmaschinen sind durch und dann ...«

Otto konnte nicht hören, dass Manja leise sagte: »Weißt du, wir sollten vorübergehend bei allen die Dosis der Schlaftropfen erhöhen.«

»Rosanna nimmt aber keine. Sie lehnt so etwas ab.«

»Dann kriegt sie trotzdem welche«, sagte Manja. »Ich bleibe jedenfalls nicht über Nacht. Nachher wird das zur Gewohnheit und unser Privatleben ist total futsch. Übrigens, damit du es schon mal weißt: Ich höre zum Jahresende auf.«

***

Rosanna trug eine scheußliche Uraltsteppjacke, die zwar ungemein warm war, aber in der sie sich grässlich und alt fühlte.

Vor der Polizeistation blieb sie stehen. Stadlers Mutter kam ihr entgegen. »Die Kommissare haben sehr viel zu tun! Wollen Sie zu meinem Sohn? Der Jürgen ist außerordentlich tüchtig und klug. War er schon als Kind. Von seinem Vater hat er das nicht. Was gibt es denn?« Die Frau reckte sich in erhabener Wichtigkeit und nestelte an einer wurstartigen Kunstpelzjacke mit Tigerdruck. »Ich bin in alles invol... ähm, eingeweiht.« Das stimmte zwar nicht, aber Frau Stadler wusste, dass derartige Sätze wirkten.

***

»Mit diesem Anhänger könnte es der Schlüssel sein«, sagte Nathan. »Möchten Sie eine Tasse Tee?«

Rosanna nickte und begann in ihrer Jacke unangenehm zu schwitzen.

»Sie sind mit meinem Vater befreundet?« Das klang nach einer Feststellung.

»Wir kommen gut miteinander aus.«

Nathan zog eine Schreibtischschublade auf, entnahm ihr ein Stück Papier, und zeigte es der Besucherin. »Kennen Sie die Handschrift?«

»Nein.« Rosanna guckte noch einmal und sah sich dann ein Bild an der Wand an. Irgendetwas riesig Gelbes mit einem dunklen Punkt in der Mitte. Von wem es war, konnte niemand übersehen. *Herta Stadler* stand da in Schulmädchenschrift.

»Was gibt's sonst Neues?«, fragte er.

»Wollen Sie Klatsch und Tratsch?«

Er lehnte sich zurück.

»Also ... Die Imke Thiede steht stundenlang in der Kälte vor unserem Haus und wartet auf Ansgar. Frau Wanders will bis nach Weihnachten im Apartment übernachten, damit wir besser träumen. Was weiß die denn schon von unseren Träumen?« Frechweg fragte sie: »Gibt es bei Ihnen Neues? Endlich einen Mörder?«

»Ich werde Vater.« Nathan lächelte Rosanna an.

***

Der forensische Graphologe rief an. Nathan hatte ihm eine Kopie von jenem Zettel geschickt, den der Kriminaltechniker Munsche am Fundort in Hannes Roths Haus gefunden hatte. Der Graphologe erklärte: »Die Schriftprobe von Frau Schally ist auf keinen Fall mit der Schrift auf dem Blumengieß-Zettel identisch. Aber es handelt sich mit hoher Wahrscheinlichkeit um die verstellte Handschrift einer Frau. Habe ich jetzt eigentlich alle Schriftproben von Ihnen, Herr Töwer? Hatten Sie nicht auch von gelben Haftzetteln gesprochen? Die Sie aus der Wohnung der Frau Wanders mitgenommen haben und höchstpersönlich beurteilen wollen, Sie Verzetteler?« Der Tonfall des Graphologen war schneidend ironisch. »Schicken Sie die mir auch. Und pfuschen Sie nicht allein rum. Das machen Sie ja zu gerne. Aber dann habe ich auch die Schriftprobe von Frau Wanders und gleiche den Blumenzettel auch damit ab.«

Nathan behielt für sich, dass er die gelben kleinen Papierchen aus Lea Wanders Wohnung erst einmal behalten würde.

***

Stadler hustete. Die abwaschbaren Stühle glänzten. Sonja war gekommen, um Nathan abzuholen. Der telefonierte und sah erstaunt, wie sich Imke Thiede durch die Tür schob. *Dann brauche ich sie nicht mehr herzubestellen*, freute er sich.

Heute hatte Imke die Haare streng nach hinten gekämmt. Ihre Augen wirkten dadurch größer und die Schatten darunter standen ihr sogar. Sie brachte einen sauren, feuchten Wollgeruch mit.

Nathan gab ihr die Hand. Dabei machte er das nicht gerne.

Ehe er etwas sagen konnte, begann sie eine monotone Klage. Verblüfft sahen sich Stadler, Nathan und Sonja an. Imke überhörte Stadlers Versuche, sie zu stoppen. Alle hörten, dass Imke nur unerbittlich liebte. Damit kam sie nicht klar, weil sie ihren Mann hatte, der zum Kotten passte, zum hässlichtreuen Hund Merkel, und Ansgar Heiger war, so betrachtet, verführerischste Exotik.

Imke senkte den Kopf. »Ich will doch nur, dass er wiederkommt.«

Keiner reagierte.

Sie dünstete graue Verzweiflung aus. »Es muss doch möglich sein, ihn ausfindig zu machen. Vielleicht liegt er in einem Krankenhaus?«

Sonja fragte: »Möchten Sie etwas trinken?«

Imke hockte auf der Stuhlkante, als hätte ihr jemand verboten, die ganze Sitzfläche einzunehmen. In Abständen schnäuzte sie sich, blickte in ihren braunen Umhängebeutel, zog das Handy hervor, guckte und legte es wieder zurück.

»Sie haben keine Anrufe mehr von ihm erhalten?«, fragte Sonja und machte dabei krampfhafte Verrenkungen und Zeichen, die sagen sollten, lasst mich einfach mal. Nachher könnt ihr mich rausschmeißen.

»Nein. Habe ich nicht.«

Sonja griff einfach nach dem obersten Umlaufordner, klappte ihn auf, und ging damit zu Imke. Nathan zeigte seine Wut-Steilfalte über der Nasenwurzel und trommelte mit den Fingern auf dem Schreibtisch. Stadler machte große Augen. Er kam erst wieder in Bewegung, als das Telefon ging. »Kein Kommentar«, schnauzte er gereizt und knallte den Hörer auf. »Mal wieder diese Zeitungsfritzen.«

Auf Imkes Stirn schimmerten winzige Schweißperlen. Sonja entdeckte Stadlers Zartbitterschokolade, griff danach, öffnete die Verpackung und hielt sie Imke hin. Sanfter Kakaogeruch umwehte sie. »Hilft immer.«

»Was …?!«, polterte Stadler.

Imke nahm zwei Stückchen. Sonja setzte sich auf die Tischkante. »Wenn man verliebt ist, prägt man sich ja alles vom Freund ein, auch die Sommersprossen, und liebt selbst die Narben und Pickel.«

Imke nickte.

»Wissen Sie, mein letzter Freund hatte so ein irrwitziges Tattoo am Popo, einen Wegweiser nach Rom, ziemlich abgefahren, das Ding.«

Nathan sah Sonja an. Freund?

Imke wurde aufmerksam, und guckte endlich etwas wacher. »Ansgar! Ja, er hat ein kleines Krokodil am Unterschenkel.«

»Sehen Sie, so etwas haben immer die aufregenderen Männer!«

»Ob ihn andere Frauen auch aufregend finden?«, fragte Imke.

Endlich! Blitzschnell nahm Nathan den Umlaufordner wieder an sich und zog zwei Fotos hervor. »Frau Thiede, sehen Sie sich diese Aufnahmen jetzt einmal ganz genau an!«

»Bitte«, ergänzte Sonja.

Stadler knackte mit seinem Daumen. Imke zögerte. Alle sahen sie fasziniert an und endlich beugte sich Imke vor. Sie schüttelte den Kopf und legte die Aufnahme auf den Tisch und verhakte ihre Hände wie zu einem Gebet.

Nathans erster Impuls war, sie anzuschreien. Dann legte er stumm ein zweites und drittes Bild hin. Als er schon Verdrängung vermutete, reagierte sie. »Nein – nein, nein.« Sie sprang auf, guckte entsetzt und ungläubig, setzte sich wieder.

»Und?«, drängte Nathan.

»Das gibt's doch nicht. Gott steh mir bei. Das ist ja – Ansgar, jedenfalls sieht dieser Mann ihm ausgesprochen ähnlich. Ist er es wirklich?« Wieder wanderten ihre Blicke. »Er sieht so …« Hilfesuchend blickte sie zu Sonja. »…

seltsam aus. Er ist tot«, hauchte sie, dann schrillte ihre Stimme durch den Raum: »Wie können Sie diese Tatsache verheimlichen, während ich auf meinen Freund warte?! Sie sind ja ein Sadist!« Immer wieder schnellte ihr Zeigefinger vor und wies auf Nathan. Haarsträhnen lösten sich aus ihrer Frisur. Der Blick, den sie Sonja zuwarf, war ein Bündel aus Fassungslosigkeit und loderndem Zorn. »Nein!«, schrie sie und begann sich zu wiederholen, und ihre Stimme sank nun zu einem fast nicht hörbaren Flüstern ab.

Dann drehte sie sich um, sah Sonja in die Augen, in Stadlers, ging hoch aufgerichtet an ihnen vorbei, stellte sich neben Nathan und guckte wie er aus dem Fenster. »Ich muss mich um den Hund kümmern.«

Alle Weinerlichkeit fiel von ihr ab, sie rieb Tränen mit einer energischen Handbewegung aus den Augenwinkeln. »Sie finden es lustig, dass ich auf ihn wartete – Sie haben sich amüsiert und gedacht, ist die Frau blöd. Muss ich das auf diese Weise erfahren? Legen mir Aufnahmen hin und dann, dann wird nichts erklärt? Wie ist er denn gestorben, warum, wo, wie? Er ist es und auch wieder nicht.« Imke drehte sich um. »Tot ist tot und doch ist es leichter, zu wissen. Nichts ist schlimmer als Ungewissheit. Ich mit dieser Scheißliebe! Wäre ich ihm doch niemals begegnet. Sagen Sie mir, was geschehen ist.«

Ehe Imke das Polizeibüro verließ, sagte sie zu Nathan: »Ich werde mich bei Ihrer Dienststelle erkundigen, ob es angehen kann, dass mich eine Köchin im Polizeibüro befragt.«

***

Sonja griff nach ihrer Jacke und knallte die Tür hinter sich zu.

»Da hast du es«, begann Stadler nach einer Pause der Verblüffung. »Wir ernten Spott und Hohn. Ja, ganz prima ist das gelaufen.«

Nathan schwieg. Stadler öffnete den Wandschrank und fand eine Flasche Cognac.

»Natürlich hätte ich Sonja stoppen können, aber bei einem von uns hätte sie sich gesperrt.«

»Woher willst du das wissen?«

»Intuition, Jürgen!«

»Hast du das Gefühlige aus deiner letzten Fortbildung? Wie geht es nun weiter?«, fragte Stadler.

»Wir wollten doch noch Hannes' sexuelle Präferenz ausloten«, sagte Nathan. »Nun ist es ja raus, dass Ansgar tot ist.«

»Aber wir haben ihr nicht gesagt, dass er der Tote von Langeoog ist.«

»Ja, ist gut. Kriegt sie morgen zu hören. Morgen ist eh alles bekannt. Ich habe mit Hannes wegen des Schlüssels telefoniert. Gesagt, er solle bitte noch einen Tag in Bensersiel aushalten. Ich kann doch den Schlüssel ausprobieren – nur dafür rüberzukommen, scheint nicht notwendig zu sein.«

»Wie willst du Hannes denn ausloten? Machst du ihm ein unmoralisches Angebot? So etwa?« Grinsend begann Stadler mit den Hüften zu wackeln und zwinkerte ihm bedeutsam zu.

30.

Sie ging ins Bad und packte Fläschchen, Dosen, Tiegel und Sonstiges ein. Nathan kam hinterher und sah Sonja an.

»Willst du verreisen? Jetzt?«

Sie rieb sich die geröteten Augen. »Ich habe unbezahlten Urlaub genommen. Auch wenn mein Chef sehr wütend auf mich ist. Aber ich habe für Ersatz gesorgt, ich lass den Laden nicht hängen. Nathan, ich brauche Zeit. Haben wir uns miteinander geirrt?«

»Was für ein Unsinn. Du bist überempfindlich. Warte doch, bis ich mit allem durch bin. Nur noch wenige Tage ...«

»Ja, und dann musst du vielleicht wieder nach Aurich zurück.«

»Wir können nach Weihnachten fahren, wohin du willst und in Ruhe reden. Bitte!« Nathan sah sie flehend an.

»Bei dir ist es wie bei den Kommissaren im Fernsehkrimi.«

»Aber wo willst du denn hin? Kurz vor Weihnachten? Ich meine, das ist doch nun ganz absolut verrückt.« Er schluckte an seiner Fassungslosigkeit.

»Wären wir dreißig, hättest du dich gefreut.«

Wenn ich jetzt nichts sage, verliere ich sie. Er war kein Mann der großen Worte, vor allen Dingen nicht in der Liebe. Er fand sie unnötig, abgedroschen, vieltausendmal geschrieben und besungen, er glaubte, wenn er Überschwängliches losließ, würde Sonja ihn darauf festnageln, für alle Zeiten, dabei wusste sie doch auch, wie man sich immer wieder änderte und auch manches Mal neu erschuf. *Haben wir uns auseinandergelebt? Nein*, stellte er fest, *so ist es nicht.*

»Bleib.«

Sonja verließ das Bad und holte einen Koffer aus dem Wandschrank im Flur.

Stumm sah er ihrem Tun zu. Etwas verlegen zog er aus

einer Papiertüte die Puppe hervor. »Ich meine, damit unser Kind auch was zum Kuscheln hat …«

Hilflos beobachtete er, wie Sonja losheulte, schluchzte, und selbst durch Streicheln nicht zu beruhigen war. Nie hatte er sie so gesehen. Und dann stieß sie hervor: »Das Risiko für ein Baby mit Downsyndrom in meiner Altersgruppe beträgt 1:30. Das Hauptrisiko für ältere Mütter ist die erhöhte Gefahr auf chromosomale Störungen. Es gibt Tests, mit denen solche Behinderungen herausgefunden werden können. Ich muss sie machen lassen, aber sie sind auch ein Risiko.«

»Welches?«

»Das einer Fehlgeburt. Und deshalb werde ich keine Fruchtwasseruntersuchungen vornehmen lassen.«

Mit solchen Problemen war er nie konfrontiert worden. Jetzt aber war Sonja dran und er zwang sich, seine Überlegungen zur Lösung der Mordfälle für heute absolut beiseite zu schieben. »Absolut«, schrie er.

»Wie bitte?«, fragte Sonja verstört. »Drehst du durch?«

»Als werdender Erstvater bin ich durch den Wind«, sagte er und flüsterte ihr ins Ohr: »Mach nichts, was dir leid tun würde – was du vorhast, ist eine Flucht, mit der du dir selbst am meisten schadest.« Er reckte sich. »Und dem Kind!«

***

»Ist mir so was von egal, ob man mich sieht. Ich bin nicht die Leiche von Langeoog«, schimpfte Hannes Roth. »Ich will endlich in mein Haus und selbst ausprobieren, ob es sich um meinen Zweitschlüssel handelt. Basta, Herr Töwer. Nun gucken Sie nicht so. Schließlich ist doch bekannt, dass ich lebe, oder?«

»So genau haben wir das aus ermittlungstechnischen Gründen noch nicht formuliert«, entgegnete Nathan unglücklich. Bauchschmerzen quälten ihn, seitdem Hannes aufgekreuzt war. Unausgeschlafen war er auch. Sonja war mit dem Elf-Uhr-Schiff abgereist. »Ich habe mit unserer Pressestelle vereinbart, dass morgen der Name des Ermordeten bekannt gegeben wird, und wir aktuell mehrere heiße Spuren verfolgen.«

»Das heißt, Sie wissen immer noch nicht, wer den Kerl umgebracht hat? Ich dachte, die Kripo arbeite schneller.«

Hannes steckte den Schlüssel ins Türschloss. »Passt. Möchten Sie mit reinkommen?«

Die Wohnung roch nach Staub und Leere. Und immer noch ganz widerlich nach süßlichem Brot.

»Bitte, nehmen Sie Platz. Anbieten kann ich Ihnen nichts …«

Nathan sah sich um. »Sie wollen wirklich verkaufen?«

Hannes nickte. »Im Augenblick kann ich zwar nicht viel tun. Muss sowieso abwarten, wie sich meine Pläne entwickeln.«

»Welche?«

»Ein neues Glück, ein neues Haus ist allemal besser, als in diesen Räumen täglich an eine Leiche denken zu müssen. Außerdem bleibt dieser Totengeruch in den Wänden.«

»Haben Sie was in Aussicht?« *Und woran merke ich, dass er womöglich schwul ist*, überlegte Nathan.

»Ich möchte Ihnen etwas zeigen.« Hannes hob seinen Mantel an, nahm aus der linken Innentasche eine mattschwarze herb riechende Lederbrieftasche, klappte sie auf, und zog Fotografien hervor. »Hier. Mein Glück.«

Er reichte dem Kommissar das Bild eines gut aussehenden jungen Mannes in Badehose.

Also doch?

Schon gab ihm Hannes ein weiteres. Darauf war eine kräftige, braungebrannte Frau, deren graues Haar attraktiv vom Wind zerzaust war.

»Das ist meine neue Familie. Elena, meine zukünftige Frau, und ihr Sohn Josh. Ich hab's mir lange durch den Kopf gehen lassen. Ja, ich werde nach Kos übersiedeln. Auf jeden

Fall feiern wir dort unsere Hochzeit, kommen Sie auch, ich lade Sie ein. Dann vergessen Sie mal Ihre Leichen, Herr Kommissar!« Er zog ein gebügeltes Taschentuch hervor und schnaubte und mit geröteten Augen sagte er: »Den Ansgar Heiger habe ich ganz gut gekannt. War ein feiner Kerl, herrlich unangepasst. Mit den Frauen, ja, die rannten ihm hinterher. Aber dass er in meinem Haus ermordet wurde, kann ich nicht aushalten. Ich kriege jetzt schon schlecht Luft. Stickig ist's hier drinnen.« Hannes steckte die Fotos sorgfältig in die Brieftasche zurück. »Wie starb er?«

»Letzte Klärungen stehen noch aus. Aber durch Einspritzen von Insulin in seinen Penis …«

Hannes sprang erschrocken einen Schritt zurück. »Wie geht denn so etwas? Das ist ja derart hinterhältig, sagen Sie, das kann nur eine Frau gewesen sein. Eine seiner Verflossenen? Hat er noch Familie?«

»Soviel ich weiß, nicht.«

»Wie traurig. Je älter man wird, umso weniger Familie bleibt einem. Deshalb, Elena und Josh …«

***

»Lies«, empfing ihn Stadler. »Deine Schriftproben.« Er drehte dem Kollegen den Bildschirm zu.

Nathan nickte zufrieden.

»Wo warst du?«

»Mit Hannes Roth in seinem Haus. Ich erzähl dir gleich alles, er will auf Kos heiraten. Hat mich sogar eingeladen.«

»In dem Alter?«, fragte Stadler erstaunt. »Wen ehelicht er denn, sag schon. Einen Mann?«

»Neue Liebe, neues Glück.« Nathan lachte, seine Fröhlichkeit brach ab, als er dabei an Sonja und das Baby dachte. »Eine Frau mit Sohn. Sein Alibi ist jetzt auch wasserdicht. Eine Flughafenangestellte konnte sich tatsächlich an ihn erinnern, weil er ihr Ende August am Schalter eine Rose überreichte. So etwas mögen Frauen, so etwas vergessen sie nicht, also behalten sie so einen Mann im Gedächtnis und verhelfen ihm zu einem einwandfreien Alibi.«

»Storm wird zufrieden sein«, stellte Stadler fest. »Ansgar ist ab morgen in den Zeitungen. Morgen ist Heiligabend. Hast du alles für dein großes Essen besorgt? Hoffentlich geht dein Plan auf – der kann ganz schön danebengehen. Und wenn wir doch falsch gedacht haben?«

»An seinem Leichnam wurden keine Gegenwehrspuren gefunden – genauso wenig wie bei Paul Herrmann. Aus der Sicht des Täters ist das alles ganz folgerichtig abgelaufen. Wir sollten endlich an eine Täterin denken und das auch aussprechen.«

»Oder an mehrere?«, fragte Stadler.

»Möglich. Aber daran glaube ich nicht. Es ist schon unwahrscheinlich, dass wir plötzlich auf unserer Insel zwei Mordfälle haben – und dann noch von verschiedenen Tätern? Wenn wir die Tatorte betrachten, weisen sie eine räumliche Beziehung zueinander auf. Wo und wie unsere Täterin Kontakt mit den Opfern aufnahm, ist klar. Insofern kann morgen der Plan aufgehen. Sie wird unter Stress geraten – schließlich fehlt ihr noch der dritte Mann, der dritte Mord. Solche Pläne müssen aus Sicht der Täterstruktur erfüllt werden.«

Nathan war froh, dass er im letzten Seminar gut zugehört hatte. »Wir haben versucht, uns genau vorzustellen, wie es geschah. Wir haben Indizien. Wenn morgen Druck entsteht, wird die Mörderin auf ihre vertrauten Handlungsmuster zurückgreifen und sich nichts Neues ausdenken können. Dazu ist auch für sie die Zeit zu knapp.«

»Wen sollen wir uns als drittes Opfer vorstellen?«, fragte Stadler.

»Wir sind doch alle durchgegangen. Bei solch einem Tatmuster bleibt eigentlich nur einer übrig.«

»Könnte dein Vater nicht auch gefährdet sein? Beiß dich nicht fest, Nathan. Noch ist alles Theorie und du bist kein Profiler. Ich auch nicht. Und du meinst immer noch, dass sich unsere Täterin sehr sicher fühlt? Ich meine, sie kann uns gerade mit dieser scheinbaren Sicherheit auch verdammt an der Nase rumführen.«

Nathan ging unruhig auf und ab. »Wenn sie morgen die Zeitung aufschlägt ...«

»Klar, dann gerät sie unter Zugzwang«, ergänzte Stadler. »Wenn deine Theorie stimmt. Nur dann. Und nur Frauen können so verschlagen und hinterlistig sein. Wie gut, dass ich nicht verheiratet bin.«

»Sag es nicht laut.« Nathan grinste. »Viele Serientäter haben einen Bekanntenkreis, pflegen ihre Kontakte, und sind häufig hilfsbereit und engagiert.«

»Das klingt mit einem Mal alles so einfach. Ich weiß ja nicht. Und wenn doch Hinnerk dahintersteckt? Immerhin haben wir seine abfälligen Äußerungen über alte Menschen. So etwas kann sich doch in einem festsetzen und zu Hass ausarten. Hast du eigentlich die Klamotten?«

»Die hat mein Vater uns ganz listig besorgt«, sagte Nathan. »Und der Georg Knaul kommt nachher mit der letzten Fähre. Ich habe für ihn ein Zimmer am Bahnhof gemietet.«

»Deine Sonja ist verreist? Muss sie nicht arbeiten?« Stadler rieb sich die großen Ohren. »Was ist los?«

»Sie ist verreist, weil wir Eltern werden. Sonja braucht ein paar Tage Ruhe.« Nathans Gesicht leuchtete rötlich.

Verblüfft starrte Stadler. Dann begann er schallend zu lachen. »Nathan, Nathan, manchmal hast du ja wirklich Überraschungen parat. Aber deshalb muss deine Freundin nicht verreisen. Ich fass es nicht. Nathan wird Vater. Phänomenal, überaus phänomenal! Wenn ich das meiner Mutter erzähle, fängt sie sofort an zu stricken!«

***

Manja hatte für ihre Klienten in der Kukident-Lounge in Esens eingekauft. Sie hatte den Tag auch zu einem Besuch im Krankenhaus genutzt. Über Weihnachten müsse sie noch bleiben, hatte Elise ihr gesagt und wirkte ziemlich erschöpft.

Das mitgebrachte Tannengrün trug sie in die Küche und fing an, den Raum damit auszuschmücken.

Kurt kam. »Früher hat das meine Mutter für mich gemacht und mein Vater dekorierte den Baum. Soll ich Ihnen helfen?«

»Stellen Sie Teller, Servietten und Bestecke auf den Tisch. Ich muss noch die Sterne aufhängen.«

»Goodbye Johnny, warst mein bester Freund. Ach, Paul.« Er ließ zwei Teller fallen.

»Kehrblech steht unterm Spülschrank.«

Er blickte auf die Scherben, schob sie mit den Füßen zur Seite und wechselte zu: »Ich brauch Tapetenwechsel, sprach die Birke und machte sich in der Dämmerung auf den Weg …« Hildegard Knef hatte er schon immer ganz gut imitieren können.

Er blickte erstaunt, als Manja fragte: »Wissen Sie, wo Lea ist?«

»Letzte Nacht hat sie oben geschlafen. Zur Sicherheit.«

»Sicherheit?«

»Um vier stand sie vor meinem Bett, fragte, ob ich schlafe. Ja, ist sie denn bescheuert, mich zu wecken und nach meinem Schlaf zu fragen?«

»Soso.« Manja steckte die letzte Kerze fest.

Otto schob sich mit Rosanna durch die Tür. Manja sah an Ottos Blick, was er wollte. Und da kam es auch schon.

»Sie wollen nicht mehr für uns arbeiten? Ja, aber …?«

»Bis Februar haben Sie sicher Ersatz. Und dann werden Sie nicht mehr an mich denken.«

»Zum Abschied muss ich Sie aber wenigstens noch fotografieren«, sagte Rosanna. »Ich habe eine Serie gemacht, von allen hier im Haus. Die meisten Aufnahmen sind schon gerahmt. Ostern werde ich sie in der *Spölstuv* ausstellen.«

***

Georg Knaul, der pensionierte Kollege, freute sich über die Abwechslung. Mit Nathan hatte er das meiste durchgesprochen. »Das mach ich doch gern. Endlich gibt es ein wenig Aufregung in meinem Leben. Heiligabend ist eh ein Tag zum Fürchten, ich bin doch wieder allein.«

Stadler und Nathan lachten. »Schlurf noch mal!«

Knaul schlurfte.

»Nicht so doll.«

Er schlurfte erneut, so lange, bis sie mit ihm zufrieden waren und auch mit seiner Haltung und dem krummen Rücken.

»Hättest Schauspieler werden können«, sagte der belustigte Stadler.

»Gibt es hier auch ein Bier?«, fragte Georg Knaul. »Das lockert außerordentlich.«

31.

Die Rufe der Vögel klangen bis in ihre Träume. Das Krächzen der Krähen, das Kreischen der Möwen. Nie hörte das auf. Vögel aber waren Boten der Angst. Lea glaubte, sie würden ihre Gedanken mitnehmen. Ihre Furcht vor dem Vergessen war so übermächtig geworden, dass falsche Gedanken sich festfraßen. Lea gehörte zu den fünf Prozent der Menschen, denen Ärzte – wenn auch mit Vorbehalt – sagen mussten, die Krankheit sei erblich.

Panik kam auf, wenn ihr ein Begriff nicht sofort einfiel. Dabei passierte so etwas vielen, ohne dass eine Alzheimererkrankung dahintersteckte. Ihre Eltern waren den Weg ins Schneetreiben der Gedanken gegangen.

Um über allen zu stehen, hatte sie vor Langeoog in einem Heim für Hochbetagte gearbeitet. Dass sie täglich, stündlich, manchmal auch minütlich auf Fragen und Behauptungen antworten musste, daran hatte sie nicht gedacht. »Schwester, wie spät ist es?«, »Da liegt ein Mann unter meinem Bett.«

Manches Mal hörte sie heute noch das Rütteln an den Türen und die Rufe der Orientierungslosigkeit. »Ich will nach Hause, die Kinder müssen was zu essen haben« und das rhythmische Tag- und Nacht-Schreien der Bettlägerigen. Auch das ihrer Eltern. Damals hatte sie daran gedacht, die Eltern zu erlösen. Dann waren sie von allein gestorben.

Damals hatte es noch keinen abgeschlossenen Bereich für Demenzkranke gegeben, jedenfalls nicht in jenem Essener Pflegeheim. Die Alten liefen nach draußen oder kackten in die Papierkörbe. Herzzerreißend waren die Rufe nach ihren schon lange toten Müttern. Vielleicht war es ja so, dass Menschen, wenn sie hilflos wurden, als Erstes die Mutter einfiel.

Davor fürchtete sie sich. Jeden Tag. Nur bei der Arbeit konnte sie dieser Angst entgehen. Bei ihrer Arbeit war sie mächtig und stark, wurde sie gebraucht, da konnte sie vieles alleine entscheiden. Sie herrschte. Und keiner merkte es.

***

An diesem Abend brachte Nathan Georg Knaul mit. Erleichtert stellten die Polizisten fest, dass Kurt eine gute Phase hatte. Staatsanwalt Dr. Storm, POK Jansen aus Aurich sowie die Ärztin Lena Markötter waren informiert. Nathan fühlte sich angespannt, fast elend. Sie waren kurz davor, beide Fälle zu lösen. Wenn seine Überlegungen stimmten. Wenn alles gutging. Wenn.

Auf Anweisung humpelte Otto stark und bat um Manjas und Leas Hilfe. Sagte »Sie müssen an den Feiertagen kommen, die Schmerzen … Und ich kann nicht mehr schlafen.«

***

Manja brachte die Weihnachtsausgaben der Zeitungen mit. Lea hatte für alle ein Frühstück vorbereitet.

»Ihr braucht nicht mehr auf Ansgar zu warten, lesen Sie selbst«, sagte Manja spröde und schlug gut sichtbar die zweite Seite auf.

Sie wusste nicht, wie sie zartfühlender auf das Foto und den Artikel aufmerksam machen sollte. Las jeder für sich allein, war es schlimmer. Es war gut, dass Lea ihre fürsorgliche Ader auch heute zeigte. Sie beobachtete, wie die Kollegin mit besorgter Miene las.

Manja schenkte den anderen Tee und Kaffee ein, die wie erstarrt auf ihren Stühlen saßen und dann, wie auf ein geheimes Kommando, erregt durcheinander redeten und nach wenigen Minuten ihre Worte wieder verloren.

Jeder dachte an das, was sie gelesen hatten. Mord.

»Weiß Elise es schon?«, fragte Rosanna. »Sie hatte so ein Faible für ihn …«

»Woher denn?« Lea war blass und man konnte ihre Anspannung fast fühlen. »Es sei denn, sie findet eine aktuelle Zeitung im Krankenhaus.«

»Warum?« Otto stöhnte. »Warum in Hannes' Wohnung?« Er stand auf. »Ich kann nichts essen, ich muss jetzt allein sein.«

Wieder sah er die Leiche vor sich, den abgedeckten Schädel, den aufgetriebenen Leib. Hypoglykämischer Schock, so schrieben die Zeitungen, ausgelöst durch eine Überdosis Insulin. Einstiche im Penis. Und es wurde auf einen möglichen Zusammenhang mit dem Fall Paul Herrmann verwiesen.

***

In der Mittagszeit gingen Otto und Kurt zu Pauls Grab. »Weißt du, wie Ansgar unter die Erde kommt?«, fragte Otto.

»Ich weiß es auch nicht«, sagte Kurt. »Woher denn? Bitte, lass uns nicht über Ansgar sprechen. Otto, jetzt noch nicht.«

»Erinnerst du dich daran, wie wir mit unserem Paul zusammen Fußball geguckt haben? Und heute ist seine Wohnung ausgeräumt. Leer. So ist das.« Ottos Augen blitzten hinter den Brillengläsern. Sein Bauch hatte an Volumen zugelegt, dadurch sah er kleiner aus. Er nahm die Brille ab, und holte seine Mundharmonika hervor. »Damit du auch was Nettes zu Weihnachten hast, Paul«.

»Los geht's«, sagte Kurt.

Otto begann zu spielen, während Kurt schmetterte: »Herr Kalecke an der Ecke schloss 'ne Friedhofsgärtnerei. Geht zu seinen lieben Seelen in der bitterkalten Nacht. Legt sich friedlich auf 'ne Bank und der ihn am Morgen fand, sah ein heiteres Gesicht, tiefgefroren, weihnachtlich ...«

Dann hörte er plötzlich auf. »Tiefgefroren?«

»Ach was, sing weiter. Der Paul, der hätte darüber gelacht. So war es ja auch. Passt schon, finde ich. Los, noch eins«, forderte Otto ihn auf. Und wieder wehten die Töne der Mundharmonika über den stillen, verschneiten Friedhof.

»Herr Kalecke an der Ecke«, schmetterte Kurt.

Otto stöhnte. »Nein, hör doch, ich spiele eine ganz andere Melodie. Komm, sing jetzt: Goodbye, Johnny!«

Kurt hustete und dann sang er: »Goodbye, Johnny! Goodbye, Johnny! Schön war's mit uns zwei'n; aber leider, aber leider kann's nicht immer so sein. Goodbye, Johnny! Goodbye, Johnny! Mach' mir's nicht so schwer; ich muss weiter, immer weiter, meinem Glück hinterher. Bricht uns auch heut das Herz entzwei, in hundert Jahren ist alles vorbei.« Kurt hatte Tränen im Gesicht.

Otto klopfte seine Mundharmonika aus. »Hat's dir Spaß gemacht, alter Freund?« Er winkte zum Grabstein rüber.

»Hat dem Paul Spaß gemacht«, bekräftigte Kurt.

»Lass uns gehen. Es ist kalt.«

Auf dem Rückweg dachte Kurt an seine erste Liebe, die ihm vor Jahrzehnten in der Weihnachtszeit verloren gegangen war. Es war ihm, als wäre alles gestern gewesen und nicht schon sechzig Jahre her. *Ob das Gretchen noch lebt? Ich habe sie nie wiedergesehen, es war kurz nach dem Krieg und wir liebten uns inmitten der Trümmer und Staub in einer ausgebombten Wohnung, in der noch irrwitzigerweise ein Bett stand ... Sonst nichts.*

***

»Dacht ich es mir, dass Sie am Teich sitzen.«

Der alte Mann schlug die Beine übereinander. Zog die fellgefütterten Handschuhe hervor.

Aus den Fenstern der Insulanerhäuser leuchteten Lichterketten, waren Engel zu sehen und draußen standen geschmückte Tannen.

»Geht es Ihnen gut?«, fragte Manja.

»Muss nachdenken. Nicht reden.«

***

Nathan zwang sich, Sonja nicht anzurufen. Nicht an das Kind zu denken. Er zwang sich, nicht den Koffer zu packen und zu ihr zu fahren. *Feigling*, hörte er Sonja in Gedanken. *Ich muss mich auf die Situation einstellen*, antwortete er dem Gedanken.

Die Inselbrauerci lieferte leckeres Inselbier und das nahe Restaurant brachte Bratheringe, Bratkartoffeln und Salate. Lea und Manja hatten gedeckt.

»Wozu machen Sie diesen Aufwand?«, fragte Lea Nathan, der Hunger hatte.

»Um abzulenken. Zum Beispiel meinen alten Vater.«

»Kommt Ihr Kollege auch? Oder isst er bei seiner Mutter?«, fragte Manja.

***

Die Lampen waren heruntergedimmt. Kerzen flackerten. Beinahe feierlich begrüßte Nathan die Hausbewohner und die Pflegerinnen. Erleichtert sah er, dass Lea und Manja tatsächlich gekommen waren. Die Sache mit Ottos Bein schien zu funktionieren.

»Ist dunkel hier«, klagte Kurt. »Welchen Tag haben wir heute?«

»Konzentrier dich und spinn nicht rum. Heiligabend ist heute«, brummte Otto.

»Vielen Dank«, begann Rosanna. »Warum laden Sie uns ein, Herr Töwer? Ist doch nicht üblich, dass die Inselpolizei alten Leuten ein Essen spendiert? Isst Ihre Freundin mit uns? Ach, die muss sicher arbeiten. Sind ja heute wahnsinnig viele Urlauber gekommen. Ich war am Hafen. Die Fähren waren so voll wie im Sommer.«

Nathan war nervös. Otto sah ihn ständig an. Auch das noch. Und wenn die Aktion heute schiefging, war er erledigt.

Schließlich hatte er einigen Aufwand getrieben. Die Übernachtungskosten von Storm und Co. würden ihm dann aufs Butterbrot geklatscht. Wer kam schon Heiligabend freiwillig vom Festland rüber. »Ich muss den Überblick behalten«, murmelte er. Trotz seines Hungers konnte er kaum etwas essen. Tapfer legte er einen Brathering auf seinen Teller. Bloß nicht auffallen! Er sah seine Gäste an. Sie unterhielten sich.

Wunderbar. Ich muss auf die Zeit achten.

Er stand auf, verließ die Küche und telefonierte leise.

Beim Hereinkommen hörte er die Mundharmonika.

»Ihr Kinderlein kommet ...«, begannen Kurt und Rosanna. *Jetzt werde ich auch hier an Sonjas Schwangerschaft erinnert.*

Schon änderte Kurt die Melodie und dröhnte: »Herr Kalecke an der Ecke schloss 'ne Friedhofsgärtnerei. Geht zu seinen lieben Seelen in der bitterkalten Nacht. Legt sich friedlich auf 'ne Bank und der ihn am Morgen fand, sah ein heiteres Gesicht, tiefgefroren, weihnachtlich ... Der Paul, der arme Paul.« Er zerrte seine Jeans hoch, zupfte den grauen Pullover zurecht, setzte sich, stand wieder auf, griff nach seiner dicken dunklen Jacke, zog sie an und stülpte sich abschließend seinen grünen Filz über.

»Wollen Sie weg?«, fragte Manja.

»Nö.«

Nathan tippte eine SMS.

»Schöne Weihnachten«, sagte Lea. »Auch wenn nun sogar Ansgar von uns gegangen ist.«

»Hat eigentlich jemand von Ihnen ein Tattoo?«, fragte Nathan überraschend.

»Warum wollen Sie das wissen?«, fragte Lea zurück.

Manja sah zu Nathan rüber. »Ansgar, der hat eins. Ein kleines Krokodil am Unterschenkel. Hatte eins.«

»Hast du ihn denn nackt gesehen?« Leas Ton klang giftig.

»Wer weiß das schon ...« Manjas Gesichtsausdruck blieb hintergründig.

»Haben Sie nie darüber gesprochen?«

»Wozu? Solange er kein Krokodil am Penis hatte, war das nichts, über das man hätte erzählen können. Aber Einstiche in denselben? Das ist ungewöhnlich, nicht wahr, Herr Hauptkommissar?« Manja sah ihn unter trägen Lidern schläfrig an. »Verraten Sie uns jetzt, wer Ansgar ermordet hat?«

»Die Imke in ihrem Liebeswahn?«, mutmaßte Otto, dem seine Feiertagsweste in Dunkelgrün zu eng war und spannte. »Oder Sie, Frau Schally? Sie hatten doch auch ein gesteigertes Interesse an Ansgar, wenn ich das mal so sagen darf.«

»Sie dürfen nicht.«

»Ein interessantes Gespräch am Heiligen Abend. Ob das gut für die Anwesenden ist?«, fragte Lea und spielte mit einer Haarsträhne, die ihr aus der edlen Knotenfrisur gerutscht war. Ansonsten trug sie ihre Alltagskleidung, schwarze Jeans, Stiefel, Pullover.

»Wir vermuten jemanden aus Ansgars Vergangenheit, er war ja ein Abenteurer. Da kann es durchaus um eine späte Rache gehen …« Nathan dachte an den letzten Bericht der Spurensicherung. An die Schriftprobe, während Kurt ständig auf seine Armbanduhr sah.

»Der Tag kommt!«, dröhnte er.

Nathan blies die Kerzen aus. »Nachher vergessen wir das noch. Einen Brand können wir nicht gebrauchen.«

»Wie umsichtig Sie sind.« Manja feixte. »Ich könnte es nicht besser machen.«

Ächzend grabschte Otto mit den Fingern nach den letzten Bratkartoffeln.

»Haben die Toten doch etwas mit den Gehirnen zu tun?«, fragte Rosanna. »Immer muss ich daran denken.«

Nathan wischte die Frage mit einer energischen Handbewegung weg. »Ich erwarte noch einen wichtigen Zeugen im

Büro. Deshalb kann ich nicht mehr lange bleiben«, sagte er. Damit wollte er eine bestimmte Person, die auch im Raum saß, in Sicherheit wiegen. Sie sollte denken, dass er länger wegbleiben würde. Er wollte sie aufstacheln, aus ihrer Deckung zu kommen. Sie sollte nervös werden und den entscheidenden Fehler machen, auf den er wartete.

Er musste auch an den empörten Anruf des Kurdirektors denken. Verübeln konnte er es ihm nicht. Mord auf der Insel – und das zu den Festtagen. Er hatte noch dessen Worte im Ohr: »Hätten Sie nun auch alles drei Tage später an die Presse geben können. Wenn die Sache jetzt unserem Tourismus schadet … Die Insel lebt davon, Herr Töwer! Sie wissen wohl nicht, dass wir um diese Zeit viele Besucher haben und erwarten?«

Kurt erhob sich.

»Siehst aus, als wolltest du wieder schmettern«, neckte ihn Otto.

»Ruhe!« Und schon sang er: »Kriminal-Tango in der Taverne, dunkle Gestalten und rotes Licht. Kriminal-Tango in der Taverne. Dunkle Gestalten, rote Laterne, Abend für Abend lodert die Lunte, sprühende Spannung liegt in der Luft. Und sie tanzen einen Tango, Jacky Brown und Baby Miller, und er sagt ihr leise: Baby, wenn ich austrink, machst du dicht.«

Peng. Beim letzten Wort ging das Licht aus.

»Streichhölzer!«, rief Rosanna.

»Passiert schon mal. Der viele Schnee«, sagte Lea trocken, »knickt überall die Leitungen. Keine Aufregung, bitte, gleich gibt es wieder Licht.«

»Herrgottnocheins, wo sind die Streichhölzer geblieben?«, schimpfte Rosanna. »Eben lag doch eine Schachtel auf dem Tisch.«

»Bleiben Sie sitzen«, befahl Nathan streng. »Nachher stolpert noch einer und stürzt. Frau Lörsen, suchen Sie nicht die

Streichhölzer, bleiben Sie einfach nur sitzen. Ich gehe jetzt zum Schaltkasten. Wahrscheinlich ist die Hauptsicherung rausgeflogen.«

»Mein Brathering ist hingefallen«, maulte Otto.

»Liegenlassen, Vadder.«

In der Dunkelheit sah niemand, wer außer Nathan noch aufgestanden war.

Es dauerte. Zwanzig Minuten können lang sein.

32.

Lea rauchte. Das winzige rote Auge der Zigarette leuchtete. »Ist doch schön hier draußen, nicht wahr, Herr Waltemathe? Obwohl man hier auch wenig sieht. Aber immer noch besser, als in der dunklen Küche zu sitzen. Ihnen geht's sicher nicht gut, seitdem Sie das mit Ansgar wissen? Sie wissen es doch, oder haben Sie es schon vergessen? Schade, dass Sie mehr und mehr vergessen. Schrecklich! Ich schätze, Sie haben inzwischen Alzheimer. Und ich sage Ihnen auch, das wird kein schönes Ende. Ich möchte es Ihnen gern ersparen. Verstehen Sie mich?«

Der alte Mann wickelte sich den dicken Schal um Kinn und Mund und zog seine Mütze tiefer ins Gesicht. Als Antwort gab er ein knappes »Ähm« von sich.

Hinter ihnen knackte es.

»Viel lieber wäre ich mit Ihnen zum Schlopp gewandert«, erzählte Lea. »Aber das ist doch wohl ein bisschen zu weit. Wissen Sie noch, ganz in der Nähe von dieser Bank fand Sonja Mittag im September die Gehirne. Ich habe mich immer gefragt, ob sie die wohl dahindrapiert hat.«

Das Mondlicht warf Schatten.

Der Alte räusperte sich.

Lea rückte näher zu dem Mann. »Sie sind immer so ein Netter. Wissen Sie, am Heiligen Abend darf man küssen. Und da möchte ich Sie … Nennen Sie mich Elaine. Wenn ich Elaine bin, ist alles erlaubt. Wie gut, dass Sie so vieles vergessen.«

Er sagte nichts.

»Nehmen Sie doch Ihren Schal ab, die Wolle kratzt beim Küssen.«

Er rührte sich nicht.

»Nicht zieren! Und die Mütze verdeckt fast Ihr ganzes

Gesicht!« Sie lachte leise. »Sie sagen ja gar nichts?« Schon streiften ihre Lippen die seinen. »Locker werden, ich beiß doch nicht«, flüsterte sie. »Hier im Wäldchen ist es wunderschön in dieser heiligen Nacht …«

Er griff unter ihre offene Jacke und gab Laute von sich, die auf Lea sehnsüchtig wirkten.

»Das dürfen Sie gleich.« Sie begann, ihn heftiger zu küssen, und saugte sich in seinen Mund ein. Griff in ihre Jackentasche. Schon näherte sich ihre Hand seinem Nacken. Fingerspitzen strichen über seine Haut. Dann spürte er es. Ihm war, als hätte ihn eine Mücke gestochen.

Im selben Moment bewegten sich die Büsche, und Lea wurde weggerissen. Sie schrie und schlug um sich.

»Verdammt, beruhigen Sie sich«, rief Nathan.

»Herr Waltemathe, so helfen Sie mir doch!«, kreischte Lea.

Der Mann, den sie rief, riss sich die Mütze vom Kopf. »Das war verdammt knapp. Und das Strickdings kratzt erbärmlich.« Er schwitzte.

Dr. Markötter fühlte seinen Puls. »Konnte Frau Wanders noch injizieren?«

»Weiß ich nicht«, stöhnte er. »Mir wird schlecht.«

»Nehmen Sie.« Sie gab ihm Traubenzuckerplättchen. »Falls Sie was von dem Zeug gespritzt hat. Nicht, dass Sie gleich unterzuckert sind. Setzen Sie sich wieder hin und verhalten sich ruhig.«

»Georg, wir sind doch bei dir«, sagte Nathan.

Im weihnachtlichen Mondlicht standen im Wäldchen, da, wo ein Seitenweg vom Hauptweg abzweigt, Dr. Storm, Nathan, Stadler, Jansen und Dr. Markötter. Die Ärztin besah sich die Spritze mit der hellen Flüssigkeit. »Hm. Wenn überhaupt – mir scheint, dass meiste ist noch im Kolben. Meine Güte, die Frau hat aber geschickte Finger. Alles hübsch vorbereitet. Die Nadel brauchte nach ihren Vorstellungen nicht mehr steril zu sein. Küssen und so unterzuckern, dass er, wenn niemand zu richtigen Zeit kommt, stirbt. Widerwärtig.«

Jansen hatte Lea die Arme auf den Rücken gedreht. Nathan versuchte, sich nichts von seinem Gemütszustand, der »Es hat geklappt« hieß, anmerken zu lassen. Mit ruhiger Stimme sagte er: »Frau Wanders, ich verhafte Sie wegen des dringenden Verdachts, einen Mordanschlag auf Herrn Waltemathe vorbereitet zu haben, der hier von meinem Kollegen Georg Knaul vertreten wird. Ich verhafte Sie außerdem wegen des dringenden Verdachts auf vorsätzlichen Mord durch injiziertes Insulin bei Paul Herrmann und Ansgar Heiger.«

»Ihnen geht die Fantasie durch«, antwortete Lea kühl. »Da arbeitet man rund um die Uhr, selbst an Weihnachten, geht mit dem Alten etwas spazieren, knutscht ein wenig, das wollte der Kurt doch schon immer. Das war mein Weihnachtsgeschenk an ihn.« Mit einem heftigen Ruck riss sie sich von Stadler los, der sie festhielt. Mit einem gezielten Hieb in den Solarplexus schlug sie ihn k.o. Lautlos sackte er zusammen.

Den kleinen Augenblick der Verblüffung nutzte sie und begann zu rennen.

»Los, hinterher«, rief Nathan. *Das konnte ja nicht glattgehen*, dachte er wütend. Der am Boden liegende Stadler wimmerte. Lena Markötter beugte sich zu ihm hinunter.

Storm ächzte: »Ich bin nicht besonders gut im Laufen.«

Nathan und Jansen rannten hinterher. »Stehen bleiben«, gellte Jansens Stimme. Als die Bäume und Sträucher weniger wurden, gab der Schnee genügend Licht. »Da«, schrie Jansen, »da ist sie.« Ein Schatten bewegte sich auf den Überweg zum Strand zu. »Hast du deine Waffe?«, fragte Jansen.

Nathan tastete, fluchte. »Scheiße.«

»Nimm du den Weg, ich nehme den Pfad zwischen den Dünen«, ordnete Jansen an. »Wir kreisen sie ein.«

Etwas Dunkles flog Nathan entgegen. Er duckte sich. Hielt die Luft an. »Ich dreh gleich durch«, japste er. Der Nachtvogel schwang lautlos seine Schwingen. Nathan schaute über den Strand. Und sah niemanden. Rechts rum. Er keuchte. Schließlich stand er an der Schwelle zum körperlichen Verfall. Dann sprintete er los und bekam heftige Seitenstiche.

»Hierher!«, hörte er Jansen. »Ich hab sie.«

Nathan ärgerte sich. Bereitet man alles akribisch vor und dann fängt sie der Auricher Kollege.

In der Weißdüne, zwischen erfrorenem Strandhafer, entdeckte er den Kollegen, der schon Leas Kleidung durchsuchte. Dann legte er der immer so freundlichen Pflegerin die Handschellen an.

***

Kurt Waltemathe sah den Kommissar voller Erwartung an.

»Das haben Sie toll gemacht, lieber Kurt. So passgenau den Kriminal-Tango zu singen, beim Stichwort ›dichtmachen‹ aufhören, großartig! Und es hat geklappt«, sagte Nathan.

»Was?«, fragte Manja, die mit Rosanna, mit Otto und Kurt auf ihn in der Kukident-Lounge gewartet hatte.

»Ja, die Lea Wanders wird nie mehr bei Ihnen arbeiten!«

»Bitte, verraten Sie uns bitte, warum nicht?«, bat Rosanna Nathan. »Schließlich – so scheint es doch, haben wir bei der Lösung mitgeholfen.«

Nathan zögerte.

»Zumindest unser Herr Waltemathe und ich auch ein wenig«, sagte Manja.

»Ich weiß schon, dass Sie uns ermittlungstechnische Einzelheiten nicht erzählen dürfen. Aber es ist Weihnachten und da machen Sie doch eine Ausnahme?«, drängte Rosanna.

Nathan rang mit sich und dann erzählte er. Schließlich würde einiges davon bald überall zu lesen sein. »Nun, der Kurt wurde ja durch meinem Kollegen Georg Knaul vertreten.

Den Unterschied zwischen den beiden Männern bemerkte Frau Wanders nicht. Weder beim Rausgehen aus der dunklen Küche in den Hausflur, wo sie natürlich annehmen musste, es sei Kurt, der dort stand. Es war aber mein Kollege. Und ihn überredete sie zu diesem Spaziergang ins Wäldchen. Herr Knaul trug Kurts Kleidung, hatte einiges von seinem Gang übernommen und er sieht dem Kurt mit etwas Abstand ähnlich. Es schien der perfekte Mord zu sein. Nur sollte man dann in Hannes Roths Wohnzimmer weder Insulin noch eine Spritze in die Packung mit dem neuen Flaschenöffner legen. Wissen Sie, die Sachen lagen in dem Korb mit dem Rotwein. Lea hatte alles dort deponiert, falls Ansgar nicht so schnell sterben würde. Um eine weitere Dosis nachzusetzen, während sie ihn höchstwahrscheinlich beim Liebesspiel verrückt machte und er sozusagen nicht ganz bei Sinnen war.«

Manja wurde blass.

Kurt murmelte: »Sag ich doch, die war, die war so ... Immer pusselte sie um mich herum. Ich will es einfach nicht glauben, die Lea wollte mich ermorden? Warum denn bloß?«

Otto starrte seinen Sohn entsetzt an.

»Bitte, erzählen Sie weiter!«, drängte Rosanna atemlos.

»Aber«, sagte Nathan, »Fehler werden trotz sorgfältigster Planung doch gemacht. Man sollte keine Zettel mit der Adresse des Schlachters aufheben, wo Lea die Gehirne im September bestellt hatte und genauso wenig die Wetterabfrage an Paul Herrmanns Todestag aufschreiben. Ja, diese Zettel hingen in ihrer Wohnung. Dort ist alles mit diesen gelben Haftzetteln fast zugeklebt. Wie sie allerdings Ansgar in Hannes Roths Wohnung bekam, das wird sie noch sagen. Ganz sicher.«

Nathans Handy klingelte. Er nahm das Gespräch im Hausflur entgegen. Er wirkte sehr zufrieden, als er wieder hereinkam.

***

Die Nacht verbrachte Lea in einem abgeschlossenen Raum auf der Polizeistation. Am anderen Morgen brachten Nathan und Jansen sie nach Aurich. Storm, die Ärztin und Georg Knaul fuhren mit.

Im Polizeigewahrsam war eine Einzelzelle frei. Lea reagierte auf keine Fragen. Lea sagte auch nichts, als sie in die Zelle gebracht wurde.

Kein Klo, aber ein Loch im Boden, eine Betonpritsche, eine Decke, und als Fensterersatz waren Glaskacheln eingelassen. Scheinbar gleichgültig blieb sie neben der Pritsche stehen. Angekommen in der Welt der Gitter und Stahltüren, der Enge, des Neonlichts und Betons.

»Morgen früh werden Sie dem Ermittlungsrichter vorgeführt, ansonsten fröhliche Weihnachten«, sagte die Beamtin gleichmütig und verschloss die Tür.

***

Nathan holte Lea am nächsten Morgen aus ihrer Zelle ab und brachte sie in das Büro der Richterin. Im Glas des Bürofensters spiegelte sich ein blinkender Weihnachtsmann, der an einer Hauswand befestigt war. Auf dem Schreibtisch lag Leas Akte.

Die Richterin hustete. »Möchten Sie Ihren Anwalt sprechen?«

Lea wollte nicht.

»Möchten Sie mit einem Verwandten oder Freund reden?«

»Nein.«

»Gut. Bis morgen bleiben Sie in der Einzelzelle. Eine Ausnahme. Nach Weihnachten werden Sie verlegt, das heißt, Sie kommen mit andern Untersuchungshäftlingen zusammen.«

Lea blickte starr geradeaus.

»Sie dürfen sich selbst verpflegen«, sagte Nathan. »Auf eigene Kosten und der Gefängnisleiter sucht Ihnen das Lokal aus, das liefern darf.«

»Erzählen Sie Ihre Geschichte. Warum Sie die zwei Männer töteten«, sagte die Richterin.

Mit einem Riesensatz sprang sie auf Nathan zu, hob dabei die Hände mit den Handschellen. Er duckte sich, bekam aber das Metall ins Gesicht. Der Schwung trug Lea gegen die Wand.

***

Zurück auf der Insel war ihm, als seien Jahre vergangen. Dabei war immer noch der erste Weihnachtsfeiertag. Nathan fand Stadler im Büro. Vor ihm stand ein üppig gefüllter Teller mit Printen und Plätzchen.

»Bist du auch so fertig?«, fragte Nathan.

Sein Kollege nickte und reichte ihm den Teller. »Hat meine Mutter gebacken.«

Die Männer tranken Tee mit Sahne und Kluntjes, krümelten und aßen.

»Ich muss noch mal in die Kukident-Lounge. Komm mit.«

»Dahin? Was meinst du, was los ist! Der NDR rief an. RTL. Eigentlich alle Sender, die ich kenne.«

***

Otto und Kurt führten durchs Haus. Die Kommissare lauschten. »Ich kann die zwei doch nicht bloßstellen«, stöhnte Nathan. »Was erzählen die da bloß?«

»Scheint ihnen mächtig Spaß zu machen.«

Als sie aber hörten, in allen Wohnungen hätten gestern, am Heiligabend, Gehirne gewabbelt, mussten sie eingreifen. »Guten Tag. Polizei. Im Augenblick sind alle Bewohner des Hauses nicht befugt, Auskünfte über die letzten Ereignisse zu geben. Die Dreharbeiten sind sofort abzubrechen«, sagte Nathan energisch und mit aller Autorität, über die er verfügte. Er wedelte mit der Hand vor dem Kameraobjektiv.

Schon richtete sich ein weiteres Kameraauge auf ihn. Eine

junge Frau mit Schiebermütze kreischte: »Und Sie halten die Mörderin im Inselbunker gefangen?«

»Kein Kommentar. Bitte. Was Sie da sagen, ist Blödsinn. Eine Presseerklärung gibt es heute um neunzehn Uhr in Aurich. Guten Tag!« Er wandte sich an Kurt und Otto: »Rein mit euch!« Denn er sah mit Entsetzen, dass von überall her Leute kamen.

Er schob die Alten in den Flur und drückte die Haustür zu. »Seid Ihr verrückt geworden?«, fuhr er sie an.

Es klopfte. »Mach auf, ich bin es.«

Er hatte Stadler vergessen. Durch einen Spalt schlüpfte er herein. »Los. Rollläden runter! Ich suche Rosanna. Wo ist die Schally?«

Sie setzten Kurt und Otto in die Küche. Es roch nach Hering, nach kalten Bratkartoffeln. Teller standen auf der Abstellfläche. »Ihr rührt euch nicht vom Fleck, verstanden?«

Die Frauen saßen in der Vorratskammer. Die Flasche mit dem Birnenschnaps war verdächtig leerer geworden.

Nach der Ausstrahlung der Presseerklärung verkündete Herta Stadler ihrem Sohn Jürgen: »Die Insel ist ausgebucht. Ich habe sogar mein Schlafzimmer vermietet. So lange muss ich bei dir übernachten.«

***

Erst am zweiten Feiertag kam Nathan dazu, den Hausbewohnern auch den Rest dieser unseligen Geschichte zu erklären.

»Sie erinnern sich doch an jene Mail, die von Ansgar stammen sollte?«

»Die Lea erhalten haben soll?«, fragte Rosanna.

»Ja. Mit einem richterlichen Beschluss konnten wir auf Frau Wanders' PC die Mail nachverfolgen. Zu dem Zeitpunkt war Ansgar längst tot. Die IP-Nummer des Computers war ihre. Seitdem beobachteten wir Frau Wanders.«

»Hat sie denn nichts davon gemerkt?«, fragte Manja.

»Nein.«

»Die hilfsbereite Lea.« Rosanna schüttelte den Kopf.

»Hab ich doch immer gesagt«, fing Otto an, »die Frau ist so schrecklich lieb.«

»Als wir einige Fakten zusammen hatten, die ich jetzt nicht ausführlich erkläre, holten wir uns den Haftbefehl von der Richterin, und einen Kollegen, der Ähnlichkeit mit Kurt hat. Das erzählte ich ja schon. Als der Kollege Knaul Kurts Kleidung anhatte, ging er nach dem Stromausfall hier im Haus als Kurt in den Flur. Wir gingen davon aus, dass Lea den Stromausfall – mein Auricher Kollege Jansen hatte die Sicherung rausgedreht – nutzen würde. Denn der dritte Mann fehlte ihr noch. Und der konnte nur Kurt sein.«

»Warum?«, fragte Otto.

»Weil Paul Herrmann und Ansgar Heiger an Demenz litten. Lea entwickelte einen abstrusen Erlösungsplan. Sie wird bald reden. Vielleicht schon nach der dritten Nacht. Diese engen Zellen in der U-Haft, die zwingen einen dazu.«

33.

Sie trug einen orangeroten gestreiften Schal, einen schwarzen enganliegenden Rollkragenpullover, eine schmal geschnittene graue Hose. Das Haar war streng nach hinten gekämmt. Sie saß auf der Betonliege in der Zelle, die nach Kälte roch.

Lea wartete auf Nathan. Er kam mit Stadler.

Eine Stunde redeten sie mit ihr. Und dann passierte Unglaubliches. Völlig überraschend gestand sie, Paul Herrmann der Kälte überlassen, ihn sowie Ansgar Heiger mit einer Überdosis Insulin getötet zu haben.

»Es geschah in ihrem Sinne. Sehen Sie, Paul hatte schon große Gedächtnislücken – ich weiß doch, was daraus wird. Ich habe es bei meinen Eltern gesehen und ich selbst gehöre wohl zu jener Personengruppe, bei der Alzheimer erblich ist. Und immer, wenn meine Alten etwas vergaßen, erinnerten sie mich daran, dass es so bei mir anfangen wird. Das war nicht auszuhalten, ständig diese grauenhafte Angst. Eigentlich wollte ich den Paul nur erfrieren lassen. Das hätte ausgereicht. Aber ganz sicher war ich mir eben dann doch nicht. Die frischen Einstiche hat keiner bemerkt, er hatte so viele im Bauch durch seinen Zucker. Ja, der Paul … Er war verrückt nach Liebe, dabei konnte er doch nichts mehr. Das Spiel ›Elaine‹ machte er gerne mit. Ich habe ihn scharf gemacht … Soweit das möglich war. Das weitere wissen Sie ja. Aber Sie sind nicht darauf gekommen!«

Stadler fragte: »Und Ansgar Heiger?«

»Der? Es war traurig, dass selbst dieser attraktive Mann, der ja mit einigen auf der Insel eine Affäre hatte, so manches vergaß. Und auch mich. Mich, mit der er sich verabredete, mit der eine Beziehung aufbauen konnte, die er immer wieder vergaß und sich dann vom Acker machen wollte …«

Lea stand auf und stellte sich vor die Betonwand. »Mein Plan wäre fast aufgegangen. Den Schlüssel vom Hannes habe ich mir nachmachen lassen – Manja ließ ihn bei Kurt liegen. Das Original klebte ich dann unter sein Sofa.«

»Warum ging Ansgar mit Ihnen in die Rothsche Wohnung?«

»Männer!« Sie lachte spöttisch. »Männer! Weil ich ihm eine letzte heiße, verrückte, einmalige Liebesstunde vor seiner Abreise offeriert habe. Kann ein Mann da nein sagen? Dieser jedenfalls nicht! Der hat gar nicht gemerkt, dass ich ihm die Spritze in seinen überaus bereiten Penis setzte. Ja, so geht's. Und Kurt? Ja, er ist ein Lieber – aber auch er … Die Gehirne waren ein Hinweis, wie in einem Spiel. Der Brand war der zweite Schritt. Ich wollte drei alte Männer vor dem Vergessen bewahren. Sie erlösen. Nur ich muss meine Angst aushalten. Muss mir alles aufschreiben und trotzdem vergesse ich. Es ist so kalt hier drinnen.«

»Die Johnnys-end@email«, fragte Stadler, »die kam von Ihnen?«

Sie starrte ihn an.

Am nächsten Tag widerrief Lea ihr Geständnis. Danach sprach sie mit niemandem mehr.

34.

Am 31. Dezember fielen auf Rügen zwanzig Zentimeter Neuschnee. Nathan hatte sich Stunde um Stunde über eisglatte Straßen vorwärtsgekämpft. Unbedingt wollte er Sonja überraschen und ihr sagen, dass er sich auf das Baby freue. Er wollte ihr sagen, lass uns heiraten.

Kurz vor Binz kam Nebel auf. Nur schemenhaft sah er den Radlader vor sich, der zu schlingern begann und vor eine Mittelleitplanke aus Beton prallte. Der Kommissar konnte seinen Wagen zum Stehen bringen.

Er wollte helfen.

Er stieg aus.

Die Straße war spiegelglatt. Er stürzte, schlitterte, und dachte für einen sehr kurzen Augenblick an Sonja und das ungeborene Kind. Nathan rutschte einen vier Meter tiefen Abhang hinunter.

***

»Wegen der Schmerzen mussten wir Ihren Freund in ein künstliches Koma legen. Aber er wird überleben, ganz sicher, er wird wieder gesund«, sagten die Ärzte zu Sonja.

Ihre Hoteladresse hatten Sanitäter in Nathans Wagen gefunden. Auch die Geschenke und den Teddybär für das Kind.

Peter Gerdes
Wut und Wellen
Inselkrimi – Langeoog
978-3-939689-34-8
9,90 Euro

Peter Gerdes
Sand und Asche
Inselkrimi– Langeoog
978-3-939689-15-7
9,90 Euro

Peter Gerdes
Solo für Sopran
Inselkrimi
Langeoog
978-3-939689-63-8
9,90 Euro

Tatjana Kruse
Wie klaut man eine Insel?
Inselkrimi – Borkum
978-3-934927-96-4
8,90 Euro

Tatjana Kruse
Pizza, Pasta, Sanddorngrog
Inselkrimi – Juist
978-3-86412-001-5
8,90 Euro

Regula Venske
Bankraub mit Möwenschiss
Inselkrimi – Juist
978-939689-18-8
8,90 Euro

Regine Kölpin
Muschelgrab
Inselkrimi
Wangerooge
978-3-939689-59-1
9,90 Euro

Sandra Lüpkes
Die Sanddornkönigin
Der Brombeerpirat
2 Inselkrimis – Juist, Norderney
978-3-939689-06-5
9,90 Euro

Ulrike Barow
Baltrumer Bitter
Inselkrimi
978-3-86412-000-5
9,90 Euro

Barbara Wendellen
Tod an der
Blauen Balje
Inselkrimi
978-3-939689-78-2
10,90 Euro

Regula Venske
Juist married
oder Wohin mit der Schwiegermutter?
Inselkrimi
978-934927-85-8
8,90 Euro

Ulrike Barow
Baltrumer
Dünengrab
Inselkrimi
978-3-939689-62-1
9,90 Euro